Wordwell Rose

Cornelia Jost

Wordwell Rose

Bibliografische Information der Deutschen Nationalbibliothek:
Die Deutsche Nationalbibliothek verzeichnet diese
Publikation in der Deutschen Nationalbibliografie;
detaillierte bibliografische Daten sind im Internet
über http://dnb.dnb.de abrufbar.

Umschlagbild © pixabay.com: ArtsyBee
Fonts ©burntilldead: »Angeline Vintage«;
Typemade: »Josefin Slab«
Abbildungen © ArtsyBee
Gestaltung © Cornelia Jost

Aphorismus auf Seite 7 aus: Paul Keller, Gedichte und
Gedanken, Bergstadtverlag Breslau 1933

Herstellung und Verlag: BoD - Books on Demand,
Norderstedt

ISBN: 9783750451100

Für meine Schwester

Der Sommer macht den Menschen zum Träumer.

Paul Keller

Kapitel 1

Die Reise ging bereits gut los. Mary fand ihren Reisewecker nicht, Jess zerknackte - der Himmel weiß, wie sie das anstellte - ihre Zahnbürste und Roseanne besudelte ihre weiße Bluse beim Frühstück mit Himbeermarmelade, so dass sie sich noch einmal umziehen musste. Aber sie fand nichts in ihrem beinahe leer geräumten Kleiderschrank. Susan stöhnte, als sie beobachte, wie ihre Schwestern kopflos durcheinanderliefen.

Sie war neunzehn und die älteste der Meldwin-Schwestern. Ihre Eltern erwarteten von ihr, auf ihre jüngeren Schwestern während der Reise aufzupassen. Mary war achtzehn, Jess siebzehn und Roseanne als das Nesthäkchen fünfzehn Jahre alt. Während ihre Eltern wie jedes Jahr mit dem Wohnmobil ins sonnige Cannes gefahren waren, hatten sich die Schwestern dieses Jahr entschieden, allein mit dem Fahrrad zu verreisen. Ihr Ziel war das kleine Örtchen Wordwell bei Bury St. Edmunds. Dort hatten sie für drei

Wochen ein Ferienhaus gemietet.

Während ihre Schwestern versuchten, ihrer Probleme Herr zu werden, ging Susan nach draußen, um die Taschen in den Hänger zu wuchten, den sie sich von ihren Nachbarn geborgt hatte. In dem Moment spähte deren Sohn herüber.

»Moin Susy! Heute geht's los, oder?« Michael lehnte sich über den Zaun und ließ seine schneeweißen Zähne blitzen. Aber er erzielte nicht den von ihm erhofften Effekt.

Susan blickte nur flüchtig über ihre Schulter, nickte grüßend und widmete sich dann wieder ihrer Arbeit. Die Taschen waren schwer wie Wackersteine, sie fragte sich, was ihre Schwestern da alles eingepackt hatten. Klamotten für drei Wochen konnten doch keinesfalls so viel wiegen.

Anstatt aber seine Hilfe anzubieten, stand Michael nur weiter am Zaun und schaute zu, wie sich Susan abmühte. Seit er seine Zahnspange los war und das Fitnessstudio für sich entdeckt hatte, hielt er sich für Elvis persönlich, der mit gerade mal einem Lächeln ganze Mädchenscharen in Verzückung geraten lassen konnte. Dass das auch mit freundlichen Umgangsformen funktionierte, schien bisher noch nicht zu ihm durchgedrungen zu sein.

Susan und Michael waren im Grunde seit dem Kinderwagen befreundet, sie hatten zusammen Sandburgen gebaut, Hasen über den nahegelegenen Sportplatz gejagt und waren auch in der Schule für nichts als Unfug bekannt gewesen. Aber irgendwann war der Punkt gekommen, an dem sie sich trotz dermaßen großer räumlicher Nähe auseinandergelebt hatten. Das hing vermutlich auch damit zusammen, dass Susan nach der achten Klasse auf eine Schule gegangen war, die sich stärker auf die Naturwissenschaften konzentrierte. Manchmal erinnerte sie sich etwas schmerzlich daran, wie viel Zeit sie miteinander verbracht und wie wenig sie sich jetzt zu sagen hatten. Aber die Zeit ließ sich nun mal nicht zurückdrehen und wenn sie ab Herbst aufs College in Edinburgh ging, um Elektrotechnik zu studieren, bliebe wahrscheinlich überhaupt keine Zeit mehr für ein mögliches Wiederaufleben ihrer Freundschaft.

»Stimmt. Und ich weiß nicht, ob ich dafür bereit bin, drei Wochen ganz allein auf meine Schwestern aufzupassen«, antwortete sie schließlich, als sie fertig war und sich streckte. Dann stemmte sie die Hände in die Hüften. »Was machst du heute noch? Du hast doch bestimmt mächtige Pläne für deine letzten großen Ferien?«

Ihr spöttischer Ton entging Michael. Vielleicht hatte er doch ein paar mehr Gehirnzellen in seinem Training eingebüßt, als sie gedacht hatte. »Ja, absolut! Winston, Henry und ich fliegen morgen nach Mallorca, ein bisschen Sonne tanken. Ich will an meiner Sommerbräune arbeiten.«

Sie prustete, konnte ihre Erheiterung aber hinter einem Huster verbergen. Alles, was Michael werden würde, war rot. Er war bleich wie ein Blatt Papier und sein kurzgeschorener Schopf leuchtete wie ein

Feuermelder schon von weitem. Die Vorstellung eines krebsroten Michaels heiterte sie noch weiter auf, aber sie konnte sich beherrschen, vor ihm in schallendes Gelächter auszubrechen. Stattdessen sagte sie: »Dann wünsche ich dir dabei mal viel Spaß. Und übertreib es nicht zu sehr am Ballermann.«

»Äh, mach dir da mal, ähm, keine Sorgen. « Michael kratzte sich verlegen am Kopf. Bevor eine peinliche Pause entstehen konnte, wurde die Tür hinter Susan aufgerissen. Ihre Schwestern stolperten eine nach der anderen ins blendende Sonnenlicht.

»Hallo Michael! « rief Mary, die ihn als erste bemerkte und in solchen Situationen auch die erste war, die ihre Fassung wiedererlangte.

»Hi Ladies!« Er winkte und lächelte in einer Weise, die wohl verwegen wirken sollte, in Kombination mit dem Vogelschiss, in den er sich gerade gelehnt hatte, aber einfach nur bodenlos lächerlich war. Die drei Schwestern sahen sich an und versuchten noch, sich das Lachen zu verbeißen. Allerdings scheiterten sie, als er sich mit ebenjener Hand draufgängerisch durch die Haare fuhr. Mary, Jess und selbst die eher schüchterne Roseanne wurden Opfer eines ausgewachsenen Lachanfalls. Susan stand nur daneben und rollte mit den Augen. Als sie zu Michael schaute, hatte sie fast so etwas wie Mitleid mit ihm, wie er da über dem Zaun hing, sämtliches Selbstvertrauen ihn verlassen hatte und dann auch noch Vogelkot in seinen Haaren klebte. Er war bereits jetzt so rot wie sie ihn sich nach einem zu ausgiebigen Bad in der mallorquinischen Sonne vorstellte.

»Wie, äh, auch immer«, stammelte er und stieß sich vom Zaun ab. »Viel Spaß bei eurer Reise.«

»Danke Michael!«, rief sie ihm hinterher und wandte sich dann an ihre Schwestern. »Seid ihr dann fertig, ihr Kicherelsen?«

Mary wischte sich die Tränen aus den Augenwinkeln. »Ja, heh, sind wir.«

»Wunderbar. Da kann's ja losgehen!«.

Großen Fortschritt machten sie in der ersten halben Stunde allerdings nicht. Normalerweise brauchten sie keine fünf Minuten, um die Stadtgrenzen hinter sich zu lassen. Heute jedoch hatten sich anscheinend sämtliche Freunde, Bekannte und Nachbarn dazu entschlossen, die Straßen zu bevölkern und die Schwestern darüber auszufragen, wohin sie denn mit dem großen Hänger wollten. Jess würde sie ja am liebsten alle links liegen lassen, aber ihre Schwestern waren einfach zu höflich, um Mrs. Doyle, Mr. Miller oder das Ehepaar Fox mit ein paar Floskeln abzuspeisen. Stattdessen erzählten sie allen haarklein ihre Reiseroute.

Sie wollten durch die Fenlands fahren, eine Moor- und Sumpflandschaft, die früher ein Überschwemmungsgebiet gewesen war, durchzogen von unzähligen Kanälen. An einigen Stellen standen sogar

Windmühlen, sodass die Gegend eher aussah wie die holländische Provinz.

***

Sie waren seit anderthalb Stunden unterwegs und bisher ließ sie das Wetter nicht im Stich. Die Sonne schien fröhlich und warm vom Himmel, was ihnen an den Steigungen den Schweiß auf die Stirn trieb. Darum machten sie jetzt ihre erste Pause. Susan ließ eine Packung Kekse kreisen und Mary reichte Wasserflaschen aus ihrem Rucksack.

»Gib mir bitte mal ein Taschentuch«, bat Jess und zog geräuschvoll die Nase hoch. Als sie sich schnäuzte, klang es, wie Roseanne trocken bemerkte, wie ein Donnerschlag. Doch als Mary erneut in den Himmel schaute, wusste sie, dass nicht Jess' Schnauben so gedröhnt hatte. Die Wolken, die plötzlich schnell aus Süden kamen, bildeten eine undurchdringliche, schwarze Wand, aus der es gefährlich grollte. Rasch schaute sie sich um, ob sich vielleicht irgendwo eine Möglichkeit zum Unterstellen bot. Vor der nächsten Straßenbiegung, zischen einem Gatter und einer alten Eiche, entdeckte sie glücklicherweise ein Wartehäuschen.

»Los, kommt!«, befahl sie den anderen, die noch nichts bemerkt zu haben schienen, und schob sie in Richtung Unterstand. Ungläubig schauten ihre Schwestern sie an, doch sie folgten ihr bereitwillig, als ein Blitz am Horizont in einen Baum fuhr. Mit ihren

Rädern rannten sie hinüber und schoben sie in das kleine Holzhäuschen. Der Hänger jedoch, auf den sie ihre Sachen gepackt hatten, passte nicht mehr in den Unterstand. Susan wollte noch hinauslaufen und statt ihres Rads den Hänger in das Wartehäuschen bugsieren. Doch der Regen ging inzwischen nieder wie ein Vorhang.

»Bleib hier, du erkältest dich bloß, wenn du so nass wirst«, warnte Mary und hielt sie zurück.

Es hörte sich an wie ein wahres Trommelfeuer, als die Regentropfen unablässig auf das Holzdach platschten. Es war so laut, dass sie ihr eigenes Wort nicht verstanden. Dann mischten sich auch noch Donnerschläge und weitere Blitze in den hämmernden Regen. Es erinnerte eher an die Apokalypse als an einen sommerlichen Urlaub.

Sie mussten notgedrungen zusehen, wie ihre Reisetaschen immer nasser wurden. Auf den Straßen bildeten sich dünne Rinnsale, die winzige Kiesel, Eichenblätter und dürre Äste mit sich rissen und die Straßenränder in puren Schlamm verwandelten.

»Schaut euch das an«, sagte Mary kopfschüttelnd. »Wir können nur hoffen, dass die Vermieterin einen Wäschetrockner besitzt. Ansonsten haben wir ein Problem, und zwar ein ziemlich feuchtes.« Die anderen nickten bekümmert.

***

So rasch, wie das Gewitter aufgezogen war, verschwand es auch wieder. Sie wagten sich aus ihrem Unterstand und begutachteten zunächst ihre nasse Kleidung.

»Wie gesagt, wir können nur hoffen«, stellte Susan resigniert fest und schob dann ihr Fahrrad auf die Straße. Sie hatte einige Mühe damit, denn die Reisetaschen waren durch den Regen nicht nur dunkler, sondern vor allem auch wesentlich schwerer geworden. Ihre Schwestern folgten ihr auf die feuchte Landstraße, überprüften vorher aber noch einmal den Himmel. Der allerdings gab sich unschuldig; er war blau und ein laues Lüftchen pustete auch die letzten Wolken davon. Die Pappeln entlang der Straße wogten sanft, als sei zuvor nichts passiert.

***

»Wie lange fahren wir überhaupt noch?«, fragte Roseanne nach einer Weile. Die Landschaft war ja ganz schön, aber langsam wurde sie müde und die Vorstellung, nach ihrer Ankunft keine frischen, nicht durchgeschwitzten Sachen anziehen zu können, ließ ihre Laune nicht unbedingt steigen.

Susan sah auf ihre Uhr. »Ein bisschen weniger als zwei Stunden, ungefähr. Du musst dich also noch etwas gedulden.«

Sie fuhr vornweg und schaute ab und an auf die Karte, die oben auf ihrem vorderen Fahrradkorb lag. Kaum hatte sie ausgesprochen, rief sie: »Stopp!« und bremste ruckartig. Überrascht hielten die anderen an,

Jess fuhr fast an ihr vorbei.

»Was ist los?«

Sie blickte sie der Reihe nach an. »Wir haben uns verfahren.«

Sofort warf Jess brüskiert ein: „Nichts da! DU hast dich verfahren, nicht wir! Warum das?«

»Ich habe mich im Straßennamen geirrt. Wir müssen umdrehen. Diesmal aber wirklich alle.« Sie bedachte Jess mit einem letzten Blick, wendete ihr Fahrrad unter großen Anstrengungen auf der ansteigenden Straße und strampelte zur Kreuzung zurück. Sie wandte sich nach rechts und fuhr die Straße hinunter, die sich diesmal sanft abfallend durch die Weizenfelder schlängelte. Roseanne und Mary radelten hinter ihr, Jess bildete immer noch ein wenig beleidigt das Schlusslicht.

Nach einer Stunde machten sie erneut eine Pause. Jess redete mit Susan immer noch kein Wort. Dafür hatte Roseanne einige Fragen an ihre große Schwester.

»Susy, weißt du eigentlich, wie die Frau heißt, die dir das Ferienhaus vermietet hat, und wie alt sie ist?«

Susan schaute Roseanne etwas verwundert an. »Hatte ich dir das nicht schon erzählt?«

Roseanne schüttelte den Kopf. »Nein, du hast es vielleicht den andern beiden erzählt, aber nicht mir. Mir erzählt doch nie irgendjemand irgendwas« erwiderte sie leicht eingeschnappt.

Susan seufzte. »Jetzt übertreibst du aber. Naja, egal. Unsere Gastgeberin heißt Sophie Milton und ist zweiundachtzig Jahre alt. Ihr Anwesen liegt etwas abseits von dem Dorf Wordwell.«

Roseanne zog eine Schnute.

»Warum guckst du so bedröppelt, Rosy?« Mary beachtete die stumme Jess nicht weiter und wandte sich an den Rest ihrer Schwestern.

»Wir bleiben drei Wochen, *drei Wochen*, bei einer alten Frau, die sonst wo in der Prärie lebt, weitab von möglichen netten Nachbarn, die vielleicht Kinder in unserem Alter haben könnten. Das kann doch nur die pure Langeweile werden.«

Mary lachte. »Das wird wahrscheinlich alles weniger schlimm als du denkst. Bestimmt ist Miss Milton eine ganz reizende Dame und die netten Nachbarskinder sind auch nicht so weit weg. Wir haben doch schließlich unsere Räder.«

Roseanne stieß nur verächtlich Luft aus und nahm dann einen Schluck aus ihrer Wasserflasche. »Vielleicht ist diese Miss Milton aber auch eine richtige Schreckschraube oder, noch schlimmer, sie nimmt nur Leute in ihrem Cottage auf, um sie zu fressen.« Roseannes Stimme nahm einen gruseligen Ton an, als würde sie gerade eine Horrorgeschichte erzählen. Die anderen beiden sahen sie erst mit hochgezogenen Augenbrauen an, dann brachen sie in Gelächter aus, als Roseanne ihre Version einer furchterregenden Hexe zum Besten gab.

Endlich meldete sich Jess zu Wort: »Wir sollten vielleicht langsam wieder aufbrechen, was meint ihr? Wir wollen doch nicht zu spät zu unserer ganz persönlichen Hänsel-und-Gretel-Vorstellung kommen.«

Roseanne drehte sich zu ihr um. »Spricht Madame Schmoll auch mal wieder mit uns? Das ist aber schön.«

Bevor Jess zu einem bissigen Kommentar ansetzen konnte, wedelte Susan zwischen den beiden beschwichtigend mit der Hand. Sie verstaute ihre Flasche im Rucksack und packte ihn wieder unter ihre Landkarte in den Fahrradkorb. Dann schwangen sie sich auf ihre Räder und fuhren weiter. An den Weggabelungen standen weithin sichtbar Schilder des National Trust, die die Landschaften links und rechts als Naturschutzgebiet auswiesen. Schließlich wuchsen hier Pflanzen, die im Rest des Landes schon fast ausgestorben waren.

Kapitel 2

Nach noch einmal anderthalb Stunden Fahrt erreichten sie Wordwell. Das Dorf erstreckte sich an einer Landstraße von einem kleinen Gehöft bis zu einer Ansammlung von vier oder fünf Grundstücken. Zwischendrin lagen Felder, ein Sägewerk und eine verlassene Kirche. Entlang der Straße wuchsen Laubbäume.

»Das ist ja winzig!«, rief Roseanne schockiert, als sie auf der Suche nach Wordwell Rose hindurchfuhren. Jess feixte, ihre schlechte Laune war schon längst verflogen. Stattdessen genoss sie die Fahrt und den sonnigen Nachmittag.

Sie fanden Wordwell Rose gleich auf Anhieb abseits der Asphaltstraße im Wald am Ende eines Schotterwegs. Die große, graue Steinmauer war allerdings auch schwerlich zu übersehen. Zum Zufahrtsweg hin begrenzte ein hölzernes Tor mit aufwendigen Schnitzereien das Grundstück. Rechts davon war auf Augenhöhe ein messingfarbener Klingelknopf angebracht. Über die Mauer rankten Clematisblüten in dunklem Lila und Efeu kletterte in den Steinritzen empor.

Susan stellte ihr Fahrrad ab und drückte die Klingel. Von weither drang ein dumpfer Gong zu ihnen. Dann knirschten Schritte über Kies und das Tor knarrte unwillig, als es aufgeschoben wurde. Heraus trat ein junger Mann Anfang oder Mitte zwanzig mit einer braun karierten Schiebermütze auf dem Kopf, unter der kurze, dunkelblonde Haare hervorschauten. Er lächelte freundlich, als er die Mädchen sah.

»Hallo, ihr müsst die Meldwin-Schwestern sein, richtig?« Susan nickte, brachte aber kein Wort heraus. Wie verzaubert starrte sie in die kristallblauen Augen des jungen Mannes. »Ich bin Benjamin, der Gärtner. Aber ihr könnt mich ruhig Ben nennen. Kommt mit, ich zeige euch das Ferienhaus.«

Es lag im hinteren Teil des riesigen Gartens und war geschützt durch eine große Hagebuttenhecke. So viel konnten sie vom Vorplatz schon erkennen. Der Weg zum Cottage führte an einer großen, zweistöckigen, sandfarbenen Villa vorbei, die von blühenden Rosenbüschen umgeben war. Neben dem Weg wuchsen Kameliensträucher und betörend duftender Lavendel. Alles strahlte eine unaufgeregte, aber selbstbewusste Würde aus. Fasziniert schauten sich die Geschwister um, als sie ihre Räder hinter Ben herschoben. Der Himmel über ihnen hatte sich wieder verdunkelt und es begann zu tröpfeln. Das erinnerte Susan wieder an ihr Gepäck.

»Ach, äh, Ben?«

Er drehte sich um. »Ja?«

»Hat Miss Milton einen Wäschetrockner?«

»Ja. Warum fragst du?« Er schob ein hüfthohes, eisernes Gatter in der Hagebuttenhecke auf, machte noch zwei Schritte und schloss die Tür der Gästeunterkunft auf. Dann deutete er auf die rechte Seite des Hauses, wo ein kleiner Holzverschlag hinter der Hausecke hervorschaute. »Dort ist der Fahrradschuppen«, erklärte er und händigte ihnen noch einen Schlüsselbund aus.

Während sie ihre Fahrräder in den Schuppen stellten, klärte Susan ihn auf: »Wir sind bei einer Pause in ein Gewitter geraten. Uns und unsere Fahrräder konnten wir in Sicherheit bringen, aber der Hänger mit unserem Gepäck für die nächsten Tage ist komplett nass geworden.«

Er zog mitfühlend die Augenbrauen zusammen. »Oh, das ist natürlich blöd, aber kein Problem. Fragt einfach mal Daisy, die Haushälterin. Sie wird sich bestimmt darum kümmern. Ich weiß aber nicht genau, wo sie gerade steckt.« Er schob sich die Mütze aus der Stirn und kratzte sich am Kopf. »Kommt ihr erst mal alleine klar? Ich muss wieder an die Arbeit, da wartet ein Hochbeet auf mich.«

»Ja, klar, wir wollen dich nicht aufhalten!«

»Dann bis später!« Er winkte lächelnd mit seiner Mütze, ehe er hinter der Hecke verschwand.

»Schaut euch schon mal die Zimmer an«, wies Susan ihre Schwestern an, »ich geh Daisy suchen.« Sie zog den Hänger hinter sich her und entschwand ebenfalls durch die Pforte in der Hecke.

Mary betrat als erste den Flur des grauen Steincottage mit dem flach abfallenden Dach und den weiß gestrichenen Fensterläden. Dort wurde sie von dunklem Mobiliar aus Kirschholz, weiß getünchten Wänden und einem wuchtigen Teppich empfangen, auf dem sich Eva und Adam den verhängnisvollen Apfel teilten. Direkt vor ihr führte eine schmale Wendeltreppe, ebenfalls aus Kirschholz und mit gusseisernen Beschlägen versehen, ins Obergeschoss. Links davon ging ein enger Gang ab. Gleich rechts war eine Tür aus Buchenholz. Daran angebracht war ein Schildchen mit einem kleinen Mädchen, das auf einem Nachttopf saß. Das war also augenscheinlich das Badezimmer. Vom Flur gingen noch drei weitere Türen ab.

Staunend schauten sich die Schwestern um. Sie öffneten neugierig die Türen. Hinter der Tür, die der Küche gegenüberlag, verbarg sich das Wohnzimmer. Hier waren die Möbel aus Eichenholz, kunstvoll verziert, und auf allen möglichen Ablagen standen dekorative Teller, Glaskerzenhalter und kitschige Porzellankatzen in sämtlichen Positionen, die den Stubentigern anatomisch möglich waren. Neben der Küche lag das erste Schlafzimmer. Statt wuchtiger Eichen- oder Kirschholzmöbel war die Einrichtung hier ganz in Weiß gehalten, mit einem hellen Schleiflackbett und einem hohen Schrank mit goldenen Knäufen und Füßen in Form von Löwentatzen. Die Wände zierte eine Rosentapete in Pastelltönen. Auf dem Boden war helles Kiefernparkett verlegt und ein rosafarbener Teppich rundete den pastelligen Gesamteindruck ab.

»Leute, ich hab mein Schlafzimmer gefunden!«, rief Roseanne Mary und Jess hinterher, als diese bereits die Treppe hinaufstiegen. Sie warf ihre Tasche auf den Sessel in der hinteren Ecke unterm Fenster und ließ sich auf das weiche Bett plumpsen.

Derweil erkundeten Jess und Mary die obere Etage. Jess öffnete die erste Tür gleich gegenüber der Treppe, doch das Zimmer hier sagte ihr überhaupt nicht zu. In der Mitte stand ein gusseisernes Bett auf dunklem Eichenparkett, das in starkem Kontrast zu den hellen Wänden und den filigran gearbeiteten Metallregalen stand. Mary warf einen Blick über Jess' Schulter und stieß leise einen spitzen Schrei.

»Fiep mir nicht ins Ohr«, sagte Jess und trat zur Seite.

»Das Zimmer ist spitze! Überlässt du es mir?«

»Mit Freuden! Mir gefällt es nämlich überhaupt nicht.« Sie ging weiter, während Mary ihren Rucksack auf den Schreibtisch stellte, der direkt unter dem Fenster stand. Das Schlafzimmer am Ende des Flures war das größte. Jess zögerte nicht einen Moment, es Susan zu überlassen. Nicht nur gefiel es ihr nicht gerade, sondern Susan war immer noch die Älteste und hatte außerdem die Reise organisiert. So gern Jess sie auch ärgerte, sie mochte ihre große Schwester. Sie machte die Tür zum dritten Zimmer auf, und blinzelte verblüfft. Eine Schlafcouch, ein nüchterner Schreibtisch und ein schnörkelloser Schrank - das war genau ihr Geschmack. Was jetzt noch fehlte, waren die Poster, aber man konnte ja nicht alles haben. Und zu Hause in Peterborough hatte sie dafür umso mehr, da war jeder Zentimeter Wand in ihrem Zimmer zugekleistert.

Während die anderen ihre Zimmer in Beschlag nahmen, ging Susan zum Anwesen zurück. Der Anhänger polterte dumpf hinter ihr auf dem Pflaster. Als sie wieder auf dem Vorplatz landete, fuhr durch das große Tor gerade ein edler, tannengrün lackierter Oldtimer, dessen glänzende Chromapplikationen sie fast blendeten, als die Sonne gerade durch die Wolken brach. Mit halboffenem Mund betrachtete Susan, wie aus der edlen Karosse eine kleine ältere Dame mit hochgesteckten weißen Haaren stieg. Sie trug ein elegantes schwarzes Nadelstreifenkostüm, darunter eine Rüschenbluse und schwarze Pumps. Auf dem kunstvollen Haarknoten thronte ein kleines schwarzes Hütchen.

Sie standen sich einen Moment lang stumm gegenüber, dann besann sich Susan wieder ihrer guten Kinderstube. »Guten Tag, Miss Milton. Ich bin Susan Meldwin«, grüßte sie die ältere Dame unwillkürlich mit einem Knicks.

Diese lächelte freundlich und winkte dann mit einer weiß behandschuhten Hand. »Hallo Susan. Du musst dich nicht vor mir verbeugen. Die Freude ist ganz meinerseits. Hattet ihr eine gute Anreise?« Miss Milton lächelte, dann erspähte sie den Hänger hinter Susan. »Aber warum schleppst du denn einen Hänger hinter dir her, Liebes?«

Susan schaute über ihre Schulter. »Unsere Fahrt hierher war im Grunde ganz angenehm, bis auf das da. Eigentlich bin ich auf der Suche nach Daisy und einem Wäschetrockner. Wir sind in einen Regenguss geraten. Dabei ist unsere Kleidung für die nächsten drei Wochen nass geworden.«

Miss Milton machte ein mitfühlendes Gesicht. »Dann folge mir, meine Liebe. Ich zeige dir die Waschküche. Daisy kann dir gerade nicht helfen. Sie ist noch beim Arzt.« Sie schloss ihren Wagen ab und stöckelte elegant und erstaunlich sicher über den Kies auf dem Vorplatz. Susan folgte ihr zur Eingangstür der Villa. Zusammen betraten sie einen geräumigen, ovalen Flur mit einem langen, schweren Teppich auf dem ansonsten blanken Steinboden. An den Wänden über den Mahagonitüren in ihren weißen Rahmen hingen Portraits streng und unfreundlich dreinblickender Vorfahren. Eine elegant geschwungene Treppe wand sich über ihren Köpfen ins obere Stockwerk, beleuchtet sowohl von einem Kronleuchter als auch von einer Glaskuppel, die das Tageslicht hereinließ.

Andächtig schaute Susan sich um, während Miss

Milton zielstrebig eine unscheinbare Holztür am Ende des Flurs ansteuerte. Sie öffnete sie und wies hinunter in den Keller. »Hier ist die Waschküche. Wenn du Hilfe benötigst, rufst du mich einfach, in Ordnung?«

Susan nickte und holte dann die tropfenden Taschen aus dem Hänger.

»Warte, ich helf dir!«, rief Ben ihr zu, der gerade mit einer Schubkarre um die Hausecke kam, als sie Roseannes Tasche hineinbringen wollte. Ihr Herz hüpfte.

»Danke«, sagte sie und zwang sich, ihre Stimme gefestigt klingen zu lassen, auch wenn ihr Herz nur so flatterte.

Er trug die letzten zwei Taschen in den Keller und half ihr, die Sachen in den Trockner zu räumen. Dabei berührte er sie zufällig am Arm. Verschreckt zog sie ihn zurück und schalt sich innerlich gleich selbst für ihre Schreckhaftigkeit. Mit einem Seitenblick versuchte sie herauszufinden, ob er davon etwas mitbekommen hatte. Als er ihren Blick bemerkte, zwinkerte er und tippte sich an die Mütze.

»Alles klar soweit?«

Sie nickte.

»Gut, dann würde ich wieder hochgehen und den Heckenschnitt zum Kompost bringen.«

»Mach das, den Rest krieg ich alleine hin. Vielen Dank für deine Hilfe.«

Er winkte ab. »Nicht dafür. Also bis später!«

»Ja, bis dann!«, rief sie ihm nach und stellte den Trockner an. Dann hängte sie die nassen Taschen über den Wäscheständer in der Ecke und ging wieder hinauf. Die ganze Zeit bekam sie das Grinsen nicht aus dem Gesicht. Wenn so eine kurze Unterhaltung schon so viele verschiedene Gefühle in ihr auslöste, wie sollte dann erst des Rest des Urlaubs werden?

Auf dem Weg zum Ferienhaus versuchte sie sich die Zimmer vorzustellen und sie war sich sicher, dass ihre Schwestern ihr das kleinste Kabuff überlassen hatten.

Die erste, die ihr über den Weg lief, war Jess, als die gerade aus dem Bad kam. Sie fragte sie nach dem letzten freien Zimmer und Jess sagte zu Susans Überraschung: »Ich hab dir das größte Zimmer überlassen, weil du doch die älteste bist. Komm mit.«
 Susan war davon ziemlich überrascht, als sie hinter Jess die Wendeltreppe nach oben stieg.

»Da, bitteschön, dein Zimmer«, sagte Jess und wies auf die Tür am Ende vom Flur.

»Oh, vielen Dank!«, erwiderte Susan verblüfft und öffnete die Tür, während Jess in der nebenan verschwand. Das Zimmer warf sie glatt um. An der rechten Wand stand ein großes Ehebett im Landhausstil, überworfen mit einer Decke aus vielen unterschiedlich gemusterten Flecken. Auf dem runden, weiß gestrichenen Tisch mit den weißen Metallstühlen drum herum blühten Lavendel, Lilien, Flieder und Clematis in einer großen Vase. Der Blick durch das große Fenster wurde umrahmt von hellblau-weiß karierten

Vorhängen und ging direkt hinaus in den Wald. Zwischen den Buchen und Eichen grasten friedlich einige Rehe.

Sie fischte ihr Tagebuch aus ihrem Rucksack und hielt die ersten Eindrücke ihrer Reise fest. Während des Schreibens begann ihr Magen widerwillig zu grummeln. Richtig, es wurde langsam Zeit fürs Abendessen. Sie schlug das Buch zu und ging nach unten in die Küche. Dort allerdings stellte sie fest, dass es außer einer Packung trockener Butterkekse nichts Essbares gab. Und sie hatte auch nicht daran gedacht, auf ihrer Reise hierher etwas einzukaufen oder von Zuhause etwas mitzubringen. Da sie das als Versäumnis ihrer Pflichten auffasste, beschloss sie, das umgehend zu ändern. Also warf sie einen Blick auf ihre Landkarte. Den nächsten Lebensmittelladen gab es in Bury St. Edmunds, rund sechs Meilen südlich von hier. Jess, Mary und Roseanne kamen gerade in die Küche, ebenfalls auf der Suche nach etwas zu essen. Sie sah auf, als sich ihre Schwestern am Herd versammelten.

»Ich muss noch mal los, hier gibt's nichts zu essen. Ich brauch bestimmt nur ne Stunde.«

»Was? So lange?«, rief Jess empört ihr nach, als Susan mit ihrer Handtasche und einem Beutel hinaus zum Fahrradschuppen lief. Da hörte sie deren Beschwerde schon nicht mehr. In Eile schob sie ihr Fahrrad bis zum Tor. Ben bog gerade mit seiner Schubkarre um die Ecke, als sie sich in den Sattel schwang.

»Wo willst du denn hin?«, rief er ihr nach und

blickte dann besorgt zum Himmel hinauf, weil es schon wieder zu nieseln begann.

»Was zu essen kaufen!«, rief sie, bevor sie durch das immer noch offen stehende Tor verschwand. Der Einwand, den er auf den Lippen hatte, nämlich dass sie alle durchaus auch im Haupthaus mitessen könnten, ging in einer aufkommenden Böe unter.

Sie fuhr zurück durch das Dorf und bog dann an der ersten Kreuzung Richtung Culford ab. Inzwischen wurden die Tropfen immer schwerer. Sie zog sich ihre Kapuze tief in die Stirn, senkte den Kopf und radelte schneller.

***

Als Susan gerade außer Sichtweite war, traf Daisy aus der gegenüberliegenden Richtung auf Wordwell Rose ein. Mit ihrem knatternden, knallgelben Morris Minor Traveller fuhr sie auf den kiesgestreuten Vorplatz. Wo Ben gerade noch am Tor gestanden hatte, war jetzt keine Spur mehr von ihm zu sehen. Daisy stieg aus, rief nach ihm, als sie aber keine Antwort erhielt, zuckte sie nur die Schultern. Also ging sie alleine zum Kofferraum, um zwei volle Einkaufskörbe herauszuholen. Probleme hatte sie damit keine, was man ihr bei ihrer geringen Größe gar nicht zugetraut hätte.

Trotzdem bot ihr Roseanne, die gerade auf Entdeckungstour durch den Garten war, ihre Hilfe an. »Oh, kann ich Ihnen helfen?«

Daisy stellte die Körbe an der Eingangstür ab und ihr rundes Gesicht lächelte freundlich. Ihr Trenchcoat wurde von ihrem großen Busen auseinander gedrückt, als sie die Arme verschränkte und Roseanne eingehend musterte.

»Selbstverständlich, Darling.« Dann stellte sie sich vor und sagte schließlich: »Du kannst mich auch duzen.« Sie winkte sie zu sich ans Auto. »Welche der reizenden Meldwin-Schwestern bist du? Du bist doch eine der Meldwin-Schwestern?« Sie zwinkerte, als sie ihr eine braune Papiertüte überreichte. Dann nahm sie einen weiteren Weidenkorb mit Gemüse aus dem Kofferraum. Als sie sich vom Auto wegdrehten, sah Roseanne den Oldtimer von Miss Milton stehen.

»Stimmt, ich bin Roseanne Meldwin, die Jüngste.« Sie beeilte sich, zu der Haushälterin aufzuschließen, die trotz ihrer Figur ein sportliches Tempo vorlegte. Unterschätzen sollte man diese Frau auf keinen Fall. »Daisy, kannst du mir verraten, was das für ein Auto ist, also das grüne?«

Daisy schüttelte den Kopf. »Es gehört Miss Milton, aber das ist auch schon alles, was ich dir sagen kann. Frag da lieber Ben, der kennt sich mit so was aus.«

Als hätte er gehört, dass die zwei gerade über ihn sprachen, trat er hinter zwei großen Büschen hervor, in der Hand eine Heckenschere. Roseanne brachte rasch die Tüte zu Daisy in die Küche und heftete sich dann an seine Fersen. Sie fand ihn vor einer Buchsbaumskulptur, die wohl einen Hasen darstellen sollte, inzwischen aber ziemlich ausgewachsen war.

»Du, Ben?«

Er grinste angesichts ihres flötenden Tonfalls, drehte sich aber noch nicht zu ihr um. »Ja?«, fragte er lauernd.

»Kannst du mir vielleicht sagen, welche Marke Miss Milton fährt?«

Jetzt hörte er auf, den Buchsbaum zu verschneiden, sie hatte seine volle Aufmerksamkeit. »Oh ja, das kann ich allerdings! Das ist ein Austin Healey 3000 aus dem Jahr 1967. Miss Milton hat ihn von ihrem Vater übernommen und sie hütet ihn wie ihren Augapfel. Er ist sozusagen ihr Baby, weil sie keine eigenen Kinder hat. Wenn ich mehr davon verstünde, würde ich ihn ihr sogar reparieren, aber ich habe mehr Ahnung von Bäumen als von Autos.«

Roseanne stemmte die Hände in die Hüften. »Dafür konntest du mir gerade aber ziemlich viel sagen.«

»Naja, es ist ein schönes Auto und jeder Laie sieht, wie gut es trotz seines Alters in Schuss ist. Mein Freund Dave kümmert sich um ihn und ich schaue ihm manchmal dabei zu. Aber wenn er versucht, mir seine Reparaturen zu erklären, muss ich leider passen. Von der Technik im Auto habe ich keine Ahnung.«

»Bist du ihn denn schon mal gefahren?« Roseanne hatte auch erkannt, dass es sich hier um ein besonderes Auto handelte. Vor ein paar Monaten hatte sie eine Fernsehserie für sich entdeckt, in der seltene Autos wieder aufgemöbelt und dann weiterverkauft wurden. Seitdem betrachtete sie Autos mit neuen Augen und wollte möglichst viel über sie erfahren.

Ben lachte. »Du willst es aber wirklich wissen. Ja, ich bin schon damit gefahren. Das kann ich immerhin noch. Meistens spiele ich Chauffeur, wenn Miss Milton sich mit ihren Landfrauen trifft und etwas trinken will. Ich könnte sie auch auf meiner Bonneville mitnehmen, aber sie meint, sie sei zu alt fürs Motorradfahren.«

Roseanne hatte inzwischen auf dem Findling neben dem Buchsbaum Platz genommen. »Du bist ihr Chauffeur? Ich hätte gedacht, sie könnte sich jemanden leisten, der nur das macht.«

»Miss Milton ist ziemlich sparsam. Und sie hatte mal einen, der aber der Liebe wegen nach Swansea gezogen ist. Danach konnte sie niemanden mehr finden, dem sie ihr Schätzchen anvertrauen wollte. Zumindest hat sie mir das so gesagt. Ich will mich darüber nicht beklagen. Schließlich kann ich deswegen mit diesem Schätzchen fahren.« Er zwinkerte.

»Das glaube ich gerne. Meinst du, ich dürfte mal bei ihr mitfahren?«

»Solange du nicht selbst fahren willst, sollte das kein Problem sein. Ihr seid ja noch ein paar Tage hier, oder?«

Roseanne nickte. »Ja, insgesamt drei Wochen.« Sie wurde unterbrochen von ihrem laut knurrenden Magen. Die letzte Mahlzeit, die der gesehen hatte, waren die Thunfischsandwiches, die sie in ihrer letzten Pause gegessen hatten.

Ben schaute auf seine Uhr. »Es ist wirklich bald Zeit fürs Abendessen.«

»Aber Susy ist noch nicht wieder mit dem Einkauf zurück«, wandte Roseanne ein.

Er zog eine Augenbraue hoch, während er seine Geräte zusammensammelte. »Und was hast du vorhin für Daisy ins Haus getragen? Ihr könnt natürlich heute Abend mit uns essen. Ich verstehe nicht, warum deine Schwester vorhin so überhastet weggefahren ist.«

Roseanne zuckte die Schulter. »Keine Ahnung. Aber ich schätze mal, dass sie ihre Aufgabe als ›Ersatzmutter‹ so perfekt wie möglich erfüllen will.«

»Aber das muss sie doch gar nicht. Ihr seid schließlich alt genug, um euch die Aufgaben zu teilen.« Ben hob die Schubkarre an und bedeutete Roseanne mit einem Nicken, ihm zurück zum Haus zu folgen.

»Stimmt schon. Vielleicht will sie sich auch einfach beweisen, dass sie für uns sorgen kann. Wir können sie ja fragen, wenn sie wiederkommt. Huch!« rief Roseanne, als es mit einem Mal besonders heftig zu regnen begann.

Ben schloss ihr Wordwell Rose auf und sagte: »Ich komme gleich nach, ich bringe nur schnell die Schubkarre in den Schuppen.«

***

Es goss nun schon seit fast zwei Stunden. Besorgt schaute Mary auf ihre Armbanduhr. »Wo bleibt Susy bloß?«, sagte sie mehr zu sich selbst als zu irgendjemand Bestimmten.

Sie saßen mit Miss Milton, Daisy und Ben im Wohnzimmer von Wordwell Rose und tranken Tee.

»Sie wird sicher bald auftauchen«, versuchte Roseanne, die Marys Bemerkung gehört hatte, ihre zweitälteste Schwester zu beruhigen. Keine Sekunde später tönte eine Glocke hinter der Haustür. »Siehst du, das wird sie sein«, fügte sie hinzu und verpasste ihr einen freundschaftlichen Stoß in die Rippen.

Mary war davon nicht begeistert und schlug Roseannes Hand weg. Jess rollte nur mit den Augen und lehnte sich möglichst weit von den beiden weg.

Derweil war Ben aufgestanden und zur Tür gelaufen. Vor ihm stand eine klitschnasse Susan, das Haar klebte strähnig in ihrem Gesicht und die Stoffjacke hing schwer an ihr herunter. In der Hand trug sie einen prallgefüllten, tropfenden Beutel. Sie versuchte, sich das Haar aus dem Gesicht zu wischen und sah ihn bedröppelt an. Er seufzte lächelnd und legte ihr die Decke um die Schultern, die er in weiser Voraussicht mitgenommen hatte. Dann führte er sie ins Gästebadezimmer hier im Erdgeschoss.

»Daisy hat schon mal das Bad vorgeheizt und Mary hat dir von den getrockneten Sachen ein paar hingelegt. Hoffentlich hat sie die richtigen ausgesucht. Wenn du hier fertig bist, warten im Wohnzimmer der Kamin, heißer Tee und Shortbread auf dich.«

Er zwinkerte, doch Susan war nicht in der Stimmung, ähnlich enthusiastisch zu reagieren. Also nickte er nur und schloss die Tür. Sie sah vor Kälte zitternd in den Spiegel. Eine vollkommen durchnässte junge Frau mit dunklem, strähnigem Haar und bleichem Gesicht schaute sie atemlos an. Ehe sie ihre Füße gar nicht mehr spüren konnte, begann sie lieber, sich auszuziehen. Sie zog den Reißverschluss ihrer Jacke auf und hängte sie mit spitzen Fingern auf den Handtuchtrockner, wo nach und nach auch der Rest ihrer Klamotten landete. Ihre Skinny Jeans klebte wie eine zweite Haut an ihr. Sie kam sich unheimlich lächerlich vor, wie sie da durch das Bad hüpfte und versuchte, sich aus ihrer Hose zu schälen. Aber es war ja niemand da, der sich über sie lustig machen konnte. Schließlich war sie alle störenden Klamotten los und stieg in die Dusche. Das heiße Wasser, das überraschenderweise sofort aus der Brause strömte, perlte an ihren nackten Schultern herab und sie schloss befreit die Augen.

Eine Viertelstunde später fühlte sie sich wie ein neuer Mensch. Sie schlüpfte in die trockenen Sachen und föhnte sich die Haare. Statt der geisterhaften Blässe waren ihre Wangen wieder rosig. Mit federnden Schritten ging sie ins Wohnzimmer. Dass ihre Einkaufstour wenig überlegt gewesen war, hatte sie schon fast wieder vergessen. Sie ließ sich neben Ben auf den letzten freien Platz im Wohnzimmer auf dem geblümten Sofa fallen. Im Kamin flackerte ein helles Feuer und auf Beistelltischchen waren Kerzen entzündet. Miss Milton saß mit Strickzeug auf dem Schoß in einem geblümten Ohrensessel und döste vor sich hin. Ihre Schwestern hockten mit angezogenen Beinen auf einem rosa-weiß gestreiften Sofa und unterhielten sich flüsternd. Als Susan zu ihnen hinübersah, kicherten sie hinter vorgehaltenen Händen. Susan rollte mit den Augen und begann, an dem Shortbread zu knabbern, das neben ihrem Sofa auf einem kleinen Tisch stand. Ben neben ihr studierte eingehend einen Ratgeber über Stauden. Am Kamin stand noch ein zweiter Ohrensessel, in dem Daisy saß und Kreuzworträtsel löste. Im Raum war es still, nur das Feuer knisterte leise vor sich hin. Susan lauschte auf Bens ruhigen Atem und schaute ihn scheu von der Seite an. Sie nahm einen Schluck Hagebuttentee, dann lehnte sie sich zu ihm und deutete auf eine Abbildung in seinem Buch.

»Was ist das für eine Staude?«, fragte sie flüsternd.

Während er ihr die Besonderheiten der Pflanzen erklärte, steckten ihre Schwestern weiter die Köpfe zusammen und tuschelten. Draußen goss es immer noch, der Regen trommelte gegen die Fenster und die Bäume bogen sich gefährlich im Sturm.

Bald schon war ein leises Schnarchen aus dem linken Ohrensessel zu hören. Ben und Susan schauten sich an und grinsten. Jess, Mary und Roseanne kicherten auf ihrem Sofa. Daisy schien das Schnarchen ihrer Arbeitgeberin nicht zu hören, oder sie ignorierte es einfach höflich. Stattdessen sah sie auf die Wanduhr über dem Kamin und dann zum Fenster hinaus.

»Ich glaube, Mädchen, es hat aufgehört zu regnen. Außerdem ist es schon spät. Ihr solltet vielleicht zurück ins Ferienhaus gehen. Ihr habt doch eine recht anstrengende Reise hinter euch«, sagte sie leise und stand auf, um die Kerzen auf den Tischen zu löschen.

Die Schwestern schauten sich erst an, dann nickten sie zustimmend und standen auf.

»Also bis morgen«, sagte Susan und drückte Bens Schulter, bevor sie sich ebenfalls erhob.

»Und eine gute Nacht!«, fügte Mary hinzu. Dann schlichen sie aus dem Wohnzimmer und schlossen die Tür leise hinter sich.

Die Luft war nach dem Regenguss kühler und sie fröstelten ein wenig auf dem Weg zum Cottage. Mit ihren Taschen im Schlepptau schlenderten sie zum Ferienhaus. Sie machten sich nacheinander bettfertig, sagten einander gute Nacht und bezogen dann ihre Schlafzimmer. Der Wind, der zuvor etwas nachgelassen hatte, fegte wieder durch die Wipfel, und irgendwo krächzte ein Käuzchen.

Kapitel 3

Lautes Zwitschern weckte Mary am nächsten Morgen durch das offene Fenster. Außerdem wehte ein laues Lüftchen herein. Von unten aus der Küche drang bereits das Klappern von Pfannen. Sie schlug die Decke zurück und fuhr in ihre Pantoffeln. Dann zog sie sich rasch um und lief die Treppe hinunter. Susan trug ein Tablett mit verführerisch duftenden Pancakes ins Wohnzimmer und stellte es auf den Esstisch. Roseanne verteilte Teller und Besteck auf den vier Platzdeckchen. Bereits auf dem Tisch stand eine Schüssel karamellisierte Ananas.

»Das ist aber ein Festessen!« bemerkte Mary, als sie auf einem der sechs geschwungen gedrechselten Stühle Platz nahm.

»Naja, wir haben immerhin Urlaub. Da können wir uns auch mal was gönnen«, erwiderte Susan und goss reihum Kaffee in die Tassen. Als sie Roseannes Becher übergehen wollte, hielt die sie am Arm fest.

»Bitte, Susy, gieß mir auch mal welchen ein. Ich bin immerhin schon fünfzehn.«

Susan sah sie mit gerunzelter Stirn an, erfüllte ihr aber den Wunsch. »Gib am besten noch Milch und Zucker dazu«, riet sie ihr.

Roseanne wollte protestieren, sie ließ sich von ihrer Schwester doch nicht vorschreiben, wie sie ihren Kaffee zu trinken hatte! Aber als sie sah, wie Mary und Jess synchron in Zustimmung nickten, rührte sie doch Milch und Zucker in ihren Kaffee. Und war am Ende froh, es getan zu haben. »Huh, das schmeckt ja furchtbar!«, rief sie nach dem ersten Schluck und sie wollte sich gar nicht vorstellen, wie schwarzer Kaffee schmeckte.

»Möchtest du, dass ich dir noch mal nachfülle?«, fragte Susan mit zuckersüßer Stimme und klimperte spöttisch mit den Wimpern.

Roseanne bedachte sie mit einem tödlichen Blick, sagte aber nichts dazu. Stattdessen verlangte sie nach der Marmelade. Ihre drei Schwestern kicherten, dann verfielen sie alle in schweigendes Kauen.

**

Als Mary und Susan gerade das Geschirr abwuschen, läutete die kleine Messingglocke in der Diele.

»Geht mal jemand an die Tür?«, rief Susan über den Flur ins Wohnzimmer, wo Jess und Roseanne zusammen über einem Puzzle saßen. Sie mussten noch ein bisschen die Zeit totschlagen, bis die Küchenbrigade fertig war. Dann wollten sie zu einem ausgedehnten Spaziergang aufbrechen.

»Ja!«, rief Jess zurück, lief zur Tür und spähte durch das Schlüsselloch. Vor der Tür standen zwei Jungs, die beide kastanienbraune Haut, eine breite Nase und katzenhafte graue Augen hatten. Der eine aber hatte kurzgeschorenes schwarzes Haar und trug ein weißes Shirt mit einem Band-Logo. Der andere war einige Zentimeter größer, hatte einen schwarzen Afro und trug ein kariertes Hemd mit aufgekrempelten Ärmeln. Mary kam mit einem Handtuch aus der Küche und trocknete sich die Hände ab.

»Wer steht da draußen?«, fragte sie und warf sich das Handtuch über die Schulter.

Jess drehte sich zu ihr um. »Zwei Jungs, sehen aus wie Zwillinge.«

»Zwillinge? Das könnte lustig werden. Frag doch mal, was sie wollen«, sagte sie augenzwinkernd. Jess schien von der Idee noch nicht ganz begeistert, schloss aber trotzdem die Tür auf und linste vorsichtig durch den Spalt.

»Ja, was gibt's?«, fragte ein Geschöpf mit blauschwarzen, streichholzkurzen Haaren, ziemlich bleicher Haut und mit dunklem Kajal geschminkten, grünen Augen, als es seinen Kopf durch den Türspalt steckte.

Jim sah James mit erhobenen Augenbrauen an und wandte sich dann wieder dem vampirartigen Geschöpf zu. »Wir sind James«, er deutete auf seinen Bruder, »und Jim Elliot. Du bist bestimmt eine der vier Meldwin-Schwestern, die das Ferienhaus gemietet haben.«

Etwas misstrauisch musterte das Geschöpf sie. »Das könnte sein. Warum sollte ich euch das erzählen?«

»Weil ihr doch bestimmt nichts gegen Gesellschaft haben dürftet.«

Jess bedeutete ihnen, zu warten. »Da muss ich mich erst mit meinen Schwestern beraten.« Sie schloss die Tür wieder. Inzwischen hatten sich alle Schwestern im Flur versammelt. Jess erstattete Bericht: »Die jungen Herrschaften wollen uns ›Gesellschaft leisten‹.«

»Und was verstimmt dich daran so?«, frage Mary leicht belustigt.

Jess zuckte mit den Schultern. »Sie schlagen hier auf, als hätten sie einen siebten Sinn dafür, dass wir hier sind. Ist das nicht seltsam?«

»Lass sie rein und dann sehen wir weiter. Wenn sie sich nicht benehmen, können wir sie immer noch rausschmeißen«, sagte Mary, die Jess' ablehnende Haltung nicht ganz nachvollziehen konnte.

Jess deutete auf sie mit dem Zeigefinger. »Auf deine Verantwortung hin!«, sagte sie, dann öffnete sie die Tür und machte eine einladende Geste wie ein Butler.

»Darf ich vorstellen: Jim und James Elliot.« Sie klang kaum interessiert.

Nacheinander stellten sich die Mädchen vor. Von den Brüdern aus gesehen links stand Roseanne, ein unschuldig wirkendes Mädchen mit langen seidig blonden Haaren und einem immer noch kindlichen Augenaufschlag. Sie traute sich kaum, die beiden anzusehen.

Daneben stand Mary als Kontrastprogramm, mit den Händen auf die kräftigen Hüften gestemmt. Sie hatte ihr dunkelbraunes Haar zu einem hohen Pferdeschwanz gebunden und ihre Lippen rot geschminkt. Statt sich wie Roseanne fast hinter der Zimmerpflanze zu verstecken, musterte sie die Jungs mit einem forschen Blick aus ihren strahlend blauen Augen. Das beeindruckte Jim und er nickte ihr anerkennend zu. Ihre Antwort fiel um einiges skeptischer aus.

Die letzte, Susan, wirkte auf die Zwillinge eher wie eine große Schwester, denn in ihrem von dunklem, wallendem Haar umrahmten Gesicht, besonders in ihren schwarzen Augen, spiegelte sich etwas Mütterliches. Außerdem lächelte sie fürsorglich.

»Willst du dich nicht auch vorstellen?«, fragte Susan und sah zu Jess.

Die rollte mit den Augen und seufzte. »Na gut. Ich heiße Jess, freut mich, euch kennen zu lernen.« Ihre Stimme verriet allerdings das Gegenteil.

Susan schüttelte nur den Kopf über so viel Unwilligkeit.

Mary winkte die Zwillinge ins Wohnzimmer, während Susan in der Küche verschwand, um Tee, Sirup und Wasser zu bringen. Um die Jungs nicht ansehen zu müssen, holte Roseanne Gläser aus der Schrankwand und stellte sie auf den Tisch.

Als alle saßen, sahen sie sich einen Moment schweigend an, dann versuchte Jim, das Eis zu brechen: »Also, wie kommt es, dass ihr vier zusammen Urlaub macht?«

»Oh, das ist eigentlich ganz simpel. Ab Herbst gehe ich nach Edinburgh aufs College und wollte davor den Sommer noch mal mit meinen Schwestern verbringen. Außerdem waren wir noch nie ohne Eltern unterwegs«, erklärte Susan.

»Und warum habt ihr euch ausgerechnet Wordwell ausgesucht? Ich meine, hier ist ja nicht besonders viel los«, bemerkte nun James.

Mary zuckte die Schultern. »Wir hatten sonst immer Trubel im Urlaub, wenn wir alle zusammen mit dem Wohnmobil an die Côte d'Azur gefahren sind. Da wollten wir es dieses Mal ruhiger angehen lassen. Außerdem hatten wir etwas gesucht, das nicht allzu weit weg ist, sodass wir mit den Fahrrädern hinfahren konnten. Schließlich hat mir eine Mitschülerin von Wordwell Rose erzählt, weil ihre Tante Daisy kennt.« Sie machte eine kleine Pause und lächelte spitzbübisch. »Woher wisst ihr eigentlich, wie wir heißen?«

Jim schien sich plötzlich sehr für seine Teetasse zu interessieren. James musterte seinen Bruder mit hochgezogenen Augenbrauen und sagte: »Wir besuchen Ben ziemlich häufig, helfen ihm manchmal im Garten. Da erzählt er uns ein bisschen was über die Feriengäste, aber, psst, das darf Miss Milton nie erfahren! Wir wollen Ben nicht in Schwierigkeiten bringen.«

»Von uns erfährt sie es jedenfalls nicht«, sagte Susan und machte eine Geste, als schließe sie sich den Mund zu.

Roseanne hatte bis jetzt verlegen geschwiegen, sie hatte fieberhaft nach einer Frage gesucht, die sie den beiden stellen konnte. Jetzt hatte sie eine gefunden. »Also wohnt ihr in der Nähe, wenn ihr hier öfter vorbeikommt?«, fragte sie mutig.

James nickte. »Ja, die Straße runter, auf dem Hof an der Kreuzung, wo es nach Brockley Corner geht. Es ist halt ein bisschen öde, dass wir die einzigen beiden Kinder in diesem Kaff sind«, fügte er noch erklärend hinzu.

Sie nickte und blieb dann doch wieder stumm. James amüsierte sich ein bisschen über ihr Verhalten. Alle fünfzehnjährigen Mädchen, die er kannte, waren kess und nicht auf den Mund gefallen. Er lächelte sie ermunternd an, doch sie drehte sich weg und wurde rot.

Jim zog verächtlich den Mund zusammen. »Du kannst dich ja gerne Kind nennen! Wir sind immerhin siebzehn und damit fast erwachsen.«

James wandte sich mit skeptischem Blick zu ihm »Du und erwachsen? Das ich nicht lache. Ich gehe mit dir jede Wette ein, dass Roseanne erwachsener ist als du!« Er warf ihr einen aufmunternden Blick zu, doch sie schaute schnell weg.

Jim winkte ab. »Von mir aus. Ist ja jetzt auch egal. Habt ihr Lust darauf, dass wir euch die Gegend zeigen? Ja, Wordwell hat absolut nichts zu bieten, aber in Thetford gibt es super Antiquariate und Flohmärkte mit tollen Schnäppchen.«

Susan fragte: »Warum Thetford? Ist Bury St. Edmunds nicht näher?«

»Schon, aber Bury ist langweilig, was für Rentner. Thetford ist viel cooler, da gibt es eine große alternative Szene.« Jims Augen leuchteten.

Mary zog eine Augenbraue hoch und grinste. »Und du bist ein Alternativer? Zugegeben, die wenigsten Jungs, die ich kenne, gehen gerne auf Flohmärkte und in Antiquariate.«

Jim nickte heftig. »Oh ja, ich steh voll auf sowas! Die haben noch Schallplatten, zum Beispiel von meiner Lieblingsband *The Jimi Hendrix Experience*.«

»Das ist übrigens auch die unseres Dads, weshalb er ihn nach Jimi Hendrix benannt hat. Ich frage mich allerdings arg besorgt, was er dir damit sagen will, wenn man bedenkt, dass Hendrix schon mit siebenundzwanzig gestorben ist«, warf James ein, um seinen Bruder aufzuziehen.

»Als ob! Er wollte seiner kongenialen Kompositionsgabe huldigen, du Depp! Und du wurdest ja nach James Bond benannt, den Mum zwar liebt, der aber gar nicht wirklich existiert«, empörte sich Jim.

Bevor James seinem Bruder wieder etwas an den Kopf werfen konnte, hob Susan die Hand, und die beiden gehorchten tatsächlich. »Das ist wirklich echt interessant«, sagte sie und meinte es auch so. »Aber ihr seid nicht die einzigen mit Namensvorbildern. Ich habe meinen Namen von der Tante unserer Mum, einer Gospelsängerin in Peterborough. Das ist vielleicht nicht so spektakulär wie eure, weil sie nur eine lokale Berühmtheit war, aber ich habe eine Geschichte.« Sie schaute ihre jüngere Schwester auffordernd an.

»Mein Name stammt aus dem Film *Mary Poppins*, dem Lieblingsfilm unserer Mum. Und ich finde ihn auch großartig. Ich habe noch einen Zweitnamen, Ingrid, aber der hat keine bestimmte Bedeutung. Unsere Eltern fanden meinen Vornamen einfach zu kurz.«

»Wir haben auch beide einen Zweitnamen, Chibundu. Das ist nigerianisch und bedeutet ›Gott ist Leben‹«, erklärte Jim und stützte die Ellenbogen auf dem Tisch ab.

»Also kommen eure Eltern aus Nigeria?«, fragte Mary und lehnte sich ihm entgegen.

Jim schüttelte den Kopf. »Nur unser Dad, er ist mit seinen Eltern nach London gezogen, als er vier war. Mums Familie wohnte schon immer, oder zumindest schon sehr lange, auf dem Hof. Aber die Landwirtschaft haben meine Großeltern schon in den Siebzigern aufgegeben.«

Mary nickte langsam, dann wandte sie sich an Jess, um ihr einen Stoß in die Rippen zu verpassen, damit sie den Mund aufmachte und sich genauer vorstellte. Sie wusste ja, wie maulfaul ihre Schwester manchmal sein konnte. Darum war sie überrascht, als die ganz ohne Aufforderung zu reden begann.

»Mein eigentlicher Name Jessica ist für unsern Dad die weibliche Entsprechung zu Jesse James, dem Westernbanditen. Seit er klein ist, findet er den Wilden Westen toll und interessiert sich vor allem für die Räuber und Gangster, die dort ihr Unwesen getrieben haben.«

James musterte sie eingehend mit einem Grinsen. »Passt auch irgendwie zu dir, finde ich.«

»Was soll denn das jetzt heißen?«, entrüstete sich Jess und verschränkte die Arme vor der Brust, aber ganz ernst konnte sie dann doch nicht gucken.

Als Roseanne an der Reihe war und die Jungs sie erwartungsvoll anschauten, senkte sie den Blick und sagte leise: »Roseanne war der Name unserer Grandma, aber sie hat meine Geburt nicht mehr miterlebt. Sie ist eine Woche vorher an Krebs gestorben.« Sie schluckte und sah dann die anderen an. Sie nickten teilnehmend und einen Moment herrschte betretenes Schweigen.

Zum ersten Mal, seit die Jungs hier waren, schaute

Roseanne ihm direkt in die Augen. »Danke. Ich hätte sie gerne kennen gelernt, weißt du.«

Er lächelte. »Das glaube ich.« Er überlegte einen Moment, dann sagte er: »Lust, auf andere Gedanken zu kommen? Nach Thetford zu fahren, lohnt sich jetzt nicht mehr wirklich. Deshalb zeigen wir euch lieber erst einmal den Wald.« Energisch stand er auf.

James räusperte sich belustigt. »Das hast du jetzt einfach so entschieden?«

Sein Bruder würdigte ihn keines Blickes. »Jawohl, das habe ich. Also folgt mir!« Er schritt zur Tür mit erhobenem Arm wie ein Touristenführer, der eine Fahne schwenkte. Die Mädchen fingen an zu lachen, folgten ihm aber nach draußen. Da blieb James nichts anderes übrig, als es ihnen gleich zu tun.

Die Sonne schien immer noch, doch es zogen bereits dunkle Wolken auf.

»Was meint ihr, wird das Wetter aushalten?«, fragte Jess die Zwillinge, die ihnen voran gingen.

Während sie weiter in den weitläufigen Garten vordrangen, sagte James: »Ich denke schon. Die Wolken ziehen nur vorübergehend über den Himmel.«

Mary war sich da nicht ganz so sicher, sie musste wieder an ihre doch ziemlich feuchte Anreise gestern denken. »Na, wenn du das sagst«, murmelte sie. Susan hatte nicht ganz verstanden, was sie gesagt hatte, doch als sie nachfragte, winkte Mary nur ab.

Plötzlich stießen sie auf die graue Steinmauer, die hinter Dornenbüschen und Koniferen wieder auftauchte. Es fehlten einige Steine, sodass man die noch verbliebenen als Leiter benutzen konnte.

»Auf der andern Seite sieht es genauso aus. Hier kommen wir immer rüber, wenn wir Ben besuchen«, erklärte Jim, während James bereits auf die Mauer kletterte. Er winkte den anderen von oben und sprang auf der anderen Seite wieder hinunter.

»Und warum nehmt ihr nicht einfach das Eingangstor so wie zivilisierte Leute?«, fragte Jess stirnrunzelnd, als Jim sich ebenfalls an den Aufstieg machte.

»Macht einfach mehr Spaß!«, rief er ihnen von oben zu. »Na los, so schwer ist es nicht!«

Die Schwestern schauten ihm nach wie vor etwas skeptisch hinterher. Jess aber hatte das als Herausforderung verstanden. Als ob sie zögerten, weil sie nicht klettern konnten! Sie setzte einen Fuß auf den untersten Steinvorsprung und zog sich hinauf. Schließlich kletterten die anderen ihr nach und sprangen auf der anderen Seite wieder herab.

Vor ihnen breitete sich der dunkle Wald aus, die Luft war feuchter und roch nach verrottendem Laub. Auf dem Boden wuchsen wilde Himbeeren und Erdbeeren, Herbstzeitlose und Farne. Darüber huschten Flecken matten Sonnenlichts, das sich durch das dichte Blätterdach der Eichen und Buchen kämpfte. Ein ausgetretener Pfad führte durch die Bäume und verlor sich im Unterholz. Die Jungen gingen auf dem

Pfad tiefer in den Wald hinein. Die Schwestern folgten ihnen, dornige Zweige strichen ihnen gegen die Beine und zerkratzten Jess und Roseanne, die kurze Hosen trugen, die Haut.

Nach ein paar Minuten Fußweg lichtete sich der Wald und sie traten auf eine Wiese. Dicke Wolken hatten sich inzwischen endgültig vor die Sonne geschoben, es war trüb und die unzähligen Mittagsblumen hatten ihre Blüten geschlossen. Der Wind frischte auf und fuhr durch die Blumen und das hohe Gras. Es war, als stünden sie in einem Meer aus Pflanzen.

Mitten auf der Wiese lag ein ziemlich großer, grau-brauner Findling, der zur Hälfte in dem wogenden Gras verschwand. Mary schritt zielstrebig auf den Stein zu. Sie blieb davor stehen und fuhr mit den Fingerspitzen andächtig über die Furchen, das Moos und die Flechten. Plötzlich stieß sie auf etwas Metallisches. Sie bog die Grashalme, die es verdeckten, zur Seite. Zum Vorschein kam eine rechteckige, angelaufene Messingplatte mit einer Inschrift und einem besonderen Zeichen. Aber Mary konnte die Schrift nicht lesen.

Jim, der nun hinter ihr stand, legte ihr die Hand auf die Schulter und sagte: »Wir versuchen schon seit einer Weile herauszufinden, was da steht. Aber bisher sind wir noch nicht wirklich weit.«

Inzwischen waren die anderen herangekommen und standen im Halbkreis um den Stein herum.

»Dann könnt ihr euch aber noch nicht eingehend damit befasst haben. Sonst hättet ihr zumindest herausgefunden, was das für eine Sprache ist. Und den Davidstern habt ihr schon erkannt, oder?«, bemerkte Susan in einem belehrenden Ton.

Jess bedachte sie mit einem entnervten Blick und murmelte: »Jaja, Madam Neunmalklug.«

Jim kratzte sich am Kopf. »Ja, das haben wir schon erkannt. Aber wir konnten uns keinen Reim darauf machen. Bei einem Davidstern ist das Naheliegende ja Hebräisch oder Jiddisch, aber das konnten wir schon mal ausschließen. Wir hatten aber auch wirklich noch nicht so recht Zeit, uns damit tiefer zu beschäftigen. Ihr wisst schon, Schule und Training und so.«

Mary drehte sich zu ihm um und lächelte ihn an, denn ihr kam eine Idee. »Was haltet ihr davon, wenn wir euch bei der Suche helfen? So kriegen wir auf jeden Fall die drei Wochen spielend rum.« Sie schaute über Jims Schulter und sah ihre Schwestern der Reihe nach fragend an. Nachdenklich wiegte Susan den Kopf, sie versuchte einzuschätzen, wie gefährlich die Sache noch werden könnte. Roseanne starrte verlegen auf den Boden.

Jess trat neben Jim und schaute sich den Stein genauer an. »Ich bin dafür, könnte ich mir aufregend vorstellen«, sagte sie schließlich.

Auch Susan nickte zustimmend. »Gute Idee. Ich wollte schon immer mal Miss Marple spielen.«

»Großartig!« rief Jim strahlend und fügte hinzu: »Da wir gerade so in Entdeckerlaune sind, zeigen wir euch gleich noch einen Schatz in Wordwell Wood. Kommt mit!« Er lief zur gegenüberliegenden Seite der Lichtung.

»Dafür, dass in Wordwell nichts los sein soll, sind wir aber ganz schön beschäftigt!«, zog Mary ihn auf, als sie zu ihm aufschloss.

»Naja, ein bisschen was gibt's hier schon zu sehen. Aber so aufregend ist es hier am Ende des Tages auch nicht«, wandte er ein. Dann drehte er sich um. »Oh, und passt auf! Es ist ein bisschen schwierig, hier voranzukommen.«

Was er damit meinte, merkten die anderen schnell. In diesem Teil des Waldes waren die Farne und Dornenranken ungleich dichter; es gab keinen Pfad, sie mussten sich so durchs Unterholz schlagen.

Weit weg vom Findling konnten sie nicht sein, aber dennoch kam ihnen der Marsch wegen des unwegsamen Geländes vor wie eine Ewigkeit. Endlich erreichten sie einen halb verfallenen Holzzaun. Er war von Efeu bewachsen und klapperte gespenstisch in einer steifen Brise, die plötzlich durch den Wald fegte. Das Gras stand um den Zaun etwa einen Meter hoch. Neben einem Portal mit rostigen Scharnieren baumelte an einem Nagel ein Briefkasten. Jim stupste ihn an und er fiel sanft ins Gras. Sie standen einen Moment unschlüssig davor.

»Und nun?«, fragte Mary und verschränkte die Arme vor der Brust.

»Na, das ist doch offensichtlich«, sagte Susan und kniete sich vor das Portal, um das Gras herauszureißen. Roseanne, die froh darüber war, dass sie etwas tun konnte und nicht nur verlegen in der Gegend herumstehen musste, half ihr dabei.

Außerdem lenkte es sie ab. Denn sie musste sich beschämt eingestehen, dass sie Jim ziemlich cool und auch attraktiv fand. Doch sie hatte schon mitbekommen, wie der ihre große Schwester Mary anhimmelte. Das war ja nun unübersehbar. Susan fand Ben, den Gärtner, ganz toll. Das zeigte sie zwar nicht allzu offen, aber Roseanne kannte ihre älteste Schwester nun lange genug, um zu wissen, wann sie auf jemanden stand. Und bei Jess wurde sie das Gefühl nicht los, dass sich zwischen ihr und James noch etwas entwickeln würde. Nur ihr, der kleinen, unerfahrenen Roseanne, würde diesen Sommer ein kleiner Flirt oder gar mehr verwehrt bleiben. Wie immer. Das war doch nicht auszuhalten. Dass sie erst den zweiten Tag da waren, ließ sie dabei geflissentlich außer Acht. Aber was nicht war, konnte ja noch werden, oder?

Sie hatten nun die meisten hinderlichen Grashalme entfernt und schoben das Tor auf. Es schleifte über den Boden und als sie fester dagegen drückten, brach es aus den Angeln. Es fiel zu Boden und bildete nun eine Brücke über einen sehr schmalen, schmutzigen

Bach, der hinter dem Zaun träge dahinfloss. Die Tür knarzte unwillig unter ihnen, als sie darüber liefen.

Roseanne, die vorangegangen war, blieb stehen. »Schaut euch das an!«, rief sie überwältigt.

Ihre Schüchternheit war vergessen, sie taute durch ihre Entdeckung richtig auf. Die anderen schlossen zu ihr auf, als sie staunend auf den Garten deutete, der sich vor ihnen erstreckte. Der Garten teilte sich in drei Bereiche. Exotische Pflanzen, deren Namen sie nicht kannten, drängten sich links von ihnen hinter einer niedrigen Basaltmauer. Direkt vor ihnen breitete sich bis zu einem Torbogen aus Granit ein Kräutergarten aus, der herrlich duftete. Hinter einer weiteren niedrigen Basaltmauer waren nur Lilien gepflanzt worden. Es wuchsen hier elegante weiße Lilien, ausgefallene Schwertlilien und in einem sumpfigeren Bereich Wasserlilien. Doch sie kamen gar nicht dazu, diese Blütenpracht zu bewundern und sich zu fragen, wer diesen Garten hier angelegt hatte und weiterhin pflegte.

Denn es begann zu schütten, aus heiterem Himmel, und ganz in der Nähe grollte Donner.

»Und du hast behauptet, das Wetter würde halten!«, rief Jess und knuffte James in die Seite, als sie über den Kiesweg zwischen den Kräutern zu dem Torbogen rannten, der als Rankhilfe diente. Dahinter stand eine fensterlose, schon ziemlich windschiefe Holzhütte.

James ignorierte Jess und zerrte stattdessen an der Türklinke. Die Tür bewegte sich um wenige Millimeter, blieb ansonsten aber standhaft. Also mussten sie sich alle zusammen an die Tür hängen, so wie im Märchen von der riesengroßen Rübe. Schließlich gab die Tür nach.

Ohne zu wissen, was sie erwartete, traten sie nacheinander in die Dunkelheit. Susan tastete an der Wand entlang und fand einen Lichtschalter. Sie legte ihn ohne große Hoffnung um, und als es einen Moment lang dunkel blieb, schien sich ihre Befürchtung zu bestätigen. Doch dann glomm über ihnen eine schwache Glühbirne auf, die von der Decke hing.

Das Zimmer, in dem sie sich befanden, war äußerst spartanisch eingerichtet. Es standen nur ein Tisch, ein Stuhl und ein Bettgestell mit durchgelegener Matratze darin. In den Ecken erspähte Susan weißen Schimmel. Begeistert war sie davon nicht gerade, aber solange sie ihm nicht allzu nahe kamen und der Regen draußen nicht allzu lange dauerte, sollten sie auf der sicheren Seite sein.

In der gegenüberliegenden Wand gab es eine niedrige Tür, die ein Stück weit offen stand. Mary setzte sich auf das Bett, Jim ließ sich neben ihr nieder. Susan und Roseanne sahen sich einen Moment lang an, dann schob Roseanne Susan sanft in Richtung Stuhl und sie schwang sich auf den Tisch. Jess schaute sich unschlüssig um und steuerte schließlich die offen stehende Tür an. James folgte ihr auf dem Fuße. Roseanne sah sich in ihrer Vermutung bestätigt. Dann schloss sich die Tür hinter ihnen.

In dem Raum befand sich die Küche dieser seltsamen Behausung. Eine zweite Tür ging neben dem Küchenschrank ab und ein kurzer Blick dahinter verriet Jess, dass es sich dabei um eine sehr schmale Nasszelle mit einem Wasserbehälter samt Brause als Dusche an der Decke handelte. Ein Klo konnte sie hier nicht entdecken.

James wollte sich an der Küchenwand abstützen, ließ es mit einem Blick auf den Schimmel aber lieber bleiben. Stattdessen verschränkte er die Arme. Jess lehnte sich an die Anrichte, als sie zurück aus dem Bad kam, und starrte schweigend geradeaus. Er musterte sie von der Seite. Ihr schwarzes Haar fiel ihr in Fransen in die Stirn. Der schwarze Lack auf ihren Nägeln blätterte bereits an einigen Stellen ab. Die Spitzen ihrer Chucks waren verschiedenfarbig mit Filzstift angemalt, die eine grün, die andere blau.

Plötzlich schaute sie zu ihm. »Magst du deinen Bruder eigentlich?«, fragte sie unvermittelt. Ihr Blick war sanft und passte überhaupt nicht zu dem gelangweilten Verhalten, das sie erst heute früh noch an den Tag gelegt hatte.

»Na ja«, begann er ein wenig überrumpelt. Das hatte noch nie jemand von ihm wissen wollen. »Manchmal geht er mir schon auf den Keks. Zum Beispiel, wenn ich mit meiner besten Freundin im Kino war und er mich zum tausendsten Mal fragt, ob zwischen uns was läuft. Oder wenn er wieder seine Musik zu laut hört und mich ignoriert, wenn ich ihn bitte, sie leiser zu stellen. Aber ein Leben ohne ihn wäre definitiv langweiliger.« Er zögerte kurz und fragte dann: »Wie ist das eigentlich bei dir? Drei Schwestern zu haben, ist wahrscheinlich auch nicht einfach, oder?«

Sie schüttelte den Kopf. »Einen Flohzirkus zu halten, stelle ich mir jedenfalls einfacher vor. Und da ich ja sozusagen das schwarze Schaf der Familie bin, machen mir meine ach so braven Schwestern das Leben manchmal echt schwer. Aber ohne will ich ehrlich gesagt auch nicht sein.« Sie machte eine Pause und fuhr dann mit ihrem Verhör fort: »Wenn dir die Musik deines Bruders so auf den Geist geht, was hörst du dann?«

»*Queen* find ich gut, genauso wie Billy Idol und Led Zeppelin«, erklärte er.

»Also eher so die Glam- und Prog-Rock-Schiene«, stellte sie fest.

Er wiegte den Kopf zustimmend den Kopf. »Wobei Queen ja eigentlich ein Genre für sich sind.«, sagte er mit einem schiefen Grinsen. Dann wurde er ernst. »Und was hörst du?«

»Aretha Franklin und Nina Simone, aber auch die alten *Genesis.*«

Erstaunt sah er sie an. »So was hörst du? Ich hatte bei dir eher an so was wie *The Clash* oder die *Sex Pistols* gedacht. Du weißt schon, Rebellion und Sturz des Establishments um jeden Preis.« Er grinste breit.

Sie schüttelte den Kopf und sah ihn scharf an. »Das

eine schließt das andere nicht aus oder verlangt danach. Ja, die Ideale des Punks sind auch meine Ideale, die Musik ist es aber meistens nicht.«

Ihr wurde das ganze jetzt doch zu persönlich, auch wenn sie damit angefangen hatte. Also drehte sie sich neugierig zu den Hängeschränken hinter ihr um und öffnete eine Tür. Er war etwas baff angesichts des abrupten Abbruchs des Gesprächsfadens. Aber immerhin hatte sie nicht komplett aufgehört, mit ihm zu reden.

»Schau dir das an! Kekse von vor fünfzehn Jahren. Und Eingekochtes, das schon vor Ewigkeiten abgelaufen ist.« Faszination und Ekel spiegelten sich in ihrem Gesicht. Er nahm ihr das Glas aus den Händen. Das nächste, was sie aus dem Schrank holte, war ein Bleikristallglas. Er schaute über ihre Schulter und legte ihr das Kinn darauf.

Sie verharrte einen Moment, unschlüssig, ob sie ihm das erlauben sollte oder nicht.

Da ging auch schon die Tür auf, Roseanne steckte den Kopf durch den Spalt und nahm ihr damit die Entscheidung ab. »Es regnet nicht mehr, Jim war gerade gucken. Außerdem ist es langsam Zeit fürs Mittagessen.« Als sie die zwei so sah, nickte sie wissend.

Doch Jess rollte mit den Augen, schob sich an James vorbei und folgte ihr ins Wohnzimmer. Sie brachen auf, Mary und Jim fehlten bereits.

Viele Blumen ließen wegen der schweren Tropfen die Köpfe hängen. Die Schwestern und die Zwillinge machten sich auf im Dauerlauf zurück nach Wordwell Rose, ehe es wieder anfangen konnte zu regnen.

»Ich lade euch zum Essen ein, falls ihr nichts weiter vorhabt«, bot Susan den Zwillingen an, als sie vor der brüchigen Steinmauer standen. Aber die zwei schüttelten den Kopf und erklärten, dass sie nicht immer dem Mittagessen fernbleiben konnten, wenn ihre Großeltern zu Besuch waren. Dann warfen sie Mary und Jess je einen sehnsüchtigen Blick zu und verschwanden. Als sie die Blicke bemerkte, lächelte Susan und dachte an Ben.

Sie kletterten über die Mauer und liefen zurück zum Cottage. Dort steuerte Susan gleich die Küche an, während sich die anderen im Wohnzimmer verkrümelten.

Plötzlich klopfte es am Fenster. Ben stand draußen und bedeutete ihr, dass sie das Fenster öffnen sollte. »Kann ich dir beim Kochen helfen?«

Susan strahlte. »Selbstverständlich gern!«

Statt allerdings, wie sie angenommen hatte, zur Haustür hereinzukommen, schwang er sich kurzerhand durchs offene Fenster.

»Beeindruckend!«, bemerkte sie nur halb im Scherz, ehe sie ihn anwies, »Du kannst schon mal das Gemüse schneiden, ich schäle die Kartoffeln.«

Er salutierte spöttisch. »Aye, aye!«

Sie warf das Wischtuch nach ihm, das er aber geschickt auffing und sich über die Schulter warf. Dann schnappte er sich ein Messer und eine Paprika und stellte sich zu ihr an die Arbeitsfläche.

Kapitel 4

Im Wohnzimmer warteten die anderen auf ihr Essen. Warteten. Und warteten. Doch das Essen kam nicht. Schließlich stand Mary auf, um nachzuschauen, was da los war. Sie klopfte an die Küchentür. Verwundert vernahm sie zweistimmiges Gelächter, das anscheinend ihr Klopfen übertönte. Wer lachte da mit ihrer Schwester? Sie öffnete vorsichtig die Tür und linste durch den Spalt. Susan stand mit Ben am offenen Fenster und amüsierte sich offensichtlich köstlich mit ihm. Sie waren so in, wie es schien, unendlich spannende Blumenbetrachtungen vertieft, dass sie gar nicht bemerkten, wie der Eintopf auf dem Herd überkochte.

»Hey!«, rief Mary. »Ihr bringt uns gerade um unser Mittagessen.«

Erst schauten sie Mary entgeistert an und dann fiel ihr Blick auf den überkochenden Eintopf.

»Ach du meine Güte!« Susan schlug die Hände über den Kopf zusammen, ehe sie zum Herd eilte und ihn abdrehte. Ben hatte sich zwei Topflappen geschnappt und hob den Topf von der Herdplatte. Susan nahm den Deckel ab und besah sich das Unheil. »Immerhin ist es nicht komplett verbrannt. Allerdings ist leider auch nur noch die Hälfte übrig.« Sie schwieg einen Moment, dann fügte sie hinzu: »Und die Sauerei müssen wir auch noch wegmachen.« Sie sah aus, als wollte sie sich am liebsten im Wandschrank verkriechen. Ihr war die Sache schrecklich peinlich.

Mary legte ihr beruhigend die Hand auf den Arm. »Bring erst mal den Rest vom Eintopf ins Wohnzimmer. Ich schmeiß derweil ein paar Brotscheiben in den Toaster. Das machen wir dann später zusammen sauber.«

Ben schaltete sich ein: »Ich helfe natürlich mit. Schließlich habe ich Susy abgelenkt.«

Susan trug den Topf mit zwei Topflappen ins Wohnzimmer. Während Mary darauf wartete, dass der Toaster das Brot wieder ausspuckte, sagte Ben zu ihr: »Ich hatte schon meine Mittagspause, darum komm ich einfach wieder, wenn ihr gegessen habt.«

»Du kannst uns doch trotzdem Gesellschaft leisten. Komm einfach mit rein«, schlug sie vor.

»Geht leider wirklich nicht, ich hab noch einiges zu tun. Ich hab mich in meinem Zeitplan ein bisschen verzettelt. Der Schwatz mit Susan hat länger gedauert, als ich gedacht hatte. Aber ich bin in einer halben Stunde wieder hier.« Er winkte zum Abschied und nahm diesmal die Eingangstür, um zu verschwinden. Mit dem inzwischen herausgehüpften Toast setzte sich Mary zu ihren Schwestern, die versuchten, das Beste aus dem bisschen Eintopf zu machen.

***

Susan hatte bereits angefangen, den Herd zu schrubben, als Ben läutete. Er nahm einen Eimer und einen Mopp zur Hand und wischte den Eintopf auf, der auf den Boden gelaufen war. Mary wrang den Lappen aus, mit dem sie das Verkrustete, das Susan abgekratzt hatte, aufgewischt hatte. Sie griff sich den Eimer mit dem dreckigen Wasser, um ihn nach draußen zu bringen.

»Einen Abfluss findest du auf der Straße vor dem Tor!«, rief Ben ihr nach.

Sie lief am Haus von Miss Milton vorbei und schob dann das massive Tor auf. An der Mauer daneben lungerte Jim; er schob die Kiesel der Auffahrt mit der Schuhspitze hin und her.

»Was machst du denn hier?«, fragte sie, während sie das dreckige Wasser in den Gully schüttete.

»Wenn ich ehrlich sein soll, habe ich auf dich gewartet. Ich hatte gehofft, dass du vielleicht noch einmal auftauchst.« Er lächelte sie verlegen an.

Sie grinste. »Da hattest du aber ziemlich viel Hoffnung. Warum bist du nicht einfach über die Mauer geklettert?«

Er zuckte nur die Schultern.

Sie lachte und fragte: »Hast du was Bestimmtes mit mir vor?«

Er blickte auf den Eimer in ihrer Hand. »Wo kommst du her?«

»Lenk nicht vom Thema ab. Wir haben die Küche saubergemacht, weil Susy beim Essenkochen eine kleine Sauerei angerichtet hat. Aber du hast meine Frage noch nicht beantwortet. Was hast du mit mir vor?«, wollte sie forsch wissen.

Er schaute ihr in die Augen, von ihrer Direktheit äußerst angetan. »Ich wollte mit dir spazieren gehen, dir mal unser Dorf zeigen. Also, wenn du nichts dagegen hast.« Auf einmal war er furchtbar nervös, weil sich sein Vorhaben nicht halb so vielversprechend anhörte, als er es laut aussprach.

Sie taxierte ihn für einen Moment mit einem Blick, den er nicht deuten konnte. Er sah sie fragend an. Doch sie schüttelte nur den Kopf und stellte den Eimer auf die andere Seite der Mauer, bevor sie das Tor schloss.

»Na dann los! Worauf wartest du noch?«, fragte sie lächelnd. Begeistert griff er nach ihrer Hand, doch sie entzog sie ihm. Er zog eine Schnute und sie lächelte ihn versöhnlich an.

»Später vielleicht«, bot sie ihm an und er strahlte wieder.

***

Susan und Ben saßen gemeinsam in der Küche. Ihre Schwestern hatten sich in ihre eigenen Zimmer zurückgezogen. Immer wieder schaute Susan auf die mit Rosen bemalte Wanduhr aus Porzellan über der Spüle.

»Wartest du auf jemanden?«, fragte Ben und berührte sie an der Schulter.

»Mary wollte doch nur das Wasser wegschütten. Jetzt ist sie schon eine halbe Stunde weg.« Nervös knibbelte sie an ihren Fingernägeln.

»Mach dir da mal keine Sorgen. In Wordwell gibt es keine Mädchenräuber.«

Sie hat schaute ihn entsetzt an; die Möglichkeit von freilaufenden Verbrechern war ihr noch gar nicht in den Sinn gekommen.

Ben bemerkte seinen Fauxpas und beeilte sich, sie zu beruhigen: »Wahrscheinlich hat sie Jim getroffen, der sie zu irgendetwas eingeladen hat. Er scheint ja ein Auge auf sie geworfen zu haben.« Er strich ihr beschwichtigend über den Oberarm.

Doch es brauchte schon mehr als das, um Susan zu überzeugen. »Glaubst du, er meint es ernst mit ihr? Ich will nicht, dass sie aus diesem Urlaub ein gebrochenes Herz mitnimmt.« Sie war so von ihrer Sorge eingenommen, dass sie ein wenig den Blick für die Realität verlor.

Ben schüttelte den Kopf. »Jim ist zwar manchmal ein ziemlicher Draufgänger. Aber ich kenne ihn nun schon, seit ich hier arbeite. Das sind immerhin sechs

Jahre. Außerdem ist das doch alles noch frisch. Ich würde aber sagen, ich weiß, wann es ihm ernst ist.«

Jetzt rückte sie etwas von ihm ab. »Trotzdem, wie kannst du dir da so sicher sein?«

Er hob eine Augenbraue. »Gegenfrage: Wie kannst du dir zwischen uns so sicher sein? Ich könnte dir auch nur an die Wäsche wollen und dich dann einfach sitzen lassen. Trotzdem vertraust du mir. Und auch wenn ich Mary erst seit weniger als zwei Tagen kenne, glaube ich doch, dass sie weiß, was sie nicht will und wie sie sich gegebenenfalls wehren kann. Vertrau ihr, sie kann das.«

Sie seufzte, nickte resigniert und rutschte an ihren alten Platz zurück.

***

Jess lag mit ausgestreckten Beinen auf ihrem Bett, die Arme hinter dem Kopf verschränkt. Sie starrte die Deckenvertäfelung an, ohne wirklich etwas zu sehen. So hatte sie sich den Urlaub zwar nicht unbedingt vorgestellt, aber die Vorstellung, drei Wochen ohne Eltern, dafür mit James, gefiel ihr sehr. Verliebt? Nein, überhaupt nicht. James war ein richtig netter Kerl, ziemlich hübsch, mit annehmbarem Musikgeschmack. Sie mochte ihn. Aber verliebt? Sie schüttelte den Kopf. Dazu kannte sie ihn noch nicht lange genug. Wenn er sie mal zu sich einladen würde, damit sie Zeit hätte, ihn näher kennen zu lernen und sein Zimmer zu erforschen, dann - wer wusste das schon?

Aber jetzt konnte man hier noch von nichts Besonderem sprechen. Sie rollte sich auf den Bauch, griff nach ihrem tragbaren Radio und steckte sich die Kopfhörer in die Ohren. Dann suchte sie ihren Lieblingssender, in der Hoffnung, ihn hier in der Einöde zu finden. Sie konnten ja auch in einem Funkloch stecken. Doch sie hatte Glück. Sie drehte laut auf und war für nächste Zeit ganz woanders.

***

Unruhig lief Roseanne vor ihrem Fenster auf und ab. Ihr wollte diese Inschrift nicht aus dem Kopf gehen. *Fyw mewn heddwch.* Für sie war das unaussprechlich, aber gelesen hatte sie es schon einmal irgendwo. Doch da fehlte noch etwas, zwei Worte fehlten, daran erinnerte sie sich noch. Dazu der Davidsstern. Sie musste morgen noch einmal dorthin. Wieso morgen? Warum nicht gleich jetzt? Den Weg kannte sie, also konnte sie die Platte genauso gut auch jetzt noch einmal gründlicher untersuchen.

Sie schlüpfte in ihre Gummistiefel, zog sich einen Regenmantel über und steckte Stift und Zettel in die Manteltasche. Leise schlich sie den Flur entlang, vorbei an der Küche, in der sich Ben und Susan unterhielten, durch die Tür hinaus in feinen Sprühregen. Leicht fröstelnd klappte sie die Kapuze hoch und schüttelte sich.

»Dummer Regen!«, murmelte sie und lief zur Mauer. Die Steine waren glitschig und der Lehm in den

Fugen verwandelte sich langsam aber sicher in grau-braunen Schlamm. Darauf bedacht, nicht auszurutschen, kletterte Roseanne hinüber und landete im feuchten Gras. Zunächst rief sie sich den Weg, den Jim ihnen gezeigt hatte, ins Gedächtnis und bahnte sich dann ihren Weg durchs dichte Geäst. Ihr schlug ein dünner Zweig ins Gesicht und kratzte ihr die Wange auf. Mit den Fingerspitzen berührte sie die getroffene Stelle, es war kein Blut daran.

Bald hatte sie die Lichtung mit dem Findling erreicht. Sie eilte auf den Stein zu, den Oberkörper weit nach vorn gebeugt. Der Regen prasselte immer heftiger vom Himmel. Sie strich mit den Fingern andächtig über die bereits verwitterten Buchstaben und besah sich die Inschrift noch einmal genauer. Vorhin hatte Jim davor gestanden, sodass sie sie nicht hatte lesen können.

Im Schutz ihres Mantels schrieb sie die Inschrift auf ihren kleinen Notizblock. Nun hatte sie alles, was sie wollte und hoffentlich auch brauchte. Noch einmal wollte sie heute nicht raus.

Sie beeilte sich, zurück zum Anwesen zu kommen. Bevor sie durch die Tür des Ferienhauses trat, schüttelte sie den Regenmantel aus und hängte ihn in den Fahrradschuppen. Ihre Schwestern schienen inzwischen alle oben auf ihren Zimmern zu sein, denn die Küche war leer. Trotzdem bemühte sie sich, leise zu sein, als sie sich eine Packung Kekse aus dem Schrank stibitzte. Dann ging sie in ihr Zimmer, legte sich

bäuchlings auf ihr Bett und inspizierte ihre Aufzeichnungen: *Gadewch i ni fyw mewn heddwch.*

Sie brach sich nach wie vor beinahe die Zunge, als
sie versuchte, sie auszusprechen. Aber mit jedem Mal
Lesen kamen sie ihr bekannter vor. Sie robbte bis zum
Fußende des Bettes und kramte in ihrem Rucksack
nach ihrem Tagebuch. Sie blätterte weit zurück zu
einem Eintrag von vor über einem Jahr, als sie mit
ihrer Klasse auf einen Ausflug nach Coventry gefahren war.

Sie hatten ein Haus besucht, in dem an den *Coventry Blitz* erinnert wurde, die Bombenangriffe Na-
zideutschlands in den 1940er Jahren. In der Ein-
gangshalle war eine Tafel angebracht gewesen, auf
der in vielen Sprachen der Wunsch »Lasst uns in
Frieden leben« eingemeißelt war. Neben Englisch
stand es auch in Latein und in den Muttersprachen
der Menschen da, die bei den Angriffen umgekom-
men waren. Roseanne hatten die vielen unterschiedlichen Sprachen so fasziniert, dass sie sich alle Aussprü-
che notiert und später in ihr Tagebuch abgeschrieben
hatte. Neben den Zeilen hatte jeweils nicht der Name
der Sprache oder das Land gestanden, sondern nur die
zugehörige Flagge. So hatte sie in mühevoller Klein-
arbeit die Länder selbst zuordnen müssen.

Damals hätte sie nicht gedacht, dass sich der Auf-
wand noch mal für irgendetwas lohnen würde. Aber
jetzt war ihre Sisyphusarbeit endlich etwas wert. Sie
ging die Zeilen durch, insgesamt waren es zweiund-
sechzig, bis sie auf die letzte Zeile stieß. Da stand es:

Gadewch i ni fyw mewn heddwch. Laut ihrer Recherche war das walisisch.

Sie stieß einen Schrei des Triumphes aus und reckte die Faust. Doch dann ließ sie die Hand langsam sinken. Sie hatte zwar das Rätsel um die Bedeutung der Worte gelöst, aber sie wusste deswegen immer noch nicht, wie der Stein dort hingekommen war, beziehungsweise wer die Tafel daran angebracht hatte. Trotzdem entschied sie sich erst einmal, ihre Entdeckung für sich zu behalten. Morgen war dafür auch noch ein Tag. Jetzt aber wusste sie nicht, was sie mit sich anfangen sollte. Sie rollte sich vom Bett und ging hinüber zum Fenster, um sich von dem rauschenden Regen einlullen zu lassen. Besonders lange dauerte ihre Meditation allerdings nicht.

Bald klopfte es an ihrer Zimmertür.

»Herein!«, rief sie und drehte sich um.

Susan steckte den Kopf durch die Tür. »Hast du Lust, mit Jess, Ben und mir Ludo spielen? Mary ist noch nicht wieder da, sie ist wohl bei Jim zu Besuch.«

Roseanne überlegte kurz. Sie hatte nichts Besseres zu tun, als nickte sie. »Ja, warum nicht.« Im Hinausgehen löschte sie das Licht und folgte ihrer Schwester ins Wohnzimmer.

***

Kein Auto war in Sicht, als Mary und Jim die Landstraße entlang schlenderten. Sie redeten über alles Mögliche, vor allem tauschten sie Anekdoten über das Leben mit ihren Geschwistern aus:

»Glaub mir, einen chaotischeren Menschen als meinen Bruder findest du nirgends. Ich bin froh, dass wir kein gemeinsames Zimmer mehr haben.«

Mary feixte. »Als ob! Da hast du aber noch nicht Jess' Zimmer gesehen. Alle Wände in ihrem Zimmer sind komplett mit Postern und Bildern zutapeziert. Und von dem Rest ihres Zimmers will ich gar nicht erst anfangen. Dafür, dass sie sonst absolut kleinkariert ist, wenn es um ihre Hausaufgaben oder sowas geht, sieht es dort aus wie ein Sauhaufen«, erklärte sie.

»Was meinst du mit kleinkariert?«, hakte Jim nach.

»Sie macht detaillierte Pläne für jede noch so kleine Aufgabe. Glaub mir, sie hat sogar ein Flipchart in einer Ecke stehen, auf dem sie jeden Arbeitsschritt samt Zeitplan notiert. Bloß muss man meistens über einen Klamottenhaufen steigen, um da ranzukommen.«

»Das ist schwer zu toppen«, gab Jim zu, »aber es geht. Weißt du, James ist nämlich nicht nur in seinem Zimmer chaotisch, sondern *auch* bei seinen Hausaufgaben. Meistens macht er sie erst in der Nacht zuvor fertig. Oder beim Frühstück am selben Tag, an dem sie fällig sind. Und es ist auch ein paar Mal vorgekommen, dass es schon geklingelt hatte, und er hat immer noch gekritzelt.«

»Zugegeben, das ist schon verdammt verpeilt. Warum ist er so?«

Jim zuckte die Schultern. »Keine Ahnung, er war schon immer so. Er hat schon im Kindergarten immer wieder Sachen verbumfiedelt. Da haben selbst die Erzieherinnen irgendwann aufgegeben.«

Mary seufzte. »Mir kam er eigentlich ganz patent vor.«

»Er kann es gut überspielen. Und er ist ja nicht blöd, nur halt manchmal etwas sehr planlos. Aber genug von meinen Bruder! Was ist mit dir? Was bist du für ein Typ?« Er sah sie von der Seite an.

»Was meinst du?« Mary blieb stehen.

Er zuckte wieder die Schultern und grinste. »Naja, eher chaotisch oder eher organisiert?«

Sie steckte die Hände in die Taschen und setzte sich wieder in Bewegung. »Naja, ich würde sagen, wenn's drauf ankommt, bin ich relativ organisiert. Aber ich mache meistens eh nicht viel für die Schule, da kann ich auch nicht viel durcheinander bringen.«

Jim brach in Gelächter aus. »Wirklich? Du bist faul? Das glaub ich nicht!«

Mary wiegte den Kopf. »Ich bin nicht faul. Ich muss halt nicht viel lernen, um gute Noten zu schreiben.«

»Ah, eine Hochbegabte! Sag das doch gleich, Fräulein Einstein.«

Sie machte einen Ausfallschritt in seine Richtung und versuchte, ihn zu schubsen. Doch er wich ihr aus und griff nach ihren Handgelenken. Diesmal konnte sie sich aber ducken. Das Gerangel wäre sicherlich noch eine Weile so weiter gegangen, hätte es nicht plötzlich angefangen zu regnen. Zuerst war es nur ein Nieseln, das sie gar nicht bemerkten. Aber das Nieseln wuchs sich rasch in einen typisch englischen Landregen aus. Also mussten sie Zuflucht suchen. Das Elternhaus der Zwillinge lag am nächsten.

»Los, komm mit«, rief er und griff nach ihrer Hand. Diesmal entzog sie sich ihm nicht. Er lotste sie zu einem roten Backsteinhaus, das versteckt hinter großen Tannen hervorschaute. Die Arme schützend über ihre Köpfe haltend sprinteten sie zum Gartentor. Aus dem Stand sprang Jim über das niedrige Tor. Er warf Mary einen Blick zu, um sich zu vergewissern, dass sie seine akrobatische Einlage auch ja mitbekommen hatte. Doch sie achtete gar nicht auf ihn, als sie sich selbst elegant über das Tor schwang. Er schmollte einen Moment, doch sie zog ihn mit sich zur Haustür. Sie hatte für solche Mätzchen gerade absolut keine Zeit. Jim fummelte seinen Schlüssel aus der Hosentasche und schloss auf. Sie retteten sich in den Hausflur und schüttelten sich.

»Ich bin völlig durch«, prustete Mary und sah an sich herab.

»Ich auch. Soll ich trockene Sachen für uns auftreiben?«

Sie schaute ihn mit erhobener Augenbraue an. Dass er nach so etwas Selbstverständlichem noch fragte!

Prüfend musterte er sie. »Du könntest die Größe meiner Mutter haben. Ich such dir mal was raus.« Er verschwand im Treppenhaus, während sie sich frierend umsah. Die Möbel der Diele bestanden aus hellem Buchenholz und der Blick an den Wänden war frei auf die raue Backsteinwand. Vom Flur gingen drei Türen ab, welche kunstvoll verziert waren und gusseiserne Knäufe hatten. Sie berührte eine der Türen, als Jim gerade die Treppe heruntersprang. Er drückte ihr einen Stapel Sachen in die Hand.

»Probier mal, die müssten eigentlich passen. Das Bad ist dort hinten.« Er deutete auf die Tür am Ende der Diele.

Sie ging ins Bad und schloss die Tür hinter sich ab. Die Wände waren bis zur Mitte des Fensters dunkelgrau gefliest, daran schloss sich elegante hellgraue Tapete mit dunklen Ornamenten an. Auf dem Regal neben der Dusche stapelten sich weiße Handtücher. Sie zog ihren Zopfgummi aus dem Haar, schüttelte es kopfüber und wickelte sich ein Handtuch um den Kopf. Dann zog sie langsam die klitschnassen Sachen aus, trocknete sich ab und schlüpfte in die Kleidung, die Jim ihr gegeben hatte. Die Sachen passten ihr eher leidlich, obwohl es bequeme Joggingklamotten waren. Jims Mutter war sicherlich mindestens zwei Nummern schlanker als sie. Aber egal, Hauptsache trocken.

Sie krempelte sich die Ärmel des Pullis hoch und

schlüpfte kurzerhand in die flauschigen Pantoffeln, die unter dem Regal standen. Sie sahen aus wie solche, die man in höherklassigen Hotelzimmern fand.

Als sie fertig war, trat sie zurück in den Flur, wo Jim bereits umgezogen auf sie wartete.

»Wo hast du dich denn umgezogen?«, fragte Mary stirnrunzelnd. »Ich hab doch die ganze Zeit das Bad blockiert, auch wenn ich mich beeilt hab.«

»Ich war schnell oben in meinem Zimmer, da hatte ich noch ein sauberes Handtuch in meiner Sporttasche.« Er öffnete eine Tür, hinter der sich das Wohnzimmer verbarg. »Hier lang, die Dame«, sagte er spöttisch und verneigte sich leicht.

Kopfschüttelnd, aber lächelnd, ging sie an ihm vorbei und ließ sich auf einem großen cremefarbenen Ledersofa mit rostroten Überwürfen nieder. Vor ihr stand ein niedriger Tisch in Form eines Elefanten, dessen Rücken eine Glasplatte trug. Jim kniete sich vor den Kamin, in dem noch einige leicht verkohlte Holzscheite hinter einem Gitter lagen. Aus einer Kupferschale daneben fischte er ein paar frische Scheite, stapelte sie in den Kamin und zündete sie mithilfe einer alten Zeitung an. Erst flackerte das Feuer nur ein bisschen, aber dann fraßen sich die leuchtend roten Flammen immer weiter durch das Holz und spendeten angenehme Wärme.

Jim stemmte sich hoch und fragte: »Darf ich dir Tee oder lieber Kaffee anbieten?«

»Ein Tee wär super, danke«, antwortete sie.

Er zeigte ihr beide Daumen hoch. »Gut, ich bin gleich wieder da.« Er verschwand durch eine Tür, die sich gegenüber der Tür zum Flur befand.

Während sie auf ihn wartete, schaute sie in die Flammen, doch sie sah nichts. Sie starrte am Feuer vorbei in ein Bild, welches nur in ihrem Kopf existierte.

Jim und sie saßen auf einer Wiese; sie erkannte, dass es die Wiese mit dem Findling war. Lauter kleine Feen in den schillerndsten Farben umflatterten sie. Er hielt ihre Hand, schaute sie aber nicht an. Sein Blick war in weite Ferne gerichtet, die Augen halb zusammengekniffen. Er fixierte leuchtendes Zucken unter einem grauen Himmel. Der daraus grollende Donner rückte immer näher. Plötzlich krachte ein Blitz in einen Baum am Rande der Lichtung. Sie erschrak fürchterlich, doch Jim verzog keine Miene. Die bunten Feen waren längst in ein Bienennest geflüchtet. Ein weiterer Donnerschlag erschütterte den Himmel, das Feuer flackerte aufgebracht.

Sie schüttelte den Kopf und blinzelte heftig. Was fantasierte da nur für Stuss zusammen? Der letzte vermeintliche Donnerschlag war die zuschnappende Tür gewesen, als Jim mit zwei Tassen Tee ins Zimmer gekommen war.

»Hier, ich hab Hagebuttentee gemacht. Ich hoffe, du magst das. Was anderes hab ich auf die Schnelle nicht gefunden.« Er reichte ihr eine geblümte Tasse.

»Och, Hagebutte ist immer gut.« Sie nahm einen Schluck und spürte, wie die Wärme ihre Adern durchfloss. Das war bestimmt nur die Kälte gewesen, die sie so einen Mist hatte denken lassen. Sie lehnte sich zurück und schlug die Beine übereinander.

Jim setzte sich neben sie und wollte ihr schon den Arm um die Schultern legen.

Sie bemerkte den Versuch und schüttelte leicht den Kopf. »Später«, sagte sie. »Ich hoffe, du verstehst das?«

Er sah etwas enttäuscht aus, nickte aber und schlürfte stattdessen seinen Tee. Schnell war die leicht angespannte Stimmung verflogen, besonders, als Mary anfing, ihn weiter über seine Familie auszufragen. Der Regen prasselte mit unverminderter Heftigkeit gegen die Fenster, doch der Behaglichkeit im Wohnzimmer konnte er nichts anhaben.

***

Irgendwann wurde die Haustür aufgeschlossen und Schritte hallten durch den Hausflur. Sekunden später wurde die Wohnzimmertür geöffnet. Jims Mutter trat ein. Sie trug ein schwarzes Kostüm, hochhackige Schuhe und eine dunkelgrüne Ledertasche mit Krokodilsprägung. Ihr dunkles Haar war streng nach hinten gebunden.

»Hallo Mum«, sagte Jim und setzte sich kerzengerade hin.

»Hallo Jim«, entgegnete sie. Sobald sie Mary entdeckte, traten misstrauische Falten auf ihre Stirn. »Wer ist dieses Mädchen?«

Mary fand es besser, sich selbst vorzustellen. »Guten Tag, Ma'am. Mein Name ist Mary Meldwin. Meine Schwestern und ich sind zu Gast bei Miss Milton auf Wordwell Rose.«

Kaum hatte sie Miss Miltons Namen erwähnt, wurde Mrs Elliots Blick weniger streng. »Oh, bei Miss Milton! Bitte verzeih mir mein Misstrauen. Sie nimmt nur sittsame Gäste auf, also brauche ich mir da ja keine Sorgen zu machen.«

Mit großen Augen schaute Mary Jim an. Der Blick bedeutete so viel wie: Spricht sie immer so seltsam? Er verstand und nickte. Immer.

Sie verdrehte die Augen. »Ach du grüne Neune«, flüsterte sie.

Er schmunzelte.

Mrs. Elliot hatte bereits das Zimmer verlassen und hörte Marys Bemerkung glücklicherweise nicht mehr.

Jim sah sie abwartend an, vielleicht ließ sie ihn ja jetzt seinen Arm um ihre Schultern legen. Doch Mary blickte nach draußen. Sie stellte fest, dass der Regen aufgehört hatte, und stand auf. »Ich war schon ziemlich lange hier. Ich sollte besser wieder zurückgehen.«

Mrs. Elliot kam gerade wieder die Treppe herunter und sah die beiden in der Diele stehen. »Oh, verlässt du uns schon, Marlene?«

Jim sah sie böse an. »Mum, sie heißt Mary.«

Sie überging die Bemerkung ihres Sohnes, sondern blickte Mary erwartungsvoll an.

»Ja, ich muss zurück, die anderen werden sich sonst

Sorgen machen.«

Mrs Elliot wiegte den Kopf. »Das ist vernünftig. Grüß bitte Miss Milton von mir.«

»Richte ich aus« rief Mary, ehe sie und Jim zur Tür hinaus waren. Am Gartentor sahen sie sich einen Moment lang an, dann nahm sie seine Hand. »Bis später«, sagte sie und lächelte.

Jim antwortete erst nicht, er starrte die ganze Zeit perplex auf ihre Hände.

Sie stupste ihn mit der freien Hand an der Schulter. »Jim?«

»Oh, äh, was?« Trotz seiner dunkleren Haut konnte sie sehen, wie er rot wurde, als er sich bewusst wurde, dass sie mit ihm gesprochen hatten.

»Wir sehen uns später, ja?« Sie lächelte nachsichtig und strich mit dem Daumen über seinen Handrücken.

»Ja, klar! Bis später!« Er hatte seine Fassung zurück und grinste. »Wir sehen uns!«, sagte er, dann nahm er sie kurzerhand in den Arm.

Als er sie wieder freigab, winkte sie ein letztes Mal, bevor sie das Tor hinter sich schloss und auf die Hauptstraße einbog.

Die dunklen Regenwolken hatten sich endgültig verzogen und die Sonne schien wieder, als wäre nie etwas gewesen. Sie blieb einen Moment stehen, genoss diesen idyllischen Anblick und die Stille, die über dem Dorf lag. Sie schloss die Augen und atmete tief durch. Nach dem Regenguss war die Luft klar, aber auch frisch und sie fröstelte. Als sie an sich herunterschaute, entdeckte sie, dass sie immer noch die Sachen von Jims Mutter trug. Sie betrachtete sie ungläubig. So richtig konnte sie Mrs Elliots korrektes Auftreten nicht mit den lässigen Joggingklamotten zusammenbringen. Aber vielleicht war das auch nur Mrs Elliots Arbeitspersönlichkeit und sobald sie ihr Kostüm auszog, war sie ein ganz anderer Mensch. Das konnte Mary nur bei einem längeren Treffen mit ihr feststellen. Zu ihrer Überraschung wünschte sie sich gerade sehr, dass Jim sie einmal zum Essen bei seinen Eltern einlud. Sie wollte gerne seine ganze Familie näher kennen lernen. Denn seinen Vater hatte sie ja immer noch nicht getroffen.

Mit diesen Gedanken beschäftigt, lief sie zurück nach Wordwell Rose.

Susan wartete noch nicht am Tor, aber an der Eingangstür des Ferienhauses. Auch wenn es nicht so aussehen sollte, sie war ihrer Schwester ziemlich böse, dass sie ihr nicht Bescheid gesagt hatte, wo sie war. Abwartend trommelte sie mit den Fingern auf dem Türrahmen. Sie erwartete eine Entschuldigung, oder zumindest eine Erklärung, wo Mary sich die letzten Stunden herumgetrieben hatte.

Als Mary sie dort stehen sah, seufzte sie. Sie kreuzte hinter ihrem Rücken die Finger und betete, dass ihre Schwester nicht allzu wütend war.

»Also? Wo warst du?«, fragte Susan mit strengem Blick und verschränkten Armen, als sie sich gegenüberstanden.

Mary holte tief Luft, um sich Mut zu machen. »Ich habe Jim draußen vor dem Tor getroffen, er hat mich zu einem Dorfrundgang eingeladen.«

Susan unterbrach sie mit einer Handbewegung, bevor sie in ihrer Erklärung fortfahren konnte. »Was hat er denn dort gemacht?«

Mary zuckte leicht genervt die Schultern, sie mochte es nicht, unterbrochen zu werden. »Keine Ahnung, er hat gesagt, er hatte gehofft, dass ich vorbeikäme. Was weiß ich, warum er nicht einfach geklingelt hat.« Susan hob eine skeptische Augenbraue, ließ Mary aber weitersprechen. »Dann hat es aber plötzlich so geschüttet, also haben wir uns zu ihm nach Hause geflüchtet. Dort haben dann wir vor dem Kamin gesessen und Tee getrunken. Später habe ich auch seine Mutter kennen gelernt. Zufrieden?«

»Zufrieden kann ich wohl kaum sein, wenn du mir nicht sagst, wohin du gehst«, erwiderte Susan.

Mary hob entnervt die Hände. »Wie hätte ich das bitte anstellen sollen? Das war doch ganz spontan!«

»Du hättest zum Beispiel zurücklaufen können und mir Bescheid sagen. Ein einfaches ›Bin bei Jim‹, durchs Fenster gebrüllt, hätte völlig gereicht. Oder du hättest zumindest von ihm aus im Haupthaus anrufen können. Daisy hätte uns dann deine Nachricht weitergeleitet«, zählte Susan ihr auf.

»Aber das ist doch viel zu umständlich!«, wandte Mary ein.

Susan bedachte sie mit einem weiteren strengen Blick, dann seufzte sie. »Wenn Jim dich das nächste Mal irgendwo hin einlädt, sagst du mir einfach schnell Bescheid. Und ich weiß, eigentlich bist du alt genug, aber ich möchte trotzdem gern wissen, wo du bist.«

Jetzt lächelte Mary verständnisvoll. »Weiß ich doch. Und das nächste Mal sag ich dir Bescheid, versprochen!« Sie nahm ihre große Schwester in den Arm. Susan war zwar nur ein Jahr und ein paar Monate älter, aber trotzdem hatte Mary schon immer zu ihr aufgeschaut und sie für ihr erwachsenes Verhalten bewundert. Insgeheim war sie auch froh, dass der Kelch der Ältesten an ihr vorbeigegangen war und sie nicht die war, die immer zuerst alles erreichen oder auf alle aufpassen musste.

Arm in Arm gingen die Schwestern schließlich ins Haus. Aus Roseannes Zimmer drang Musik und auch im Wohnzimmer lief das Radio. »Was machst du gerade?«, fragte Mary, als sie vor dem Wohnzimmer stehen blieben und Susan wieder hineingehen wollte.

»Meine Jacke ausbessern, ich muss bei der Waldtour heute früh irgendwo hängen geblieben sein.«

»Hast du, also, ich meine, musst du noch irgendwas nähen?« Mary fühlte sich doch ein bisschen schuldig und wollte etwas ihrer Schuld tilgen, indem sie ihrer Schwester half.

Doch Susan winkte ab. »Es ist wirklich nur meine Jacke. Aber wenn du unbedingt helfen willst, kannst du ja schon mal mit den Vorbereitungen für das Abendessen anfangen. Ich wollte heute Eischnitte machen.«

Mary klatschte in die Hände. »Schon erledigt.« Dann rauschte sie in die Küche.

Susan lachte und nahm wieder ihr Nähzeug auf.

Kapitel 5

Was anderen wie eine Strafe Gottes erschien, war für Jess das Paradies auf Erden. Blitze zerschnitten den Himmel, Hagel hämmerte ununterbrochen auf das Dach des Ferienhauses und ein Donnerschlag jagte den nächsten. Sie hockte auf ihrem Fensterbrett und beobachtete fasziniert das Geschehen, welches sich vor ihrem Fenster abspielte. Im Hintergrund lief ihre neue Lieblingsplatte, die melancholische Musik war so leise gestellt, dass man sie eben noch hören konnte.

Miss Milton hatte sie alle heute früh zum Frühstück eingeladen und da war das Gespräch auf Musik gekommen. Als Jess anmerkte, dass sie nichts weiter von zu Hause vermisste, nur ihren Plattenspieler, war Miss Milton aufgestanden und hatte sie ins Wohnzimmer gelotst. Das große Grammophon aus edlem Teakholz mit der großen, bronzefarbenen Muschel war Jess gleich am ersten Abend aufgefallen.

Miss Milton hatte darauf gedeutet und gesagt: »Wenn du möchtest, kannst du es dir für eure Zeit hier ausleihen. Ich bin mir ganz sicher, dass du darauf achtgeben wirst.«

Jess' Mund stand für einen Moment offen, dann klappte sie ihn wieder zu, sah Miss Milton aber unverwandt ungläubig an. »Sind Sie sicher, Miss? Das muss doch ein teures Stück sein!«

»Das ist es auch.« Miss Milton wiegte den Kopf. »Aber ich kann die ganze Zeit damit hören, wenn mir der Sinn danach steht. Ich glaube allerdings, dass du eher selten in den Genuss eines echten Grammophons kommst.«

»Das stimmt. Mein Plattenspieler zu Hause ist zwar auch schon etwas älter, aber ein Grammophon - das ist schon eine feine Sache«, gab Jess unumwunden zu.

»Na siehst du. Nimm es dir ruhig. Und du kannst auch aus meiner Plattensammlung so viele Schallplatten nehmen wie du möchtest. Anscheinend habe ich es bei dir mit einer echten Expertin zu tun.« Miss Milton lächelte verschmitzt.

Jess wurde rot bei dem Kompliment. »Expertin ist zu viel gesagt. Ich interessiere mich einfach dafür und finde den Klang auch viel schöner.«

Miss Milton legte ihr den Arm um die Taille, ihre Schulter erreichte sie nicht. »Dann wäre das doch geklärt. Ich bitte Ben, dass er es dir nach dem Frühstück rüberträgt. Es ist nämlich schrecklich schwer.«

»Vielen Dank, das ist wirklich sehr großzügig von Ihnen.« Jess konnte es immer noch nicht ganz fassen.

Miss Milton winkte ab. »Ich teile gern mit anderen Musikenthusiasten. Wir müssen zusammenhalten.« Dann ging sie zu dem großen Regal, das neben dem Tisch mit dem Grammophon die ganze Wand einnahm, und fuhr mit dem Finger über die kleinen Zettel, die an den unzähligen Schallplattenhüllen angebracht waren. Nach einer Weile hielt sie an und zog eine Hülle heraus. »Ahja, perfekt.« Sie winkte Jess zu sich. »Schau, das sind die Ronettes. Ein heute fast vergessenes Soultrio, aber sie hatten großen Einfluss auf den Rock'n'Roll.«

Jess nahm die Platte ehrfürchtig entgegen und betrachtete die drei schwarzen Musikerinnen auf dem Cover. »Ich hab tatsächlich noch nie von ihnen gehört, aber das klingt spannend. Vielen Dank für die Empfehlung!«

»Wie gesagt, du kannst dich gern jederzeit am Regal bedienen. Da stehen auch alle anderen ihrer Veröffentlichungen.« Damit begleitete Miss Milton Jess wieder in die große Landhausküche. Ihre Schwestern reckten neugierig die Köpfe, doch Jess ließ die Platte unter ihrer Jacke verschwinden und rückte sie auch nicht zur Inspektion heraus, als sie sich wieder auf den Weg zurück zum Ferienhaus machten.

Jetzt drehte sie schon zum dritten Mal ihre Runde auf dem Grammophon, das wirklich einen ganz speziellen und wundervollen Klang besaß. Die Ronettes sangen von Herzschmerz und Existenzängsten, mit so viel Blues in der Stimme, dass sich einem regelmäßig die Haare aufstellten. In Zusammenspiel mit dem apokalyptischen Wetter draußen hätte das manch einen depressiv werden lassen, doch Jess liebte diese Stimmung. Das war ihre Welt. Und sollte James damit ein Problem haben, hatte er eben Pech gehabt. Sie würde sich nicht für einen Jungen verbiegen.

Plötzlich klopfte es an ihre Zimmertür.

Sie rief »Herein!« und zu ihrer Überraschung öffnete eben jener vorsichtig die Tür. Sie setzte sich auf und sah ihn mit großen Augen an. Er trug ein gelbes, überdimensionales Cape, von dem der Regen unablässig tropfte. »Wer hat dich reingelassen?«, fragte sie nach einem Moment.

»Äh, Roseanne.«

»Und sie hat dir einfach so erlaubt, hochzukommen, obwohl du so tropfst?« Er zuckte die Schultern und musterte bedröppelt die kleine Pfütze, die sich unter ihm bildete. Bevor die immer größer werden konnte, sagte sie: »Draußen auf dem Flur sind Haken, daneben steht ein Eimer. Den kannst du drunter stellen.«

Er verschwand kurz. Sie hörte, wie das Gummi des Capes quietschte und das Wasser in den Eimer tropfte.

Als er wiederkam, stand er etwas unschlüssig an der Tür. Obwohl er sein Cape los war, machte er immer noch den Eindruck eines begossenen Pudels. Schließlich hatte Jess Erbarmen mit ihm. »Setz dich doch«, sagte sie und wies auf den Stuhl vor dem

Schreibtisch. Sie selbst hatte sich nicht vom Fenster-brett herunter bewegt.

Er nahm Platz und sah sich um. Dann sagte er: »Schön hast du's hier.« Er nickte anerkennend.

Sie zuckte die Schultern. »Ja, kann man so sagen.« Sie schwieg und überlegte, ob sie es wirklich wissen wollte. Einerseits war das Wunschdenken und viel zu abwegig, und wieso hatte sie diesen Wunsch über-haupt? Andererseits, wieso sollte er plötzlich ausge-rechnet vor ihr sitzen? Sie konnte es nur herausfin-den, wenn sie ihn fragte.

»James?«

Er blickte neugierig auf. »Ja? Übrigens kannst du mich auch Jamie nennen. Machen die andern auch.«

Jetzt grinste sie trotzig. »Ich bleib aber bei James. Nein, was ich fragen wollte, ist, warum du in diesem strömenden Regen hergekommen bist.«

James krauste die Stirn und tat, als müsse er lange überlegen. Dann schmunzelte er und sagte: »Na we-gen dir natürlich.«

Ungläubig schaute sie ihn an. »Nicht dein Ernst?« Doch er nickte feierlich.

Nun strahlte sie. Ihr Wunsch hatte sich doch erfüllt.

Die Platte im Hintergrund verstummte. Also klet-terte sie über den Schreibtisch vom Fensterbrett her-unter, um eine neue aufzulegen. Ihre Hand schwebte über den andern dreien, die sie sich heute von Miss Milton geliehen hatte. Am Ende entschied sie sich für das Album *Germany's Hildegard Neff.* Die sehr rauchige Stimme einer Frau strömte bald aus dem Lautsprecher, doch Jess verstand die Worte nicht, weil sie die Sprache nicht kannte. Aber das war nicht wichtig, die Stimme allein sorgte für eine schwermütige Atmosphäre, in der trotzdem ein gewisser Optimismus mitschwang. Jess genoss die ersten Takte mit geschlossenen Augen, horchte einfach nur auf die Musik und die fremdartige Stimme.

Schließlich schlug sie die Augen wieder auf, wandelte zu ihrem Schlafsofa und ließ sich darauf fallen. Sie fing James' Blick auf, zog die Beine an und sah ihm unverwandt ins Gesicht. Doch statt irritiert wegzublicken, hielt er ihrem Blick stand. Sie war begeistert! Niemand sonst überlebte ihre Starrduelle, ohne nicht früher oder später wegzuschauen. Aber James konnte es, und er konnte noch viel mehr. Seine schokoladenbraunen Augen waren sanft und warm, hatten aber eine erstaunliche Stahlkraft und Konsequenz an sich. Sie hatte das Gefühl, als schaute er direkt in ihre Seele hinein.

Ups, dachte sie. Um sie stand es vielleicht doch ernster, als sie erwartet hatte. Am liebsten wollte *sie* ihm nicht mehr in die Augen blicken, sondern irgendwo anders hin, aber sie wollte sich keine Blöße geben. Also starrten sie sich weiter an, ohne dass einer von den beiden nachgab.

Sie wussten nicht, wie viel Zeit vergangen war, als es an der Tür klopfte. Endlich hatte Jess einen triftigen Grund, den Blick abzuwenden und rief: »Herein!«

Susan trat ein, warf kurz einen prüfenden Blick auf James und sagte dann: »Ben will uns aus einigen seiner Geschichten vorlesen. Er lässt anfragen, ob ihr Lust habt.«

»Ben schreibt?«, fragte James verblüfft.

Susan nickte.

»Das ist ja ganz was Neues. Da kenne ich ihn nun schon so lange und weiß nicht mal das.« Sie standen auf und folgten Susan nach unten. Doch bevor sie das Wohnzimmer betraten, nahm Jess ihre Schwester zur Seite. »Weißt du, Susy, was ich komisch finde?«

Susan schüttelte den Kopf.

»Wir sind gerade den dritten Tag da und alle bis auf Rosy haben einen Angebeteten gefunden. Ist das nicht seltsam?«

Erst zog Susan die Augenbrauen zusammen, dann nickte sie. »Ja, komisch ist das schon. Aber doch auch schön, oder? Außer für Rosy.« Jess pflichtete ihr einwandlos bei. Leise setzten sie sich auf die beiden freien Stühle, denn Ben hatte schon begonnen zu lesen.

Nach Ende der Lesung kam Ben auf Susan zu. »Hab ich irgendwas falsch gemacht?«

Die schaute ihn verwundert an. »Wieso?«

»Du hast die ganze Zeit über das Gesicht verzogen, als ob dir irgendwas Schmerzen bereiten würde.«

Verlegen drehte sie den Kopf zur Seite. »Nun ja, die Art Literatur, die du schreibst, sagt mir nicht so zu.

Weißt du, sie ist mir zu brutal und zu, äh, blutig.« Sie zuckte verlegen die Schultern und schaute wieder zu ihm auf, als sie seine Hand auf ihrem Rücken spürte.

»Stimmt, das sind schon ziemlich heftige Fantasien. Tut mir leid, dass ich dich damit verschreckt habe. Aber ich stehe nun mal voll auf die Actionklassiker der 80er von Stallone, Schwarzenegger und so, verstehst du? Auch wenn die von jedem Filmkritiker verrissen werden. Ich hab die halt schon früh mit meinem Dad geguckt, das ist so ein bisschen Kindheit für mich«, versuchte er sich zu erklären.

Sie lächelte nachsichtig. »Ich will ja auch nicht, dass du damit aufhörst. Ich hab gar nicht das Recht, das von dir zu verlangen. Aber du musst damit rechnen, dass du nicht auf mich als Lektorin zählen kannst.«

»Damit kann ich leben«, sagte er grinsend.

Jetzt sah sie ihn jetzt nachdenklich an. »Hast du eigentlich vor, die Geschichten mal irgendwo einzureichen?«

Er zuckte die Schultern. »Natürlich hab ich darüber nachgedacht, aber bisher ist es mir so eigentlich ganz recht. Ich schreibe aus reinem Vergnügen, nicht, weil ich damit Geld verdienen will. Die Gärtnerei ist schon meine große Leidenschaft.«

»Das kannst du ja auch sehr gut«, pflichtete sie ihm zwinkernd bei. Dabei blickte sie über seine Schulter hinweg geradewegs auf die Standuhr neben dem Fenster. Sie stieß leise einen spitzen Schrei aus.

»Himmel, es ist ja schon eins durch! Die anderen haben bestimmt Hunger.« Sie löste sich von ihm und lief in die Küche. Er folgte ihr und schaute belustigt zu, wie sie zwischen der Anrichte und dem Herd hin und her wuselte.

»Soll ich dir vielleicht helfen?«, fragte er und schlenderte zu ihr hinüber.

Sie stoppte kurz in ihrem Feuereifer. »Ja, das wäre sehr lieb von dir. Aber du darfst mich nicht ablenken, du weißt, wie das endet.« Sie drückte ihm eine Schüssel voller Champions in die Hand. Er nahm sie grinsend entgegen und angelte dann ein Holzbrett aus dem Schrank über ihm.

James streckte seine langen Beine auf Jess' aufgeklapptem Sofa aus und verschränkte die Arme hinter dem Kopf. »Und Jess, wie gefällt es dir hier?«

Jess hockte neben ihm und schaute zum Fenster hinaus. Jetzt beugte sie sich über ihn und grinste ihn an. »Hier in diesem Zimmer ist es wirklich sehr nett. Sieht so aus wie bei mir zu Hause.«

Er verdrehte die Augen. »Ich meinte eigentlich in Wordwell.«

»Weiß ich doch. Ja, hier ist es auch schön«, erwiderte sie gedehnt. Er schloss die Augen, seine dunklen seidigen Wimpern warfen lange Schatten auf seine Wangen.

Als sie ihn so anschaute, kribbelte es plötzlich in ihrem Bauch. Vorhin hatten sie darüber gesprochen, was sie nach der Schule machen wollten. Jess wusste es noch nicht so genau, aber ein langweiliger Bürojob von neun bis fünf kam definitiv nicht in Frage. Sie wollte auch so wenig wie möglich den Kapitalismus unterstützen, auch wenn sie sich mit ihm arrangieren musste. Vielleicht ging sie in den Umweltschutz oder engagierte sich in einer humanitären Organisation. Sie wollte versuchen, die Schäden, die Großbritannien auf der Welt angerichtet hatte, zumindest ein bisschen wieder gut zu machen. Aber eigentlich brauchte es eine komplette Überarbeitung der Wirtschaftssysteme, um Armut und Ungerechtigkeit endlich zu beseitigen.

James hatte da schon konkretere Pläne. Er wollte für ein Jahr nach Europa gehen, drei Monate Spanien, drei Monate Polen, drei Monate Schweden, und dort lokale Spezialitäten entdecken. James liebte es zu kochen, und nach seiner Zeit im Ausland wollte er eine Lehre als Koch anfangen. Sein Traum war ein eigenes Restaurant mit ganz vielen internationalen Köstlichkeiten, natürlich auch mit denen aus der Heimat seines Vaters. Das fehlte seiner Meinung nach noch in Suffolk. Und wäre sein Budget ein bisschen besser gepolstert, hätte er auch noch drei Monate Nigeria drangehängt. Aber so gut betucht waren die Elliots nicht. Irgendwann würde er das aber nachholen.

Als sie zurückdachte an seinen Enthusiasmus und die lebendigen Bilder, mit denen er seine Zukunft ausgemalt hatte, musste sie lächeln. Vorsichtig strich sie ihm mit dem Zeigefinger über den Nasenrücken.

Sofort schlug er die Augen wieder auf. Sie atmete tief durch, als ein vorwitziger Impuls sie durchzuckte. Jetzt oder nie, dachte sie sich, beugte sich hinab und berührte vorsichtig mit ihren Lippen seinen Mund. Verblüfft riss er die Augen weit auf. Ihre Lippen lagen so sanft auf seinen, als säße ein Schmetterling darauf. Doch das reichte, um ihren Magen in einen Knoten zu verwandeln.

Ihn traf das mehr als überraschend, schließlich hatte sie sich die letzten Tage eher zurückhaltend oder sogar abweisend verhalten. Nicht, dass es ihn großartig störte. Er mochte sie und er war neugierig darauf, was noch kommen würde. Er befreite einen Arm, streichelte damit sanft über ihr schwarzes Haar und erwiderte den Kuss.

***

Roseanne hockte mit angezogenen Beinen auf ihrem Sessel und starrte Löcher in die Wand. Gerade hatte sie bei Jess ins Zimmer geschaut, weil sie beschlossen hatte, ihr nun doch endlich von ihrer Vermutung bezüglich der Inschrift zu erzählen. Doch ihre Schwester hatte sie nicht bemerkt, sie war damit beschäftigt gewesen, wild mit James zu knutschen!

Nun ja, wild war natürlich übertrieben, aber wütend machte es sie trotzdem. Langsam glaubte sie wirklich daran, dass sich kein Junge, jedenfalls kein ansehnlicher, bald für sie interessierte. Susan kuschelte unten im Wohnzimmer mit ihrem Ben, als wären die zwei aneinander geklebt. Das hatte sie gesehen, als sie sich ihre heiße Schokolade geholt hatte. Und was sich bei Mary und Jim abspielte, wollte sie lieber gar nicht erst wissen. Das stimmte selbstverständlich nicht. Mary lag in ihrem Zimmer und machte ein Nickerchen. Aber das interessierte Roseanne gerade eh nicht. Ihr Kopf sank auf ihre Knie und sie stieß einen tiefen Seufzer aus. Dann richtete sie sich wieder auf und rührte in der heißen Schokolade, die auf ihrem Nachttisch stand. Draußen schüttete es immer noch wie zur Sintflut. Roseanne hasste nichts mehr als dieses miese Regenwetter. Immer wenn es goss, rutschte ihre Laune in eisige Tiefen und das einzige, was da half, war heiße, süße Schokolade mit Zimt. Noch schlimmer als dieses Wetter war aber die Eifersucht. All ihre Schwestern waren glücklich, nur sie hockte wie ein Trauerkloß allein auf ihrem Sessel. Und sie hatte noch nicht einmal ein Grammophon, so wie Jess, mit dem sie eine flotte Schallplatte abspielen konnte, die ihre schlechte Laune hätte wegpusten können.

***

Mit dem Kopf am Fußende lag Mary bäuchlings auf ihrem Bett und schlief. Seit sie sechs war, hatte sie keinen Mittagsschlaf mehr gemacht. Aber heute hatte es sie irgendwie überrumpelt. Sie war nach dem Mittagessen so müde gewesen, dass sie nichts anderes hatte tun können, als sich hinzulegen. Jetzt aber kam ihr das aber eher vor wie eine Posse, denn es plagte sie ein wirrer Traum. Ein Traum, in dem Jim vor etwas floh. Dabei versuchte sie ihm immer wieder, näher zu kommen, doch dann entwischte er ihr wieder. Sie wunderte sich, weshalb sie ihn nicht erreichte oder warum er nicht einfach auf sie wartete. Plötzlich fiel ihr Blick in eine Pfütze, in der sich der fahle Vollmond spiegelte. Nebelfetzen huschten davor wie rastlose Schattenwesen. Sie erschrak fürchterlich, als sie darin ihr grausig entstelltes Gesicht sah. Ihre Augen glänzten blutrot, tiefe Furchen zogen sich über ihre Wangen und ihr Mund war zu einer mordlüsternen Grimasse verzerrt. Sie schaute an sich herab und stieß einen Schrei aus, der einem das Mark in den Knochen gefrieren ließ. Lange, spitze Krallen wuchsen aus ihren Fingern, an allen klebte Blut. Ihr viktorianisches Kleid war zerfetzt und darunter kam bleiche, marmorglatte Haut zum Vorschein. Als wäre das nicht alles schon furchtbar genug, verspürte sie jetzt auch noch Durst nach frischem Blut.

Sie nahm Jims Spur wieder auf. Er hockte hinter einer Felsmauer, sie hörte sein atemloses Keuchen und sein wild schlagendes Herz. Gerade wollte sie sich auf ihn stürzen, da schreckte sie aus ihrem Traum auf.

Sie setzte sich hin und wischte sich einen feinen Schweißfilm von der Stirn. Dann atmete sie tief durch und schaute auf ihre Hände. Die Fingernägel waren kurz gefeilt und sauber. Ihre Haut war weich und leicht gebräunt. Ein prüfender Blick in ihren Taschenspiegel zeigte ihr ein glattes Gesicht ohne Furchen, ihre Augen waren himmelblau und ihr Mund sah so aus wie immer, nur der Lippenstift war durch ihr Nickerchen teilweise verwischt. Erleichtert seufzte sie. Das war nur ein dummer Traum gewesen, nichts, worüber sie sich Sorgen machen musste. Naja, schon ziemlich gruselig und teilweise auch rassistisch. Sie fragte sich, was ihr Unterbewusstsein ihr *damit* sagen wollte. Bedeutete das, dass sich Jim aus unerfindlichen Gründen vor ihr fürchtete oder sie überhaupt nicht leiden konnte? Dann hätte er sie doch aber nicht mit zu sich nach Hause genommen!

Oder war sie fremdenfeindlicher, als sie gedacht hatte? Eigentlich hatte sie sich immer als sehr offen gegenüber Menschen anderer Hautfarbe eingeschätzt.

Vielleicht war es einfach nur ein Fehler gewesen, sich nach dem Mittagessen hinzulegen. Das tat sie ja schließlich sonst nie.

Sie stand auf und ging hinunter in die Küche. Während sie darauf wartete, dass der Wasserkessel klingelte, warf sie einen Blick durch den Spalt in der Wohnzimmertür. Ben und Susan kuschelten auf dem Sofa, und sie konnte nicht sagen, welcher Arm zu wem gehörte.

Schließlich brodelte der Kessel auf dem Herd und sie goss das kochende Wasser auf ihren Früchtetee. Mit ihrer Tasse und ein paar Keksen auf einem Tablett marschierte sie wieder hinauf in ihr Zimmer. Sie drehte das Radio so laut es ging, ließ sich in ihren Sessel sinken und schaute zum Fenster hinaus.

Oh Wunder, der Himmel klarte auf, dann konnten die Jungs ihnen ja morgen doch noch Thetford zeigen.

Kapitel 6

Am nächsten Morgen, besser gesagt, kurz vor Mittag tappte Susan völlig verschlafen die Wendeltreppe hinunter. Gestern Abend war es mit Ben noch sehr spät geworden und der Wein, den er nach dem Abendessen eingeschenkt hatte, war ihr nicht gut bekommen. Ihr Schädel drehte sich wie ein Brummkreisel, ihre Zunge fühlte sich an, als habe es sich dort ein besonders pelziges Tier bequem gemacht und ihrem Magen war auch ein wenig mulmig zu mute. Kurz: Sie hatte einen ausgewachsenen Kater. Auf etwas zu essen hatte sie gerade überhaupt keinen Appetit. Sie kochte sich nur eine ganze Kanne starken, schwarzen Kaffee und verzog sich damit wieder zurück in ihr Zimmer. Dass ihre Schwestern nicht mehr da waren, bemerkte sie gar nicht.

Erst als sie ein Tablett mit Toast, Orangensaft und Marmelade neben ihrer Zimmertür stehen sah, wurde sie etwas munterer. Sie bückte sich, was bei ihren pochenden Schläfen allerdings keine allzu gute Idee war, und hob das Tablett mit Mühe auf. Das war ja wirklich lieb gemeint, aber runterbekommen würde sie davon sicherlich nichts. Dann aber bemerkte sie den eigentlich recht auffälligen Zettel neben dem Brotkorb. In Marys geschwungener, ausladender Handschrift stand da, dass die Mädchen heute früh gegen halb zehn zusammen mit den Zwillingen nach Thetford aufgebrochen waren und wahrscheinlich den ganzen Tag wegbleiben würden. Susan kam gar nicht dazu, ihre Schwestern zu beneiden. Zumindest nicht, bevor sie eine Tasse Kaffee getrunken hatte. Sie setzte sich an den Tisch, hob den Kopf und blinzelte angestrengt in die strahlend helle Sonne, die über dem Wald schien.

***

Lange bevor sich Susan aus ihrem Bett quälte, waren ihre Schwestern schon längst bereit für das nächste Abenteuer. Mary, Jess und Roseanne standen in der Küche am Fenster, denn vor hier aus konnten sie die Gartentür in der Hecke im Auge behalten und die Jungs abfangen, ehe sie klingeln und damit Susan womöglich aufwecken konnten. Das erschien Mary, die vor ein paar Minuten noch einmal oben bei Susan gewesen war, um ihr das Frühstück hinzustellen, allerdings unwahrscheinlich. Sie hatte ans Bett gehen und Susans Puls fühlen müssen, um sich zu vergewissern, dass sie wirklich nur schlief. Ihre Schwester hätte durchaus eine ganz passable Filmleiche abgegeben.

Da würde sie sich wahrscheinlich nicht von einer Glocke stören lassen, die man so richtig eh nur im Untergeschoss hörte.

Roseanne sah ungeduldig auf ihre Armbanduhr. »Was dauert denn da so lange?«, fragte sie in die Luft hinein.

Mary feixte und stieß sich vom Fensterbrett ab. Sie kam sich etwas sinnlos vor, nur am Fenster zu stehen und nach draußen zu starren. »Warum bist du denn auf einmal so begierig darauf, mit den beiden was zu unternehmen? Ich kann mich noch sehr gut daran erinnern, wie du am liebsten im Boden versunken wärst, als sie das erste Mal hier in der Diele standen.«

Roseanne schnaubte. »Du weißt genau, dass mir Selbstvertrauen, im Gegensatz zu dir, nicht in die Wiege gelegt wurde. Aber jetzt kenne ich sie ja. Und bisher haben sie sich als exzellente Tourguides erwiesen. Außerdem will ich mir den Fremdschäm-Moment ersparen, in dem ich meine älteste Schwester zum ersten Mal verkatert erlebe. Das kann ruhig noch eine Weile warten.«

Jetzt lachte Mary lauthals. »Zugegeben, ich hatte es auch immer für etwas unwahrscheinlich gehalten, dass ausgerechnet Susy so was erlebt. Sie rührt ja selbst in der Disko so gut wie nie Alkohol an, selbst wenn sie nicht mit Fahren dran ist. Anscheinend müssen wir mal ein ernstes Wörtchen mit Ben reden, kann ja nicht angehen, dass er unsere Schwester hier zum Trinken verführt.«

Kaum hatte sie ausgesprochen, riss Jess erst das Fenster auf und dann die Arme in die Luft. »Huhu, hier drüben! Nicht läuten, Susy schläft noch!«, rief sie so laut, dass die beiden genauso gut hätten klingeln können. Mary verpasste ihr dafür einen Stoß in die Rippen.

Inzwischen waren die Jungs zum Fenster geschlendert. »Seid ihr bereit für eine Reise in die Vergangenheit?«, fragte Jim feierlich und faltete seine Hände.

Mary sah ihn mit erhobenen Augenbrauen an. »Wie oft wollen wir denn noch in die Vergangenheit reisen? Erst dieser komische Stein, der so aussah, als sei er nicht erst gestern dort aufgestellt worden-«

Als Mary den Findling erwähnte, biss sich Roseanne auf die Lippen. Gestern hatte sie Jess noch von der Entdeckung aus ihrem Tagebuch erzählen wollen, heute und angesichts dieser Aussage war sie sich da gar nicht mehr so sicher.

»-dann diese seltsame Behausung in dem Garten, die auch schon seit Jahrzehnten keiner mehr angerührt hatte und jetzt das. Habt ihr nicht zur Abwechslung mal was Modernes?«, fragte sie, aber sie klang nicht anklagend, eher belustigt.

Trotzdem zog Jim eine Schnute. »Wenn ihr keine Lust mehr darauf habt, dass wir euch die Gegend zeigen, könnt ihr ja alleine aufbrechen. Aber beschwert euch nicht bei mir, wenn ihr euch verfranzt.« Er verschränkte eingeschnappt die Arme.

Diesmal war es Mary, die sich von Jess einen kleinen Schubser einhandelte. »Um Himmels willen, nein. Wir sind sehr froh, dass ihr uns schon so viel gezeigt habt. Und ich bin mir sicher, dass der Ausflug heute genauso viel Spaß macht. Stimmt's, Mary?«

»Natürlich. Ich hatte ja auch nur gemeint, dass-«

»Egal, was du gemeint hast. Holen wir schnell unsere Räder und dann geht's los. Sonst begegnen wir wirklich noch dem Geist, der angeblich unsere Schwester ist.« Damit schob sie sie aus der Küche. Roseanne war schon vorgegangen und hatte den Fahrradschuppen aufgeschlossen. Die Mädchen holten ihre Räder heraus und folgten den Zwillingen, die diesmal ausnahmsweise durch das große Eingangstor gekommen waren. Zumindest standen davor ihre Fahrräder.

Auf der Landstraße nach Thetford kam ihnen ein Mann mittleren Alters auf dem Fahrrad entgegen. Er trug einen blauen Hausmeisterkittel, weiße Socken in ledernen Halbschuhen, aber keine Hose. Jim und James grüßten freundlich und der Mann nickte ihnen mit einem Lächeln zu.

Nachdem er vorbeigefahren war, drehte sich Roseanne zu Jim um. »War er nackt?«, fragte sie mit entsetztem Gesichtsausdruck.

Er schüttelte den Kopf. »Nein, er trug noch ein Hemd und Unterhosen. Das war Mr Penhaligon, der Hausmeister eines Wohnkomplexes, indem ein Kumpel von uns wohnt. Er verzichtet oft auf eine Hose, zumindest in den wärmeren Monaten, und er trägt immer seinen Kittel. Keine Ahnung, warum. Martin, also unser Freund, meint, er kenne ihn nicht anders. Und Penhaligon arbeitet schon über zehn Jahre dort.«

Beruhigt sah Roseanne aber immer noch nicht aus.

Jim bemerkte ihren Blick und winkte ab. »Du musst dir wirklich keine Sorgen machen. Er ist vielleicht ein bisschen schrullig, aber ansonsten in Ordnung. Nimmt seine Arbeit sehr ernst und alle Hausbewohner mögen ihn.«

Roseanne war nach wie vor etwas unbehaglich zu Mute, aber sie wollte auch nicht noch länger etwas über den eigenartigen Hausmeister hören. Also nickte sie und hoffte, überzeugt dreinzuschauen.

Es passierte nichts Seltsames mehr, bis sie in der Stadt ankamen. Oder, präziser gesagt, versuchten, dort anzukommen. Schon in den Vorortstraßen staute sich der Verkehr, eine lange, träge, sich kaum bewegende Autoschlange verstopfte die Straßen.

An einem Kreisverkehr stand ein erschöpft aussehender Polizist, der aufgebrachte Fahrer besänftigte und versuchte, den Stau irgendwie über den Kreisverkehr zurück aus der Stadt zu leiten. Doch das war ein Kampf gegen Windmühlen. Er nahm seine Kappe ab und wischte sich über die Stirn.

Die Jugendlichen blieben auf der anderen Straßenseite stehen. Mary stieg ab, schlängelte sich durch die Autos, die Stoßstange an Stoßstange standen, und ging zu dem schwitzenden Polizisten. »Hallo, entschuldigen Sie bitte. Was ist denn hier los?«

Er hielt einen Moment inne und seufzte. »An der nächsten Kreuzung gab es einen Unfall, ein Lieferwagen ist mit mehreren PKW kollidiert. Weil die Straßen so eng sind, staut es sich bis hier her.« Kaum hatte er ausgesprochen, hantierte er wieder mit einem staffelstabartigen Gegenstand, um die Vorfahrt zwischen den Autos zu regeln, die es jetzt doch aus der Stadt geschafft hatten. Noch mehr Unfälle sollte es schließlich nicht geben. Das war allerdings leichter gesagt als getan.

Er drehte sich noch einmal zu Mary um. »Ihr wollt auch ins Stadtzentrum, oder?«

Sie nickte.

»Dann fahrt den Radweg an der A11 entlang und biegt vor dem Fluss rechts ab. Da kommt ihr dann im Gewerbegebiet raus.«

Mary bedankte sich und hüpfte zurück zu den anderen, um ihnen die Umleitung zu erklären. Sie wendeten ihre Räder und fanden auch schnell den Weg, den ihnen der Polizist beschrieben hatte. Er war holprig, nur mit Sand bestreut und zu seinen Nachbarn zählte unter anderem die örtliche Kläranlage. Aber er führte sie ansonsten recht schnell und entspannt in das Gewerbegebiet.

Ab hier übernahm Jim die Führung. Sie mussten noch einmal etwas akrobatisch eine Schnellstraße queren, weil es weder links noch rechts einen Fußgängerüberweg gab. Aber dann hatten sie es in die ruhigen Teile der Stadt geschafft. Jim führte sie in ein Wohngebiet voller identischer Klinkerbauten mit winzigen Vorgärten und verglasten Erkern. Irgendwann bog er scharf nach rechts ab in eine Sackgasse, die an ihrem unteren Ende in einen schmalen Pfad mündete, der zum Fluss führte. Er hielt er vor einem unscheinbaren roten Backsteinhaus, wie sie bereits an unzähligen vorbeigekommen waren. Der einzige Unterschied war, dass dessen Erkerfenster mit Postern verschiedener Musiker zugepappt war.

Da stand Slash, die Knie tief gebeugt, vor einer weißen Kirche in der Wüste. Neben ihm schrie sich Janis Joplins auf dem *Woodstock*-Festival die Seele aus dem Leib. Angus Young hüpfte in seiner Schuluniform über die Bühne, eine grauenhafte Fledermaus hockte auf dem Empire State Building und der blinde Stevie Wonder sang mit Hingabe am Klavier.

Roseannes Blick blieb fasziniert an dem Poster einer jungen Frau hängen, die dem Betrachter den nackten Rücken zugedreht hatte, über die Schulter schaute und den ausgestreckten Mittelfinger in die Höhe hielt. Die Pose, die Sonnenbrille und ihr Gesichtsausdruck sprachen von absoluter Coolness. Roseanne kam nicht umhin sich einzugestehen, wie gut die Sängerin, oder was auch immer sie war, aussah.

Aber eigentlich war da noch viel, viel mehr. Die Mädchen kamen aus dem Staunen nicht mehr heraus, als sie versuchten, jeden Künstler zu identifizieren. Die Zwillinge schauten sich das Treiben ein paar

Minuten an, dann hob Jim den Arm und bedeutete ihnen, ihm und seinem Bruder ins Geschäft zu folgen.

Der Laden war nur schwach beleuchtet. Es war gerade so hell, dass man die Titel der Schallplatten, CDs und Kassetten und ihre Preise erkennen konnte. Verblüfft schauten sie sich um und stießen kleine Laute der Begeisterung aus, als sie sich durch die Auslagen arbeiteten.

Plötzlich, als sich Jess umdrehte, war es passiert. Ein großes, weiß emailliertes Rondell mit Dutzenden CDs wackelte, als sie mit der Hüfte dagegen stieß, trudelte wie in Zeitlupe zu Boden und die CDs ergossen sich unter lautem Getöse über die fleckige Auslegware. Bestürzt schaute Jess auf das Plattenmeer, das sie angerichtet hatte.

Von dem Lärm angelockt, kam der Inhaber aus einem Hinterzimmer, der sich bisher nicht hatte blicken lassen. Er war groß und muskulös und trug ein graues, enganliegendes T-Shirt. Eine besonders markante Hakennase lenkte den Blick auf seine kantigen Gesichtszüge. Sein dunkelbraunes Haar war kurz rasiert und ergraute an den Schläfen bereits. Vermutlich war er Anfang vierzig.

»Hallo Jungs!«, begrüßte er die Zwillinge mit tiefer, sonorer Stimme und Handschlag. Mary zog die Augenbrauen zusammen. Sein Englisch klang irgendwie seltsam, fand sie. Jetzt erst bemerkte der Mann die drei Mädchen.

»Hallo. Ich bin Olaf.« Er schüttelte ihnen nacheinander mit seiner riesigen Pranke die Hand. Die

Mädchen stellten sich ihm vor. Erst jetzt schien er das Chaos auf dem Boden zu bemerken. »Oh je, die *Stones*-Sammlung!«

Betreten schaute Jess ihn an. »Verzeihen Sie bitte«, murmelte sie.

Er lachte und schaute sie dann bewundernd an. »Ach, macht doch nichts. Wirklich kein Problem. Das ist eine prima Gelegenheit, da mal wieder Ordnung reinzubringen. Im Übrigen finde ich Punks gut«, sagte er augenzwinkernd.

Sie schaute an sich herunter und nickte dann langsam. Suspekt blieb er ihr trotzdem.

»Sagen Sie, Sie sind nicht von hier, oder?«, stellte Mary fest.

»Ja, das stimmt. Ich bin aus Berlin, lebe aber seit zwanzig Jahren in Thetford. Man hört's wohl noch?«, fragte er grinsend.

Sie nickte mit geschürzten Lippen. Auch ihr kam er etwas fragwürdig vor. Seine Freundlichkeit war eher anbiedernd als echt. Aber weil sie eine tatkräftige Person war, bückte sie sich, um die CDs aufzusammeln. Die anderen gingen ebenfalls in die Hocke und halfen ihr dabei.

Das Rondell stand wieder an seinem prominenten Platz in der Mitte des Ladens und die Platten waren auch alle endlich nach Namen sortiert. Jetzt saßen sie zusammen in dem stickigen Hinterzimmer, aus dem Olaf vorhin gekommen war. Aus den riesigen Boxen, die in allen vier Ecken standen, dröhnte eine alte *Europe*-Platte. Ansonsten war der Raum vollgestellt mit abgegriffenen Polstermöbeln, auf denen sich die Mädchen nur eher zögerlich niedergelassen hatten.

Von den schäbigen Kommoden und Regalen quoll jedes erdenkliche Rauschmittel. Wasserpfeifen in verschiedenen Farben und Größen standen neben Glaskolben mit bauchigen Wölbungen. Bunte Pülverchen waren in Einmachgläsern verteilt und zwischen den Sesseln lugte hier und da auch die ein oder andere nicht ganz legal aussehende Pflanze hervor. Außerdem lagen noch einige offene Zigarettenschachteln herum.

Roseanne wollte wirklich lieber gar nicht wissen, wer sich hier wozu traf und ob die Jamsessions, von denen Olaf eben erzählt hatte, nicht eher Dopesessions waren. Eigentlich war es ganz gut gewesen, dass Susan nicht hatte mitkommen können. Roseanne feixte innerlich und betrachtete dann die Runde eingehend.

Jim erzählte gerade wild gestikulierend von einem angeblich absolut spitzenmäßigen Hendrix-Tribute-Konzert. Die anderen hörten in verschiedenen Stadien der Gespanntheit zu. James hatte das anscheinend schon mehrere Male gehört, er betrachtete gelangweilt seine Fingernägel und schaute immer wieder verstohlen zu Jess, die sich aber für den Vortrag seines Bruders zu interessieren schien. Doch niemand war so eingenommen von Jims Erzählung wie Mary. Sie lächelte versonnen und musterte ihn verliebt von oben bis unten. Nein, so was! So gefühlsbetont hatte Roseanne ihre Schwester ja noch nie erlebt. Wenn sie sie später damit aufziehen würde, konnte sie sich aber auf etwas gefasst machen.

Olaf zündete sich eine Zigarette an und schaute geradewegs zu ihr. Seine Augen waren bräunlich-grün und es war ihr, als durchbohrte sie sein Blick. Eine gewisse Attraktivität konnte man ihm ja nicht absprechen, er hatte so das, was man gemeinhin das gewisse Etwas nannte. Ihre Hände fingen an zu zittern, doch dann rief sie sich zur Ordnung. Schließlich war sie erst fünfzehn und der Mann da gegenüber konnte ihr Vater sein. Sie durfte gar nichts an ihm finden!

Er allerdings auch nicht an ihr. Sie schaute rasch zu Jess, in der Hoffnung, ihre Schwester würde ihr in irgendeiner Weise beistehen. Doch die hatte sich inzwischen vorgebeugt, um Jim besser zuhören zu können. Und Mary schien sich in gänzlich anderen Sphären zu befinden. Sie sah aus dem Augenwinkel, wie Olaf mit einem Mundwinkel grinste, als hätte er ihr Gefühlschaos schon längst durchschaut oder als wäre das von Anfang seine Absicht gewesen. Sie hustete, als der Zigarettenqualm zu ihr drang, stand auf und lief nach draußen. Sie hatte noch nicht einmal eine Entschuldigung hervorgebracht. Vor dem Geschäft blinzelte sie in die Sonne und atmete tief durch. Was für ein seltsamer Laden!

Plötzlich rempelte jemand gegen sie und legte ihr den Arm um die Schultern. Mary stand neben ihr und noch ehe sie protestieren konnte, zog die sie ein Stück die Straße runter. Etwas überrascht schaute Roseanne sie an.

»Ich hab genau gesehen, wie Olaf mit dir geflirtet hat und wie du dich weggedreht hast. Er wird seine Finger von dir lassen, das verspreche ich dir. So widerwärtig hätte ich ihn dann auch wieder nicht eingeschätzt.«

»Du hast das mitbekommen?« Roseanne war bass erstaunt.

Mary lachte. »Na, aber sicher. Genauso wie Jess. Glaubst du etwa, wir sind blind?«

Roseanne schüttelte energisch den Kopf. »Das habe ich nie behauptet. Aber besonders du warst doch so hingerissen von Jims Geschichte.«

Mary zuckte mit den Schultern. »Deswegen kann ich trotzdem meine Umgebung im Blick behalten. Du weißt doch, wie multitaskingfähig ich bin! Tja, und außerdem halten wir Schwestern eben immer zusammen.« Sie lächelte und verpasste ihr einen Stoß in die Rippen. Roseanne wich lachend aus und wollte gerade auf Mary losgehen, als Jess zwischen die beiden trat.

»Wenn ihr unbedingt jemanden fertig machen wollt, dann doch bitte Olaf.« Sie wartete einen Moment, um sicher zu gehen, dass die beiden sich wirklich beruhigt hatten, dann fuhr sie fort: »Aber am besten vergessen wir ihn gleich wieder. Jim hat gerade irgendwas von einem ‚unheimlich genialen‘ Flohmarkt erzählt, der wohl der größte in der ganzen Gegend sein soll. Das ist mir auch lieber als diese stickige Bude da." Sie deutete mit dem Daumen auf den Plattenladen.

Von Olafs Musikgeschäft war es noch einmal eine Viertelstunde Fahrt durch enge Gassen und Thetfords historisches Stadtzentrum, ehe sie am anderen Ende der Stadt auf ein weitläufiges, ausgedientes Fabrikgelände stießen. Hier erstreckte sich ein Meer aus Ständen, Menschen und Unmengen von verstaubten Schätzen, die aus Kellern und von Dachböden gerettet worden waren.

Sie ketteten ihre Fahrräder an zwei Laternenpfähle und stürzten sich ins Getümmel. An den Rändern des Marktes wurde nur meist nur Plunder angeboten. Die wahren Kostbarkeiten waren in der Mitte zu finden. Vorher musste man sich an unnützen Sachen wie alten Küchengeräten, verrosteten Fahrrädern oder mottenzerfressenen Lampenschirmen vorbeikämpfen. Kartons waren zu meterhohen Stapeln aufgetürmt, aus denen zerschlissene Stoffe aus Uromas Zeiten ragten. Stehengebliebene Kuckucksuhren, angeblich echte Schwarzwälder Qualität, teilten sich die Tapeziertische mit ramponierten Sammlerpüppchen *Made in China.*

Die Jugendlichen drängten sich durch die Menschenmassen, bis sie endlich die Stände erreichten, die sie interessierten. Tausende Platten und CDs stapelten sich auf Tischen und in Kartons, die darunter verstaut waren. Jess bückte sich sofort und wühlte in einer der Schachteln, welche mit dem Buchstaben »G« versehen war. Ihre Plattensammlung war längst nicht vollständig und so leuchteten ihren Augen, als sie die enorme Auswahl an *Genesis*-Alben sah. James hockte sich zu ihr und half ihr beim Suchen.

Roseanne schaute sich hingegen lieber bei den antiquarischen Büchern um. Sie quiekte leise vor Begeisterung, als sie eine Originalausgabe von *Stolz und Vorurteil* unter einem Stapel alter Zeitungen entdeckte. Die ältere Frau, die den Stand betreute, kam zu ihr.

»Ist die wirklich echt? Also, ich meine, ist die wirklich von 1813?« fragte Roseanne sie und ihre Stimme zitterte vor Aufregung.

Die Frau nickte wohlwollend. »Aber natürlich. Die Familie meines Mannes hatte seit 1800 eine Druckerei und das sind die letzten Exemplare aus ihrem Lager.« Dann kramte sie in einer Kiste hinter sich. »Schau, hier sind die anderen beiden Teile. Das Buch ist ja in drei Bänden erschienen.«

Roseannes Augen wurden vor Begeisterung immer größer. »Aber dann muss das doch ein Vermögen wert sein!« Als sie an ihr spärliches Taschengeld dachte, platzte ihre gute Laune plötzlich wie ein angepiekster Ballon. »Schade, aber dann kann ich sie mir bestimmt nicht leisten.« Sie legte sie wieder zurück auf den Tisch.

»Wie viel hast du denn dabei?«, fragte die Frau sanft und lächelte sie aufmunternd an.

Roseanne grub ihre Geldbörse aus ihrer Umhängetasche aus. »Naja, ein bisschen was hab ich noch, aber das sollte für die ganze Reise reichen.«

»Ach, du bist im Urlaub?« Die Frau zündete sich doch tatsächlich eine Pfeife an! Genüsslich schmauchend musterte sie Roseanne. »Wo kommst du denn eigentlich her?«

Roseanne schaute sich kurz um, damit sie die anderen nicht aus den Augen verlor. Dann sagte sie: »Ich bin mit meinen drei Schwestern unterwegs, wir kommen aus Peterborough. Bloß meine älteste Schwester ist gerade nicht dabei, sie hat sich vom Gärtner zu viel Wein einschenken lassen und ist jetzt furchtbar verkatert.«

Die Frau lachte heiser, aber herzlich auf. »Ein Kater! Vom Gärtner! Das ist zu köstlich. Weißt du was, wer sich traut, alleine mit seinen Schwestern zu verreisen, ist eine würdige Austen-Leserin, vielleicht sogar eine echte Bennett. Ich biete dir alle drei Bände für zwanzig Pfund an.«

»Aber, aber-«, versuchte Roseanne zu protestieren, doch die Frau schüttelte den Kopf.

»Ich bestehe darauf. Aber versprich mir, dass du deinem nächsten Verehrer genauso viel Paroli bietest wie Lizzy Bennett ihrem Mr Darcy.«

Roseanne strahlte. »Das mache ich! Vielen, vielen Dank!« Sie pflückte zwei Scheine aus ihrer Geldbörse und gab sie der Händlerin. Dann packte sie ihre frisch erstandenen Bücher ein.

»Richte deinen Schwestern einen schönen Gruß von mir aus!«, rief die Frau ihr noch nach, als Roseanne schon wieder fast im Gedrängel verschwunden war und sich verwirrt umsah. Vor einer Sekunde noch hatten die anderen an dem Schallplattenstand auf der anderen Seite gestanden, jetzt waren sie plötzlich alle auf einmal verschwunden.

Jim stand einen Moment unschlüssig in der Gegend herum - es gab so viel an interessanten Sachen, dass er gar nicht wusste, wohin er zuerst gehen sollte - da rief jemand am Nebentisch seinen Namen. Er erkannte seinen Klassenkameraden, grüßte mit einem spöttischen Salut und drängte sich zu ihm durch.

Mary, die sich neben Jess gehockt hatte und die Madonna-Platten durchging, bemerkte trocken: »Jim ist auch wirklich bekannt wie ein bunter Hund.«

James nickte lachend. »Ja, du bringst es auf den Punkt. Manchmal weiß ich gar nicht, wie er die ganzen Leute alle kennen gelernt haben will.«

»Sag mal, James, wie habt ihr Olaf eigentlich kennen gelernt? Er ist doch schon ziemlich seltsam«, fragte Jess, während sie eine Schallplatte aus einer Kiste fischte, um nach dem Preis zu schauen.

»Naja, sein Plattenladen bietet halt neben den Ständen hier auf dem Flohmarkt die beste Auswahl an Musik. Außerdem ist das ein beliebter Treffpunkt nach der Schule.«

»Und das hat bei manchen Leuten nicht zufällig was mit den Substanzen zu tun, die da rumstanden?«

James grinste sie schief an. »Du hast Recht, die meisten von uns haben da ihren ersten Rausch erlebt. Bei mir war es aber nur ein einziges Mal Cannabis, das schwöre ich!«

Sie sah ihn lauernd an und lächelte. »Du musst dich vor mir nicht erklären, ich hab da genug Freunde, die das auch ab und zu rauchen. Und jeder soll das machen, was er möchte. Aber ich hab mich für Straight Edge entschieden.«

»Oh, heftig!« Er musterte sie anerkennend.

Sie zuckte die Schultern. »Es ist nicht so schwierig, gar nicht erst damit anzufangen. Aber es nervt schon, wenn die Leute um mich herum ständig fragen, warum ich nichts trinke.«

»Das find ich auch blöd. Warum sie einen da nicht einfach in Ruhe lassen können. Jedenfalls find ich's cool, dass du das so radikal durchziehst«, sagte er und stieß sie freundschaftlich mit dem Oberarm an.

Sie zuckte wieder die Schultern, als sei es nichts, aber geschmeichelt fühlte sie sich trotzdem.

Plötzlich hörten sie, wie jemand nach Mary rief. Sie erhob sich und schaute sich einen Moment irritiert um. Dann aber sah sie Jim enthusiastisch winken, lächelte und ging zu ihm. Als sie bei ihm ankam, legte er ihr den Arm um die Taille und sagte: »Das ist meine Freundin Mary.« Er schaute sie stolz an, doch sie erwiderte seinen Blick mit einer hochgezogenen Augenbraue.

»Ferienbekanntschaft trifft es wohl eher«, korrigierte sie ihn. Die anderen lachten über Jims bedröppeltes Gesicht. Verschwörerisch beugte sie sich zu seinem Ohr vor und flüsterte: »Noch.«

Dann löste sie sich von ihm, nickte den anderen zu und schlenderte zu Roseanne, die etwas verloren in der Gegend herumstand. Als sie ihr den Arm um die Schulter legte, zuckte die erschrocken zusammen.

»Jesus! Wo kommst du denn plötzlich her? Aber wenigstens habe ich dich jetzt gefunden. Ich hatte schon befürchtet, ich müsste euch ausrufen lassen.«

Mary sah sie grinsend an. »Hatten wir dich etwa verloren?«

»Ich hatte euch verloren!« Inzwischen hatte sie die anderen entdeckt. »Sag mal, warum grinst Jim eigentlich so, als habe man ihm gerade einen Magnumeisbecher vor die Nase gesetzt?«

Sie spürte eher, als dass sie sah, wie Mary die Schultern zuckte. »Ich hab keine Ahnung«, sagte sie sibyllinisch. Bevor Roseanne sie weiter darüber ausquetschen konnte, zog Mary sie hinüber zu einem Stand mit Landschaftsmalereien. »Schau mal, die sind doch schön. Wir könnten ja Mum und Dad eins mitbringen.«

So ganz traute Roseanne ihrer großen Schwester noch nicht über den Weg, sagte aber nichts mehr zu ihrem seltsamen Verhalten oder ihrem Verehrer.

***

Als sie auf Wordwell Rose ankamen, wurde es bereits Abend. Susan stand, wieder einigermaßen fit, in der Küche und brutzelte etwas in einer Pfanne. Ein feiner, süßer Duft strömte durch das ganze Ferienhaus.

»Was machst du da Feines?«, fragte Jess, als sie den Kopf durch die Tür steckte.

»Unsern Nachtisch. Applecrumble.« Jess schnalzte mit der Zunge und schloss flink die Tür, bevor Susan sie zum Küchendienst ordern konnte.

Susan machte den Mund auf, um genau das ihrer Schwester aufzutragen. Etwas eingeschnappt klappte sie ihn wieder zu, als sie merkte, dass die sich schon verkrümelt hatte. Mit etwas mehr Schwung als nötig rührte weiter in der Karamellmasse vor ihr in der Pfanne, damit sie ihr nicht anbrannte. Als die Masse langsam zu blubbern begann, löschte sie sie mit Apfelsaft ab.

Als Roseanne den Kopf durch die Tür streckte und sah, dass Susan kochte, zog sie ihn gleich wieder zurück.

Doch diesmal würde ihr die Küchenhilfe nicht entwischen. Susan rief: »Halt! Hilf du mir doch bitte, wenn schon deine Schwester sich um den Küchendienst gedrückt hat.«

Widerwillig trat Roseanne in die Küche und stellte sich neben sie.

»Vor dir siehst du das Rezept für den Teig, da stehen auch schon abgemessen alle Zutaten. Das ist ein simpler Mürbeteig, den solltest sogar du hinkriegen«, ordnete Susan an, ohne Roseanne anzusehen.

»Hey! Was soll denn das wieder heißen?« Roseanne schnaubte, nahm sich aber trotzdem die Rührschüssel und kippte das Mehl hinein. Dann schüttete sie noch den Zucker und die Butter dazu und begann zu kneten, als habe der Teig ihrem Hamster etwas Böses getan.

Als Susan das sah, hielt sie sie sanft am Arm fest. »Sachte. Sonst wird der Teig zu trocken.«

Roseanne sah sie schmählich an. »Anstatt mir hier Anweisungen zu erteilen: Hast du dich eigentlich schon ums Abendbrot gekümmert?«

Statt zu antworten, sah Susan sie nur mit erhobenen Augenbrauen an und deutete auf einen Topf, der leise vor sich hin blubberte. »Möhreneintopf mit vegetarischen Klößchen«, sagte sie schließlich.

Roseanne schaute sie mit großen Augen an. »Hat dich Jess jetzt doch bekehrt? Was hab ich verpasst?«

Susan seufzte. »Du hast nichts verpasst. Aber Hackfleisch hatte ich gerade nicht zur Hand. Da musste ich mir mit Haferflocken und Gemüsebrühe behelfen. So.« Sie rührte energisch Butter in die Karamell-Apfelsaft-

Masse und drehte das Radio lauter. Es lief gerade ihr Lieblingslied *Africa* von Rose Laurens.

Roseanne hatte sich inzwischen wieder besänftigt, sie mochte das Lied auch ganz gerne. »Susy, weißt du, aus welchem Jahr das Lied ist?«

Susan überlegte kurz. »1983 glaube ich.«

»Das ist aber ganz schön alt!«, stellte Roseanne erstaunt fest.

Susan aber krauste die Stirn. »Wieso? *Born To Run* ist doch noch älter.«

Jetzt war es Roseanne, die ihre Schwester ungläubig anschaute. »Eh, das ist zwar mein Lieblingslied, aber da musst du mir jetzt mal auf die Sprünge helfen.«

Susan sah sie triumphierend an. »Das ist von 1975.«

Verlegen kratzte sich Roseanne am Kopf. »Oh, okay. Ich hab nichts gesagt.«

Susan lachte und schob den Karamelltopf von der Herdplatte. Roseanne war inzwischen fertig mit dem Teig, sodass sie ihn in einer Auflaufform auslegen konnte. Susan legte Apfelschnitze hinein und schüttete das Karamell darüber. Anschließend bedeckte Roseanne das Ganze mit einer ordentlichen Ladung Streusel, ehe der Crumble in den Ofen wanderte.

Mary steckte den Kopf durch die Tür. »Wie sieht's aus?«

Susan drehte sich grinsend zu ihr um. »Gut sieht's aus. Heute gibt's ausnahmsweise mal kein angebranntes Essen.«

Mary reckte den Daumen in die Höhe. »Fantastisch! Wie weit seid ihr?«

Susan deutete auf den leise blubbernden Topf auf dem hinteren Kochfeld. »Der Eintopf ist soweit fertig, er wird nur noch warmgehalten. Du kannst die anderen schon zusammentrommeln. Ich nehme mal an, das Jim und James bei uns essen werden.«

Mary nickte und verschwand wieder. Roseanne hob sich auf die Zehenspitzen und nahm sechs tiefe Teller aus dem Hängeschrank über der Anrichte. Dann trug sie sie ins Wohnzimmer, wo Susan bereits Besteck verteilte.

Kapitel 7

Roseanne schwang die Beine aus dem Bett, streckte sich und schaute aus dem Fenster. Der Himmel war hellblau, kein Wölkchen zu sehen und die Sonne strahlte. Sie öffnete es und genoss die frische Luft nach einem weiteren Regenguss in der Nacht. Doch sie merkte auch, dass der Tag heute schwül werden würde. Das schrie doch nach einem Besuch am Badesee! Vielleicht kannten die Zwillinge ja einen richtig guten.

Sie zog sich an und lief in die Küche. Susan stand an der Anrichte und fischte Brotscheiben aus dem Toaster. Auf dem Esstisch im Wohnzimmer standen bereits eine dampfende Teekanne, Marmeladengläser und die Butter.

»Weißt du, ob die Jungs heut kommen?«, fragte sie ihre große Schwester.

Die zuckte die Schultern. »Bestimmt. Warum fragst du?«

»Naja, ich glaube, heute wird ein richtig heißer Tag und ich dachte mir, sie könnten uns bestimmt einen Badesee in der Umgebung zeigen.«

Susan stellte den Brotkorb auf den Tisch und nickte. »Du wirst wohl Recht haben. Es sieht ganz danach aus, als ob wir heute außer schwimmen und entspannen wegen der Hitze nichts weiter tun werden. Und zugegeben, ich hab echt mal wieder Lust, baden zu gehen.«

Roseanne nickte eifrig. »Ich auch. Sonst hätte ich meinen Badeanzug ja ganz umsonst eingepackt.«

»Und das wollen wir natürlich nicht«, erwiderte Susan spöttisch.

»Was wollen wir nicht?«, fragte Jess, die gerade ins Wohnzimmer kam. Ihre jüngste und ihre älteste Schwester sahen sich an und prusteten. »Was?«, fragte Jess etwas empört.

Roseanne holte ein paar Mal tief Luft, dann sagte sie: »Ich hab mir nur grad vorgestellt, was du machen wirst, wenn wir uns alle im Bikini am Badesee vergnügen. Wo du doch so auf deinen bleichen Teint achtest, du Vampir!« Da musste sie schon wieder lachen.

Jess verdrehte die Augen. »Haha«, murmelte sie wenig begeistert und setzte sich an den Tisch, nicht ohne vorher verstohlen einen Blick auf ihr in der Tat sehr blasses, in der Teekanne etwas verzerrtes Spiegelbild zu werfen.

Mary war die letzte, die zum Frühstück eintrudelte. Unter ihrem leichten Sommerkleid sah man bereits bunte Bikiniträger hervorblitzen.

»Wie ich sehe, sind wir vorbereitet«, bemerkte Susan mit einem halben Lächeln.

»Natürlich. Heute ist ein perfekter Tag für einen Seebesuch«, entgegnete Mary gänzlich ohne Ironie. Dann biss sie mit Freuden in ihr Marmeladentoast.

Nicht ganz zehn Minuten später klingelte es auch schon an der Tür. Ehe ihre Schwestern auch nur die Köpfe hatten heben können, war Mary bereits zur Tür gehüpft.

Die Zwillinge standen grinsend vor ihr, unter ihren luftigen ärmellosen Shirts trugen sie Badehosen statt ihrer normalen kurzen Jeans.

»Aha! Ihr wollt also heute baden gehen!«, stellte Mary lachend fest, als sie die beiden von oben bis unten beäugte. »Das trifft sich hervorragend, wir nämlich auch.« Sie führte die beiden ins Wohnzimmer, setzte sich aber nicht wieder an ihren Platz. »Deshalb wollten wir euch fragen, ob ihr uns einen Badesee in der Nähe zeigen könntet.«

Die Jungs wurden von Marys Eifer angesteckt, ließen sich aber trotzdem erst mal auf die freien Stühle fallen. »Wir haben da ganz in der Nähe die Lackford Lakes, man fährt dahin eine knappe Viertelstunde mit dem Fahrrad« erklärte James.

»Na, das klingt doch mal gut«, befand Mary und wollte hinauslaufen, um ihre Badetasche zu holen.

»Willst du nicht erst mal zu Ende frühstücken?«, fragte Susan mit erhobener Stimme und deutete auf das angebissene Toast. Mary zog die Nase kraus und setzte sich widerwillig an den Tisch zurück.

Es läutete wieder an der Tür. Die Mädchen und die Zwillinge schauten sich verwundert an. Susan stand auf und ging zur Tür. Sofort strahlte sie über das ganze Gesicht. »Ben, was machst du denn hier?«

Er grinste schelmisch. »Ich hab die Jungs in Badeklamotten gesehen. Ihr seid auf dem Weg zum See?«

»Ja, also nach dem Frühstück. Die Jungs hatten was von den Lackford Lakes gesagt. Willst du mitkommen?«, fragte sie und hoffte, dass er zusagen würde.

Er zuckte die Schultern. »Sicher. Ich hab noch ein bisschen was zu tun. Ich komm aber bestimmt später noch vorbei. Sollte, wenn ich mich beeile, noch vor dem Mittagessen klappen. Hab aber noch ein paar Sachen zu gießen, bevor die Sonne rumkommt.«

Sie merkte gar nicht, dass sie seine Hand nahm. Sie tat es einfach. »Ich würd mich wirklich freuen, wenn du kommst. Also, wir würden uns alle freuen.«

»Wie gesagt, ich versuch's.« Dann stupste er sie an der Schulter an und grinste. »Aber es sollte klappen. Damit ich es schaffe, sollte ich besser gleich loslegen. Bis später.«

Sie standen sich noch einen Moment gegenüber und ein kleiner Teil von Susan wünschte sich, dass

Ben sich einfach vorlehnen würde, um sie küssen. Sie atmete erwartungsvoll aus, doch er drückte nur ihre Hand, dann ging er zum Tor und winkte, bevor es hinter sich zu warf. Etwas enttäuscht sah sie ihm nach. Aber schließlich ging sie zurück zu den anderen, die bereits den Frühstückstisch abgeräumt hatten. Roseanne hielt noch ein Stück Toast in der Hand.

»Hier, du hattest noch nicht aufgegessen. Erst rügst du Mary und dann rennst du selber weg. Wer war das überhaupt an der Tür? Halt, lass mich raten: Ben!«

Susan hatte sich das Toast einmal komplett in den Mund gesteckt, kaute hastig, brachte es aber fertig, sich nicht zu verschlucken oder fast daran zu ersticken. »Ja, das war Ben«, brachte sie schließlich heraus. »Er will später zum See kommen.« Sie erlaubte sich für eine Sekunde ein verträumtes Lächeln.

»Klingt doch super! Dann lass uns mal zusehen, dass wir die anderen noch erwischen. Die haben es nämlich anscheinend besonders eilig.« Sie zog ihre Schwester am Arm in den Flur. Ihre Schwestern kamen gerade die Wendeltreppe hinunter, jeweils eine gestreifte Jutetasche über der Schulter. Die Schwestern hatten die Taschen im Viererpack mal vor einen paar Jahren von ihren Großeltern zu Weihnachten geschenkt bekommen.

»Na los, ihr Trantüten. Bis ihr fertig seid, ist die Sonne schon wieder untergegangen«, neckte Mary. »Deswegen hab ich mir auch mal erlaubt, in dein

Zimmer zu gehen und deine Tasche zu nehmen. Glücklicherweise ist es bei dir ja so ordentlich, dass ich gar keine Chance hatte, in deinen Sachen rumzuwühlen.«

Susan funkelte sie an. »Das will ich dir auch geraten haben.« Sie schnappte sich ihre Tasche und folgte den anderen. Die Zwillinge waren clever genug gewesen, die Räder der Mädchen aus dem Schuppen zu holen.

Obwohl sie sich alle beeilt hatten, war es bereits ungewöhnlich heiß. Die Luft flimmerte über der Asphaltstraße und der fast reife Weizen leuchtete golden auf den Feldern. Auf halber Strecke fuhren sie an einem Mann vorbei, der akribisch das lange Gras auf einem kleinen Stück Wiese senste. Er hob seine Mütze zum Gruß, als die Jugendlichen ihm fröhlich zuwinkten. Die Fahrt dauerte nicht lange, aber sie war wunderschön. East Anglia wurde nicht umsonst die Kornkammer Englands genannt.

Die Seen lagen beschaulich inmitten eines kleinen Waldgebiets. Bevor die Zwillinge die Schwestern zu ihrer ganz persönlichen Badestelle führten, zeigten sie ihnen noch das West Stow Anglo Saxon Village, eine archäologische Ausgrabungsstätte mit den Nachbauten eines angelsächsischen Dorfes, wie es um 500 n. Chr. ausgesehen haben sollte.

Auf der anderen Seite des Sees, an dem sie schließlich ihr Lager unter einer Buche aufschlugen, stand das Gebäude des Suffolk Wildlife Trust. Dort und auch auf dem See herrschte reges Treiben. Familien waren mit ihren Kindern hier, manche in Badesachen, manche in Wanderausrüstung. Jim erklärte, dass es an den Seen zahlreiche seltene Tier-, Insekten- und Pflanzenarten gab. Als sich Mary erkundigte, warum er das alles wusste, begann er eine leidend vorgetragene Erzählung von unzähligen Wanderungen um die Seen und stinklangweiligen Vorträgen eines greisen Naturschützers, die er in der Unterstufe über sich hatte ergehen lassen müssen.

Außerdem waren auf dem See einige schnittige Segelboote unterwegs, von denen eines haarscharf an der Badestelle der Jugendlichen vorbeizog, und die Typen auf dem Boot pfiffen den Mädchen, die inzwischen alle in Badeanzug oder Bikini am Ufer saßen, anzüglich hinterher. Jim sprang auf und reckte den Rowdys die Faust. »Verpisst euch!«, rief er ihnen wütend nach. Doch die lachten bloß und fuhren zur anderen Seite des Sees.

»Ich finde es wirklich furchtbar nobel, dass du unsere Ehre verteidigen willst, Jim«, sagte Mary zuckersüß und lächelte ihn unwiderstehlich an. Da wurde er rot, ganz ohne Sonne. Plötzlich packte ihn jemand an der Schulter und wollte ihn ins Wasser ziehen.

»Was zur Hölle!«, rief er und versuchte, sich dem erstaunlich starken Griff seines schmächtigeren Bruders zu entziehen. Weit kamen sie in ihrer Rangelei aber nicht.

»Hey, glaubt ja nicht, ich lasse euch ohne Sonnencreme ins Wasser. Ich weiß, ihr habt kaum Probleme mit Sonnenbrand, aber gesund ist zu viel Sonne für euch auch nicht«, pfiff Susan sie zurück. Sie wedelte mit der Sonnenmilch. Selbst hier konnte sie sich nicht ihrer Mutterrolle entledigen. James und Jim warfen sich einen entnervten Blick zu, dann stapften sie zurück zur Decke und ließen sich widerwillig die Creme geben.

»Was guckt ihr denn so böse? Susy hat vollkommen recht«, fügte Roseanne feixend hinzu, während sie es sich auf ihrer geblümten Decke bequem machte.

»Na klar, jetzt habt ihr euch wieder gegen uns verschworen«, murmelte Jim, dann stürzte er sich aus heiterem Himmel auf James und zog ihn ins Wasser. Der war so überrumpelt vom Angriff seines Bruders, dass er sich erst im Wasser von ihm befreien konnte.

Japsend tauchte er an die Oberfläche. Er sah ihn aus zusammengekniffenen Augen an. »Jetzt bist du aber so was von fällig.« Bevor er seinen Worten Taten folgen lassen konnte, wurde er wieder unter Wasser gedrückt. Zum zweiten Mal strampelte er sich nach oben und schaute sich nach dem Übeltäter um.

Jess stand hinter ihm und grinste ihn teuflisch an. »Du willst Rache, stimmt's? Du kannst es ja mal versuchen«, zog sie ihn auf und warf sich ins Wasser.

James versuchte zumindest, sie einzuholen.

Roseanne und Susan beobachteten sein fruchtloses Bemühen vom Ufer aus. »Immerhin gibt er nicht auf, das muss man ihm lassen«, meinte Roseanne.

Susan lachte. »Wundert mich, dass Jess ihm noch nicht erzählt hat, dass sie im Schwimmteam ist. Sonst wüsste er es besser. Wetten, er schafft es keine fünf Minuten, ihr zu folgen?«

»Wette angenommen. Ich sage, er hält länger als fünf Minuten durch. Aber nicht viel. Worum wetten wir?« Roseanne sah ihre älteste Schwester an.

Die grinste. »Das ist einfach. Wer morgen einkaufen muss.«

»Uff«, machte Roseanne widerwillig. »Abgemacht. Hoffentlich schafft er mehr als fünf Minuten.« Sie stellte ihre Armbanduhr in den Stoppmodus und legte sie zwischen sich und Susan. Dann schauten die beiden gespannt auf das Treiben im Wasser.

Während James Jess weiter durch den See verfolgte, ließ sich Jim entspannt auf dem Rücken treiben und blinzelte nur ab und zu träge in die Sonne. Mary schwamm in wenigen Zügen zu ihm hinüber.

»Hi«, sagte sie lächelnd und trat auf der Stelle, um nicht unterzugehen.

Er schaute sie sanft an. »Hey.« Dann drehte er sich um, damit er auf Augenhöhe mit ihr schwimmen konnte. »Komm, ich zeig dir was.« Er zupfte an ihrer Hand und schwamm voraus zu einer Stelle, die voll dichten Schilfs stand. »Sei vorsichtig, damit du dich nicht schneidest«, sagte er, während er das Schilf für sie aufhielt. Sobald die Halme zurückschnappten, waren sie ganz allein, sie hörten nicht einmal die spielenden Kinder, die nur ein paar Meter weiter im flachen Wasser planschten.

Sie schaute sich um. Ihre Augen leuchteten. »Wow, es ist wirklich schön hier!«, sagte sie leise und setzte sich in den schattigen Sand.

»Mmh, ich komme her, so oft ich kann. Hier kann ich am besten nachdenken und hab meine Ruhe, wenn James mir wirklich tierisch auf die Nerven geht.«

Sie sah ihn von der Seite an. »Aber eigentlich mögt ihr euch?«

»Na klar. Und ich werd ihn vermissen, wenn er nach dem Abschluss über den Kontinent reist. Aber sag ihm das ja nicht! Das würde ich nicht überleben.« Er lachte leise auf.

»Mach ich nicht«, versprach sie ihm und lehnte sie sich wie selbstverständlich an seine Schulter. Er schaute etwas überrascht auf sie herab, aber er lächelte. Dann lehnte er sich vor und küsste sie zögerlich auf die Stirn. Sie sah zu ihm auf, lächelte auch, und streckte sich ihm entgegen. Ihre Gesichter waren sich so nah, dass sich ihre Nasespitzen berührten. Da prustete sie lautlos, und dann küsste sie ihn. Noch während er den Kuss erwiderte, musste auch er lachen, und am Ende landeten die beiden im Sand. Sie lag halb auf ihm, als sie sich außer Puste voneinander trennten. Dann machte sie es sich auf seiner Brust bequem, ihr Kopf lag auf ihren verschränkten Armen. Die ganze Zeit über sagten sie kein Wort.

Währenddessen hatte James auf der anderen Seite des Schilfs gerade schnaufend kapituliert. Jess bekam sich gar nicht mehr ein, als sie beobachtete, wie er um sich schlug, um vor Erschöpfung nicht unterzugehen. Schließlich hatte sie Erbarmen mit ihm, umschlang seine Taille und half ihm zum Ufer zurück. Dort ließ er sich ermattet auf sein Handtuch fallen, das Gesicht im Handtuch vergraben und alle viere von sich gestreckt.

Die drei Mädchen sahen ihn und schüttelten geschlossen die Köpfe. Roseanne hielt anklagend die Stoppuhr nach oben, als er sich schließlich umdrehte und sie träge ansah. »Ich bin enttäuscht von dir, James. Nur fünf Sekunden mehr, und ich hätte die Wette gewonnen. Stattdessen muss ich morgen einkaufen gehen. Alles nur deinetwegen!«, rief sie in übertriebener Verzweiflung.

»Was?«, brachte ihr Delinquent nur heraus und schaute sie verständnislos an.

»Hör nicht auf sie«, winkte Jess ab, als sie es sich neben ihm bequem machte und sich rücklings auf die Ellenbogen abstützte. »Meine Schwestern sind manchmal nur albern.« Dann wandte sie sich an Roseanne und Susan. »Anstatt hier unschuldige Jungs zu drangsalieren, könntet ihr ja zur Abwechslung mal selber schwimmen gehen. Ihr habt ja bisher nicht mal die große Zehe in den See gehalten.«

Die beiden standen auf, Roseanne salutierte zum Spaß, dann liefen sie unter großem Getöse ins Wasser. Kaum waren die beiden ein Stück weiter raus geschwommen, tauchte Ben zwischen den Bäumen auf. Er schob sein Motorrad neben die Fahrräder und winkte, als Jess zu ihm aufblickte.

»Hey, du hast es geschafft! Da wird sich Susy aber freuen!«, rief sie ihm entgegen.

Er grinste. »Das will ich doch stark hoffen.« Dann breitete er seine Decke auf dem letzten freien Fleckchen aus. Er zog die grüne Latzhose aus, unter der er seine Badehose trug, und streifte sich sein T-Shirt über den Kopf. Jess sah noch einmal zu ihm auf und bemerkte zwei wellenförmige, etwa handbreite, schon ziemlich verblasste Narben auf seiner Brust. Sie wollte ihn gern fragen, was ihm da passiert war, biss sich aber auf die Lippen, weil sie es zumindest ahnte. James hatte sich inzwischen auf den Bauch gedreht und unterhielt sich mit Ben, als wären die Narben gar nicht da. Wahrscheinlich wusste er es. Sie beschloss, ihn zu fragen, sobald Ben außer Hörweite war.

»Hast du dich auch brav eingecremt?«, rief sie ihm zu, als er bereits mit den Füßen im Wasser stand.

»Klar! Kann mir vorstellen, dass Susy da hinterher ist wie ein Schießhund.«

Sie nickte grinsend. »Worauf du wetten kannst.« Damit stürzte er sich mit einem mehr oder weniger eleganten Kopfsprung in die Fluten. Jess sah zu James hinüber. »Hast du die Narben gesehen?«, fragte sie vorsichtig.

Der zuckte die Schultern. »Jup, ich bin ja nicht blind.«

»Und du weißt, woher die sind?«, fragte sie weiter.

»Klar, die sind von einer Masektomie, also von der Entfernung seines Brustgewebes. Ben wurde bei seiner Geburt für ein Mädchen gehalten«, erklärte er, als sei es nichts weiter als ein Beinbruch.

Jess schaute eine Weile auf den See und kaute auf ihrer Unterlippe. Die Information sollte ihre Meinung von Ben nicht beeinflussen, aber trotzdem fühlte sie sich gerade etwas seltsam, als sie Ben mit den Augen folgte. Dann spürte sie einen Stups an der Schulter. Sie schaute auf.

James krauste die Stirn. »Hey, Ben ist Ben, ob er nun früher Brüste hatte oder nicht, okay? Ich dachte, du würdest das am ehesten verstehen.«

Sie schürzte die Lippen und setzte sich auf. »Tu ich auch. Ich bin nur noch nie einer Transperson persönlich begegnet. Kein Grund, mich rauszureden, ich weiß. Fühlt sich trotzdem komisch an.« Ihre Stimme wurde immer leiser. Dann zischte sie, bevor er noch irritierter werden konnte: »Ich werd mich aber nicht anders ihm gegenüber verhalten, falls du mich davor warnen willst.« Sie sah ihn halb an, nicht bereit, komplett klein bei zu geben.

Er schnaubte. »Das will ich auch hoffen.«

Ben hatte inzwischen Susan und Roseanne erreicht, die im Wasser auf der Stelle traten und sich unterhielten. Als Susan ihn sah, wurde sie ganz aufgeregt. »Hallo!«, rief sie und warf sich ihm um den Hals. Roseanne kicherte und tauschte einen amüsierten Blick mit Ben.

Während er sie weiter im Arm hielt, sagte er: »Würde es dir etwas ausmachen, Rosy, wenn ich Susy auf die kleine Insel da hinten entführe? Ich würde gern ein paar Minuten mit ihr alleine sein.«

Roseanne grinste. »Kein Problem. Bis später!« Sie machte sich auf den Weg zurück zu ihrer Badestelle.

Ben und Susan schwammen also zu der kleinen Insel und als sie es sich auf dem weichen Sand bequem machte, sah Susan zum ersten Mal seine Narben. Sie wusste sofort, woher sie stammten. Unauffällig musterte sie ihn, bis auf die Narben verriet aber nichts an seinem Körper, dass er womöglich einmal ausgesehen hatte wie eine Frau. Es musste also schon eine Weile zurückliegen, denn auch die Narben schienen schon älter zu sein.

Schließlich bemerkte er ihren Blick doch. »Darum wollte ich eigentlich mit dir hierher. Mir war klar, dass ich es nicht für mich behalten konnte, wenn ich zum Baden komme«, sagte er leise, ohne sie anzusehen.

Sie zuckte die Schultern und setzte sich in den Schneidersitz. »Du hättest nicht kommen müssen. Und du hättest es mir erst erzählen müssen, wenn du bereit bist.«

»Ich bin ja bereit. Ich weiß nur nicht, ob du es bist.« Er starrte weiter auf den See hinaus.

»Ich muss dafür nicht bereit sein. Es geht hier schließlich nicht um mich. Aber ich kann dich beruhigen. Ich hab überhaupt kein Problem damit.«

Jetzt sah er sie an. »Wirklich nicht?«

Sie schüttelte den Kopf. »Nein. Wieso auch? Du bist Ben, und wenn du grüne Haare hättest! Ich habe noch nie jemanden getroffen, der seine Pflanzen so liebt wie du. Wer sich so aufopferungsvoll um das Leben kümmert, der hat es auch verdient, seins so zu führen, wie es sich richtig anfühlt. Und wenn ich meinen Teil dazu beitragen kann, bin ich damit vollauf zufrieden.«

Er starrte sie fassungslos an. Dann leuchtete sein Gesicht auf vor Freude und Tränen sammelten sich in seinen Augenwinkeln. »Danke«, flüsterte er mit halberstickter Stimme.

Sie entknotete ihre Beine und schlang einen Arm um ihn. »Hey, kein Grund zu Weinen! Oder sind das Freudentränen?« Sie lächelte warm und küsste ihn dann sanft auf die Wange. In ihrem Bauch flatterten die Schmetterlinge wild umher. Sie hatte das Gefühl immer für ein Gerücht gehalten, aber jetzt fühlte sie es so stark, dass sie fast laut losgelacht hätte. Sie wollte aber nicht, dass Ben dachte, sie lache ihn aus. Deswegen musste sie das Gefühl anders ausdrücken. »Ich liebe dich«, murmelte sie wie aus heiterem Himmel.

Er lehnte sich ein Stück zurück und sah sie mit großen Augen an. Als er längere Zeit nichts sagte, bereute sie ihre Aussage schon wieder. Sie war zu schnell gewesen, hatte ihn vor den Kopf gestoßen. Dabei hatten sie sich noch nicht einmal richtig geküsst! Wie konnte sie es da schon wissen? Sie schimpfte auf sich selbst und wollte von ihm abrücken, doch er hielt sie fest und schüttelte den Kopf.

»Ich liebe dich auch, ich kann es nur nicht glauben«, flüsterte er schließlich.

Sie seufzte erleichtert. »Es stimmt aber. Und ich dachte schon…«, sagte sie leise, sprach aber nicht zu Ende.

»Was? Ich würde es nicht sagen? Mach dir da mal keine Sorgen.« Dann küsste er sie endlich auf den Mund, zärtlich, liebevoll und voller Poesie.

Als sie sich voneinander lösten, sah sie ihn einen Moment lang an. Das war eigentlich eine gute Gelegenheit, ihm zu erzählen, dass sie auch anders war. Und erst machte sie auch den Mund auf, als er sich kurz wegdrehte, doch als er wieder zu ihr sah, hatte sie der Mut schon verlassen. Es war eine Sache, bedingungslos seine Courage zu unterstützen; sich selbst zu einem so intimen Thema zu öffnen, eine ganz andere. Denn da war immer noch die Angst, dass er sie auch zurückweisen würde, so wie die anderen Jungs zuvor. Einer hatte sie abgestoßen angeschaut, so als sei sie nicht ganz dicht gewesen und im Stillen hatte er sich wohl gefragt, ob sie eine Pflanze sei. Der zweite, mit dem sie gegangen war, hatte sie verhöhnt. Sie wolle doch nur auf den LGBTQ*-Zug aufspringen, weil das gerade Mode war. Immerhin einer hatte es versucht, aber ihr nach einer Weile dann auch erklärt, dass eine Beziehung ohne Sex für ihn nicht ging. Dass er mit keiner Asexuellen ausgehen könnte. Sie hatte nur gelächelt und gesagt, es wäre okay, sie hätte damit gerechnet. Aber innerlich war ihr Herz wieder einmal in tausend Teile zerbrochen, denn eigentlich hatte sie ihn gemocht und geglaubt, es könnte endlich alles gut werden. Sie glaubte zwar auch, nein, sie wusste, dass Ben besonders verständnisvoll war. Aber ob er damit klarkäme? Darüber war sie sich nicht so sicher, ihre bisherigen Erfahrungen hatten ihr das Gegenteil gelehrt. Deshalb ließ sie es lieber bleiben, lächelte ihn stattdessen nur glücklich an - sie war glücklich und fühlte sich geehrt, dass er ihr genug vertraute, um sich ihr zu öffnen - und nahm seine Hand, bevor sie ihren Blick über den See schweifen ließ.

Nach diesem weltbewegenden Geständnis sprachen sie nicht mehr viel, nur über Belangloses, aber das war auch gar nicht schlimm. Man verkraftete immer nur so viel an historischen Neuigkeiten an einem Tag. Schließlich war es Zeit, zu den anderen zurückzukehren. Roseanne war damit beschäftigt, in ihr Tagebuch zu schreiben. James und Jess hatten sich überraschenderweise nicht allzu viel zu sagen. Sie saßen nur nebeneinander auf der Decke, Jess las in einem Buch und James starrte in eine völlig andere Richtung.

»Alles okay bei euch?«, fragte Ben, als er sich mit seinem Handtuch abtrocknete.

James schwang sich auf die Füße und zog sich sein Top über. »Klar, was soll schon sein?«, erwiderte er schärfer als nötig. Dann schlüpfte er in seine Schuhe und marschierte zu seinem Fahrrad, kam aber noch mal zurück, um sein Handtuch aufzusammeln. Ben zuckte nur die Schultern, als er ihn beobachtete. Sobald James endgültig weg war, klappte Jess ihr Buch zu.

»Habt ihr euch gestritten?«, fragte jetzt auch Susan. Jess schnaubte nur. Ben und Susan sahen sich verständnislos an. Als Jess ihrerseits zu ihrem Fahrrad ging, wandte sich Susan an Roseanne. »Weißt du, was da los ist?«

»Nö, keine Ahnung. Die haben sich schon so aggressiv angeschwiegen, als ich dazukam.« Damit verstaute sie auch ihr Handtuch in ihrer Tasche und sah die beiden erwartungsvoll an. »Wollen wir noch auf Jim und Mary warten oder es so machen wie die anderen?«

»Also ich warte. Ich weiß ja nicht, ob Ben noch was im Garten zu erledigen hat?« Susan ließ ihre Feststellung in einer Frage enden.

Er nickte. »Ja, ich muss wieder zurück. Aber ich komm nach Feierabend noch mal vorbei.« Er lächelte und küsste Susan zum Abschied auf den Mund.

Als er weg war, sah Roseanne ihre Schwester abwartend an. »Habt ihr's jetzt also endlich geschafft? Dieses Getänzel konnte sich ja keiner mehr angucken«, sagte sie spöttisch.

»Bitte?« Susan klang empört. »Wir kennen uns doch gerade mal anderthalb Wochen!«

Roseanne prustete. »Das mag ja sein, aber selbst ein Blinder sieht, wie hoffnungslos ihr einander verfallen seid. Ich hab dich noch nie so aufgekratzt gesehen, wenn es um einen Jungen ging. Wobei ja auch keiner deiner bisherigen Freunde so ein toller Fang war wie Ben.«

Susan war rot geworden und wedelte abwehrend mit den Händen. »Ach, was weißt du schon.« Sie sah sich um. »Jetzt würde es mich aber schon mal interessieren, wo die anderen zwei stecken.«

»Ich kann sie ja mal rufen.« Ehe Susan Roseanne daran hindern konnte, brüllte sie die Namen der beiden quer über den See. Man mochte nicht glauben, dass so eine zarte Person so eine Stimmgewalt besaß. Die Typen auf dem Segelboot von vorhin, das nun vertäut mitten auf dem See trieb, schauten verdutzt in ihre Richtung und ein paar Enten flogen verschreckt von dannen. Ein paar Sekunden später steckten Jim und Mary die Köpfe aus dem nahegelegenen Schilf.

»Siehst du, da sind sie«, sagte Roseanne grinsend, dann winkte sie den anderen. »Huhu, ihr Trantüten. Kommt mal rüber, der Rest ist nämlich schon weg«, rief sie den Nachzüglern zu, als die zum Ufer schwammen.

»Schon weg?«, fragte Jim ungläubig. Er stapfte an den Strand und griff nach seinem Handtuch.

»Jup, dein Bruder brauchte Abstand von Jess, meine Schwester brauchte Abstand von dem Rest und Ben hat noch ein bisschen was im Garten zu tun.«

Jim sah sie mit erhobenen Augenbrauen an. »Ähm, okay? Egal, dann fahren eben nur wir vier nach Bury Pizza essen.«

Susan hielt inne damit, ihre Tasche in ihren Fahrradkorb zu packen. »Pizza? Wollen wir da lieber nicht ein andermal fahren und die anderen mitnehmen?« Sie runzelte die Stirn.

»Wer nicht will, der hat schon, oder? Sie hätten ja einfach auf uns warten können. Und wenn bei ihnen wirklich der Haussegen schiefhängt, was können wir dafür? Was auch immer da vorgefallen ist, wird ein bisschen Pizza wahrscheinlich nicht wieder geradebiegen. Außerdem können wir da immer noch mal zusammen hinfahren, wenn sich alle Gemüter beruhigt haben. Ihr seid ja noch ein paar Tage da.« Jim sah das völlig pragmatisch.

Mary trat an seine Seite. »Jim hat Recht. Außerdem ist das doch für dich viel angenehmer, da musst du dich nicht um das Abendessen kümmern. Das hast du schon viel zu oft gemacht.«

Jetzt grinste Susan. »Höre ich da etwa, dass du jetzt ab sofort das Abendessen für uns übernehmen willst?«

Mary sah sie nur an. »Ich meine ja nur, dass du auch im Urlaub bist und wir uns eigentlich reinteilen könnten. Aber ohne dich hätten wir uns wahrscheinlich die letzten Tage nur von Marmeladentoast ernährt. Also, heute Pizza: ja oder nein?«

Susan seufzte nur und bedeutete, den anderen aufzusteigen. Jim klatschte in die Hände und so fuhren sie nach Bury zum Pizza essen

Kapitel 8

Ein paar Tage später flatterte zum ersten Mal eine Tageszeitung vor ihre Haustür. Keine wusste, wo die herkam, aber sie vermuteten, dass Daisy sie dort hingelegt hatte. Ben war schon seit zwei Tagen krank, er hatte sich eine fiese Erkältung eingefangen, die vielleicht vom Baden gekommen war. Susan besuchte ihn jeden Tag um die Mittagszeit in seinem kleinen Häuschen, das im Garten eines alleinstehenden älteren Herrn stand. Sie waren bereits fast zwei Wochen hier und kannten Wordwell und Umgebung dank der Zwillinge inzwischen wie ihre Westentasche.

Jess' Laune hatte sich merklich gebessert, was vor allem daran lag, dass sie Ben gestern besucht und mit ihm über das komische Gefühl gesprochen hatte. Sie wollte ihn ja gar nicht anders sehen, aber irgendwie hatten die Entdeckung und eben die Tatsache, dass sie bisher noch nie damit konfrontiert gewesen war, sie durcheinandergebracht. Ben hatte nur abgewunken, er kannte das zur Genüge, viele in seinem

Umfeld hatten so reagiert. Sie wollten das ja gar nicht, aber er verstand ein bisschen, dass es schon ungewöhnlich war. Wobei natürlich er die Person war, die das meiste Feingefühl verdiente. Als Jess hörte, wie aggressiv und widerlich manche Menschen reagiert hatten, wurde sie ganz wütend und wollte ihnen am liebsten sofort die Meinung geigen. Aber Ben beruhigte sie, er habe sich inzwischen damit abgefunden, dass ihn nicht jeder akzeptieren würde. Und die Menschen, die ihm am wichtigsten waren, taten es.

Später dann hatte sie James besucht und mit ihm darüber geredet. Er hatte schließlich erklärt, dass er nur so reagiert hatte, weil sich seine Ex-Freundin damals mehr als einmal abfällig über Ben geäußert hatte. Aber deswegen war sie danach ja auch seine Ex-Freundin gewesen. Nun hatte er eben befürchtet, dass das schon wieder passieren würde.

Jetzt, da sie sich ausgesprochen hatten, war zwischen den beiden wieder alles in Butter. Außerdem hatte es seit drei Tagen nicht geregnet. Besser ging es eigentlich gar nicht.

Jess schlug also am Frühstückstisch die Zeitung auf und überflog die Überschriften auf der Suche nach interessanten Themen. Sie warf einen schnellen Blick auf ihren Lieblingscomic über eine siebenköpfige Familie und ihren Hund, bevor sie weiterblätterte. Auf der Sportseite blieb sie schließlich hängen.

Wo auch sonst. Sie liebte Sport über alles. Bevor sie ins Schwimmteam gewechselt war, hatte sie Lacrosse gespielt. Aber nach einem Kreuzbandriss hatte sie auf etwas Gelenkschonenderes umsatteln müssen.

Sie ging die Ansetzungen für Fußball, Cricket, Handball und Rugby durch und grinste, als sie eines der Spiele sah: »Leute, was haltet ihr davon, wenn wir uns heute Nachmittag mal das Rugbyspiel der A-Jugend des Thetford Rugby Club gegen die Lions aus Norwich anschauen? Die spielen zu Hause. Und wir haben ja sowieso nichts weiter vor für heute. Wir müssen nur die Jungs fragen, wo das liegt. Aber die wollen bestimmt mitkommen«, schlug sie ihren Schwestern vor.

Roseanne schaute sie wenig begeistert an. »Rugby? Wie kommst du denn jetzt auf die Idee? Seit wann interessierst du dich dafür? Ist das nicht außerdem ein brutaler Sport?«

Jess seufzte. »Unk doch nicht gleich wieder rum! Ich interessiere mich für jeden Sport, das weißt du doch. Hast du dir Rugby denn je richtig angeguckt? Außerdem ist jeder Sport irgendwo brutal, wenn Ehrgeiz ins Spiel kommt. Nenn mir eine Sportart, wo das nicht der Fall ist!«

Roseanne schaute sie nicht an, sondern spielte mit dem Bündchen ihrer Bluse. Für Jess war das das Zeichen, dass ihre Schwester nichts weiter einzuwenden hatte. Mary und Susan stimmten vorbehaltlos zu und somit war es beschlossene Sache. Als die Zwillinge bald darauf klingelten, weihten die Mädchen sie in ihren heutigen Tagesplan ein. Sie stimmten sofort zu, auch wenn beide ihre Freizeit mit anderen Sportarten verbrachten. Jim spielte im Thetford Town FC Fußball und James beim VC 96 in Bury Volleyball. Trotzdem war Rugby für die zwei kein unbekanntes Terrain. Sie kannten ein paar Leute aus der Parallelklasse, die beim Thetford Rugby Club trainierten.

Nach einer unspektakulären Fahrradtour kamen sie kurz vor zwei am Stadion an, aber es war kaum etwas los. Am Kartenhäuschen standen nur zwei junge Leute vor ihnen. Als der ältere Herr, der die Karten verkaufte, ihre große Gruppe sah, strahlte er wie ein Schneekönig.

»Du meine Güte«, sagte er aufgeregt »Ihr verdoppelt mühelos unsere Durchschnittszuschauerzahlen. Die Jungs rackern sich jede Woche ab, aber keiner kommt. Als ob sie nicht genauso gut spielen würden wie die Männer! Wobei da ja auch nicht besonders viele kommen. Wir sind ja leider nicht die All Blacks.« Er grinste und entblößte dabei eine Zahnlücke.

Jess sah ihn prüfend an. »Wie kommen Sie denn jetzt auf die Neuseeländer? Das klingt ja, als hätte England gar kein Rugbyteam.«

Er lachte wieder zahnlos. »Ich sehe, da kennt sich jemand aus. Natürlich haben wir eins, aber die All Blacks sind nun mal das Maß aller Dinge. Immerhin führen sie gerade die Weltrangliste an. Wenn sie mal wieder hier spielen - also nicht hier in Thetford,

Gott bewahre, sondern in Twickenham - müsst ihr unbedingt hingehen. Ich habe es einmal geschafft und ich werde es nie vergessen. Allein der Haka vor dem Spiel ist eine Erfahrung wert.«

»Werden wir bestimmt mal in Angriff nehmen«, sagte Jess, und jetzt lächelte sie auch. »In der Zwischenzeit können wir ja erst mal die Jugend unterstützen.« Sie zahlten einen lächerlich kleinen Betrag für ihre Karten und winkten dem Verkäufer fröhlich, bevor sie sich auf der einzigen Tribüne Plätze suchten.

Ein paar Grüppchen Jugendlicher standen hier und da, und auch ein paar Eltern hatten sich auf der Holztribüne mit der abblätternden weißen Farbe eingefunden. So richtig Stimmung wollte nicht aufkommen. Jess erinnerte sich an die paar Spiele, über die sie mal zufällig im Fernsehen gestolpert war, meistens während des Six Nations Cups. Manchmal sah sie die Ankündigungen und sie nahm sich vor, einzuschalten; aber dann vergaß sie es entweder oder ihr kam etwas Wichtigeres dazwischen. Mit der Atmosphäre dort konnte das Stadion hier leider nicht mithalten. Dort war es allein schon magisch, wie die Sonne auf das saftig grüne Spielfeld schien. Dann schien die Luft auch noch statisch aufgeladen und es hätte sie ein ums andere Mal nicht gewundert, wenn es irgendwo geknistert hätte. Laut grölende, aber ansonsten friedliche Fans schwenkten Schals und Fahnen, um ihre Mannschaften zu Höchstleistungen anzufeuern.

Aber Thetford war nicht Twickenham und weder die Lions noch die Thetforder waren die All Blacks. Nicht, dass Roseanne viel darüber wusste. Als sich Jess vorhin mit dem Kassenwart unterhalten hatte, hatte sie die meiste Zeit nur Bahnhof verstanden. Es tat ihr allerdings leid, dass keiner zu den Spielen kommen wollte. Sie kniff die Augen zusammen und versuchte auszumachen, wer denn jetzt das Heimteam war. Ah, die in den weiß-rot gestreiften Trikots. Die anderen trugen gelb-grün-rote Trikots. Auf jeden Fall hübsch bunt, fand sie. Die meisten Jungs auf dem Feld waren für ihr Alter ziemlich groß und stämmig, bei manchen schlängelten sich dunkle Tattoos über die enormen Oberarme. Ein Lions-Spieler schaute direkt in ihre Richtung, winkte jedoch einem Jungen zwei Reihen über ihr. Sie konnte nicht genau erkennen, wie er aussah, aber was sie erahnte, war doch ganz ansprechend.

Kaum hatte das Spiel begonnen, ging es auch schon zur Sache. Die Mannschaften schenkten sich rein gar nichts. Jedes Mal lagen sieben oder acht aus jedem Team auf einem Haufen und rangelten um das Ei. Wenn einer es sich dann doch erkämpft hatte, entwischte er rasch oder warf es einem Mitspieler zu, der auf die andere Seite flitzte und sich einen Weg durch die Gegner bahnte. Das war auf beiden Seiten dasselbe Schauspiel und gar nicht so einfach, weil sich die anderen Spieler ihm in den Weg warfen.. Hatte es dann einer geschafft und das Ei über die letzte Linie gebracht und einen Versuch errungen, jubelte das

Team und der Spieler trommelte sich mit der Faust auf die Brust. Und wenn dann auch noch ein Kick gelang, also das Tor getroffen wurde, waren die wenigen Zuschauer total aus dem Häuschen. Jetzt kam immerhin ein bisschen Stimmung auf.

Roseanne musste angesichts des etwas animalischen Gehabes immer wieder still feixen. Aber angesteckt wurde sie vom Enthusiasmus sowohl der wenigen Zuschauer als auch der Spieler trotzdem ein bisschen. So schlecht fand sie Jess' Idee gar nicht mehr, aber das würde sie ihr natürlich nicht erzählen, sie hätte Jess' selbstgefälliges Grinsen nicht ertragen können.

Nach dem Abpfiff leerten sich die Ränge trotz des geringen Publikums nur sehr, sehr langsam. Es bestand anscheinend erheblicher Diskussionsbedarf, denn die Lions hatten haushoch gewonnen.

»Eine Differenz von vierzig Punkten! Das ist doch eigentlich unmöglich!«, ereiferte sich eine Frau mittleren Alters, als Roseanne sich an ihr vorbeischob.

»Also, unmöglich ist das nicht, wohl aber ungeheuerlich«, pflichtete ihr ein Junge bei, der wahrscheinlich eigentlich gekommen war, um seinem Bruder beim Siegen zuzujubeln.

Jess lief zwischen James und Jim und die drei unterhielten sich aufgeregt. Die Zwillinge waren furchtbar enttäuscht von der Leistung ihrer Heimmannschaft. Sie kannten ein paar Jungs aus der Parallelklasse und drohten spaßeshalber an, später ein ernstes Wörtchen mit ihnen reden zu müssen. Mary und Susan unterhielten sich über eine geplante Baustelle, über die auf der Lokalseite der Zeitung berichtet worden war. Sie blieben immer wieder stehen, um wild zu gestikulieren, es regte sie wohl sehr auf. Roseanne wusste nicht, was genau in dem Artikel gestanden hatte, sie war keine große Zeitungsleserin.

Beide Teams waren schon umgezogen und traten aus den Baracken, als sie gerade wieder am Kassenwart vorbeigingen. Die Thetforder wurden von ihren Familien und Freunden erwartet, um getröstet zu werden. Die siegreichen Spieler aus Norwich hingegen holten sich von den wenigen mitgereisten Fans ihre wohlverdienten Glückwünsche ab. Auf dem Weg zum Parkplatz stieß einer von ihnen von hinten mit Roseanne zusammen. Sie drehte sich verärgert um. Da schaute sie dem Jungen von vorhin ins Gesicht. Er hatte schwarzes, kurzes Haar, kupferfarbene Haut, dichte Augenbrauen und dunkle, lachende Augen. Sein Gesicht war zwar ein bisschen verbeult, aber schlecht sah er auf den ersten Blick nicht aus.

»Oh, sorry. Ich wollte dich nicht anrempeln.« Er lächelte sie entschuldigend an und offenbarte einen niedlichen, etwas schief stehenden Zahn.

Roseanne winkte ab, so richtig verärgert war sie dann doch nicht. »Ach, alles gut. Übrigens: Ihr habt gut gespielt.«

Er grinste. »Das kann mal wohl so sagen, danke. Du verstehst also was von Rugby?«

Sie schüttelte den Kopf. »Nein, eigentlich verstehe ich null davon. Aber mir hat trotzdem gefallen, wie ihr gespielt habt.«

Er stemmte die Hände in die Hüften. »So? Wie haben wir denn gespielt?« Sie standen inzwischen auf dem Parkplatz und die Menge hatte sich verstreut. In Grüppchen standen die Familien an ihren Autos. Keiner machte so richtig den Eindruck, als wollte er bald aufbrechen.

Aus dem Augenwinkel sah sie, wie ihre Schwestern bereits zu ihren Rädern schlenderten. Doch sie blieb einfach stehen und überlegte kurz. »Mmh, ihr habt mit Herzblut gekämpft und besser gespielt als die anderen. Sonst hättet ihr ja nicht gewonnen.«

Er lachte wegen ihrer einfachen, aber schlüssigen Erklärung. Dann legte er den Kopf schief und musterte sie nachdenklich. »Wie heißt du eigentlich?«

Sie schaute ihn ungläubig an und dachte rasch nach. Sie kannte ihn keine fünf Minuten. Sollte sie ihm wirklich ihren Namen verraten? Warum interessierte ihn das überhaupt? Wahrscheinlich würden sie sich danach sowieso nie wieder sehen. Prüfend taxierte sie ihn. Er lächelte immer noch. Schließlich entschied sie sich nach kurzem Abwägen dafür.

»Ich heiße Roseanne. Freut mich.« Sie streckte die Hand aus.

Er lachte wieder und ergriff sie. »Und mich erst! Ich heiße Codie.«

Ehe sie etwas erwidern konnte, hörte sie Jess schrill pfeifen. Susan winkte und machte ein Gesicht, das keine Widerrede duldete.

»Ähm, ich muss jetzt los.« Doch ehe sie gehen konnte, hielt er sie sanft am Arm fest. Er fischte einen Stift und einen Zettel aus seiner Trainingsjacke und kritzelte schnell etwas darauf.

»Hier, meine Nummer. Ruf mich doch mal an.« Er grinste und sie schlenderte zu ihren Schwestern zurück. Susan verlor kein Wort über ihr Unbehagen, dass der junge Mann vermutlich um einige Jahre älter war als ihre Schwester. Sie hatte nicht gehört, was die beiden geredet hatten, aber Roseanne hatte einen Zettel eingesteckt und der junge Mann hatte irgendwie anzüglich gegrinst.

Zu Hause in Wordwell lief Roseanne direkt in ihr Zimmer und schloss ab. Sie hatte keine Lust auf Susans anklagendes Gesicht oder gar eine Predigt von ihr. Sie warf sich auf ihr Bett und drehte den Zettel in ihren Fingern. Sein Name stand darauf, Codie Barrett, und seine Telefonnummer. Sie trommelte mit den Fingerspitzen auf der Bettkante und überlegte. Sollte sie ihn anrufen? Aber dann fiel ihr wieder ein, dass ihr Cottage über gar kein Telefon verfügte. Hatte sich das also auch erledigt. Sie drehte sich auf den Rücken und legte den Zettel auf ihren Nachttisch neben die Lampe. Dann schaute sie aus dem Fenster, durch das die Nachmittagssonne warm hereinschien. Eigentlich konnte sie sich durchaus glücklich schätzen, sie hatte sich doch eine nette Ferienbekanntschaft gewünscht. Und Codie sah ziemlich nett aus. Sie glaubte nicht, dass er irgendwas Böses von ihr wollte, so wie es Susans Blick sie vorhin hatte wissen lassen.

Sie setzte sich auf und zog ihr Tagebuch heran. Während sie über den vergangenen Tag berichtete, grübelte sie auch über ihr eigenes Verhalten. Woher hatte sie auf einmal diesen Mut genommen? Hatte, als er sie angerempelt hatte, so viel erwidert? Wenn überhaupt, kam ihr mehr als ein einfaches »Kein Problem« sonst nie über die Lippen, jedenfalls nicht bei Wildfremden. Und schon gar nicht bei jungen Männern. Sie hatte sich viel schüchterner eingeschätzt. Woher auf einmal diese Lässigkeit und Souveränität in Gegenwart eines männlichen Wesens, das nicht in ihre Klasse ging? Fast alle Jungs in ihrer Klasse, und auch in ihrem Jahrgang, waren, vorsichtig ausgedrückt, lachhaft. Die Jungs aus den Jahrgängen ihrer Schwestern gefielen ihr häufig viel besser, auch wenn diese dann von den meisten dasselbe behaupteten wie Roseanne von ihren Jungs.

Kapitel 9

Zwei Tage nach dem Spiel nahm ausnahmsweise einmal Ben die Schwestern mit auf einen Ausflug. Er war wieder genesen und am Morgen hatten sie ihm bereits mit vereinten Kräften im Garten geholfen. Wie sich herausgestellt hatte, war der ältere Herr, bei dem er wohnte, Miss Miltons Cousin. Miss Milton hatte Ben zunächst auch angeboten, bei ihr zu wohnen, als er die Ausbildung bei ihrem früheren Gärtner angetreten hatte. Doch Ben hatte höflich abgelehnt mit der Begründung, dass er Arbeits- und Wohnplatz lieber getrennt halten wollte. Um aber auch nicht zu weit weg zu wohnen, war er schließlich bei Gordon Chimney in das kleine Gartenhäuschen eingezogen.

Normalerweise kümmerte sich Mr Chimney selbst um das Grab seiner geliebten Dorothy. Doch seit bereits zwei Wochen plagten ihn heftige Schmerzen in den Knien. In seinem Alter war das nichts Ungewöhnliches, immerhin war er vierundsiebzig und dafür eigentlich noch sehr agil. Trotzdem grämte es ihn, dass er nicht jeden Tag bei seiner Doro, wie er sie liebevoll nannte, sein konnte. Aber er vertraute Ben, der nun um das Grab Sorge trug.

Heute jedoch fuhr er nicht allein zum Friedhof; er nahm die Meldwin-Schwestern mit. Es war etwas kühler an diesem Mittag, die Sonne hatte sich hinter dicken Wolkenbergen verkrochen. Dennoch drückte die Dunkelheit nicht die Stimmung, sie hatte eher etwas Besänftigendes an sich. Gestern noch hatten sich Susan und Ben über eine Nichtigkeit in den Haaren gehabt, doch nun herrschte zwischen den beiden wieder eitel Sonnenschein.

Der Friedhof lag abseits Wordwells, denn er diente als Gemeinschaftsgrabstätte der umliegenden Dörfer. Darum fiel er auch vergleichsweise groß aus. Es gab keine durchgehende Mauer, der Friedhof war von dichten Bäumen umgeben, sodass er nahezu mit dem Wald verschmolz. Zur Kirche führte ein schmaler, sauber asphaltierter Weg, der von einem Gatterzaun gesäumt wurde. Zur Straßenseite hin begrenzten eine niedrige Basaltmauer und ein schmiedeeisernes Tor den Kirchhof. Direkt hinter der Mauer standen Büsche dicht gedrängt und es erhoben sich mächtige Kastanien. Die Kirche selbst war bereits zur Zeit der Normannen erbaut worden, das konnte man noch in der Sakristei sehen. Das Kirchenschiff, das sich daran anschloss, stammte allerdings aus dem neunzehnten Jahrhundert, strahlte aber einen eher rustikalen Charme aus.

Sie stellten ihre Räder am Zaun neben dem Weg

ab und Ben steuerte geradewegs die Stelle an, an der die Gießkannen an einem kleinen Gitter hingen und daneben ein gemauerter Brunnen aus dem Boden ragte. Susan folgte ihm und half ihm dabei, eine Gießkanne zu befüllen.

Mary inspizierte derweil das Areal. Die Grabsteine und Grabkreuze waren alle wunderschön und befanden sich in verschiedenen Stufen der Verwitterung. Manche sahen noch fast neu aus, andere hatten bereits Moos angesetzt und bei wieder anderen konnte man die Inschriften fast gar nicht mehr entziffern.

Mary spazierte gern über Friedhöfe. Sie waren ein Ort der Ruhe für sie und es machte ihr Spaß, sich auszudenken, wer die Menschen hinter den Namen gewesen sein mochten. Besonders bei Familiengräbern versuchte sie zu ergründen, wer zu wem in welcher Beziehung gestanden hatte. Natürlich forschte sie nicht ernsthaft nach, die Verstrickungen und Familienschicksale passierten alle nur in ihrer Fantasie.

Neben den Inschriften faszinierten sie auch die reichen Verzierungen der Grabsteine. Da wuchsen steinerne Farnblätter aus dem Moos, Engel hatten sich neben den Namen niedergelassen und spielten Trompete, oder filigran gearbeitete Kreuze betonten die Gläubigkeit der Bestatteten. Je weiter sie sie sich von den anderen entfernte, desto verwitterter wurden die Grabsteine.

An einem, der ihr besonders gefiel, blieb sie stehen. Er war im Gegensatz zu den eckigen Steinen in Wellenform geschliffen und ihn zierte das Relief eines stattlichen Dampfschiffs. Die bereits leicht verwitterte Inschrift war in verschnörkelte gotische Buchstaben gemeißelt, sodass es ihr einige Mühe bereitete, sie zu entziffern:

Die letzte Fahrt wird die längste Sein

Greg Milton, Kapitän der Handelsmarine,

Träger der George Medal; geb. 19.04.1895, gest. 22.06.1979

Oho! Da der Kapitän ganz in der Nähe von Wordwell Rose bestattet worden war, vermutete Mary, dass es sich um Miss Miltons Vater handeln könnte. Mit kurzem Nachrechnen bestätigte sich, dass es durchaus möglich war. Sie ließ ihren Blick noch einen Moment auf dem beeindruckenden Schiff ruhen, ehe sie in der Reihe der Gräber weiterwanderte.

Direkt neben dieser kunstvoll gearbeiteten Begräbnisstätte befand sich eine viel, viel Unscheinbarere. Der Grabstein war nichts weiter als ein Granitfels, der gerade einmal die Größe eines Fußballs hatte. Darauf war eine winzige Metallplatte angebracht, die bereits angelaufen war. Eine bepflanzte Fläche davor wie bei den anderen gab es gar nicht. Mary ging interessiert in die Hocke und versuchte, die Inschrift zu lesen. Was sie las, ließ sie stutzen:

Josephine Milton, geb. 15.09.1946, gest. 15.09.1946

Schon wieder Milton. Welcher Teil von Miss Miltons Verwandtschaft mochte das sein? Ihre Schwester würde es kaum sein. Wenn sie sich nicht verrechnet hatte, war ihr Vater zu dem Zeitpunkt bereits einundfünfzig, ein eher ungewöhnliches Alter, um noch einmal Vater zu werden.

Plötzlich kam ihr eine Idee, die im ersten Moment äußerst haarsträubend klang, ihr dann aber immer wahrscheinlicher erschien, je länger sie darüber nachdachte. Die Jahreszahl legte das einfach viel zu nahe.

Am 15.09.1946 war die deutsche Kapitulation und somit das Ende des Zweiten Weltkriegs in Europa ein Jahr und vier Monate her. Trotzdem wurden viele Soldaten immer noch in Kriegsgefangenschaft gehalten. Auch in Großbritannien. Sie arbeiteten unter anderem in Hotels oder bei Privatpersonen. Daran erinnerte sie sich noch aus dem Geschichtsunterricht.

Wenn das nun also nicht Miss Miltons Schwester, sondern ihre eigene Tochter war…

Wenn der Vater vielleicht kein glorreicher britischer Kriegsheimkehrer, sondern ein verachteter deutscher Kriegsgefangener war…

Wie wird ihr Vater, stolzer Kapitän der Handelsmarine, wohl auf solch einen schmachvollen Fall reagiert haben? Sicherlich nicht sehr verständnisvoll. Seine Tochter ist gerade siebzehn Jahre alt und bekommt den Bastard eines verhassten Deutschen. Als sie bei dem Teil der Überlegung angelangt war, musste Mary schlucken. Wenn Käpt'n Milton seine Tochter möglicherweise verprügelt hatte und das

Kind war dabei zu Schaden gekommen? Wenn er also für den Tod seiner Enkelin verantwortlich war? Sie glaubte kaum, dass das Kind im Mutterleib eines natürlichen Todes gestorben war. Warum, war ihr im Moment selber nicht ganz klar; Komplikationen während der Schwangerschaft waren damals noch wahrscheinlicher als heutzutage. Vielleicht, weil ihre Theorie trotz der ganzen Tragik eine gewisse Romantik an sich hatte. Liebe zwischen ehemaligen Feinden! Das war ja fast wie bei Romeo und Julia, ihrem Lieblingstheaterstück.

Verstört erhob sie sich, betrachtete den Granitblock noch einmal und blickte dann in den inzwischen aufgeklarten blauen Himmel, der kaum zu ihren düsteren Überlegungen passte.

Die anderen waren auf dem Weg zu ihr, doch sie wollte ihnen ihre Entdeckung nicht zeigen. Bereits mit dem Anblick des Grabsteins war sie tief in Miss Miltons Vergangenheit eingedrungen und fühlte sich schuldig. Die anderen würden es nicht besser machen, mit ihrer Neugier vielleicht sogar noch schlimmer. Sie schlenderte hinüber zu der kleinen Kirche. Ihre Schwestern und Ben ließ sie einfach links liegen.

Mit dem Schlüssel, den Ben ihr vorhin anvertraut hatte, schloss sie auf. Im Inneren war die Luft angenehm kühl und ließ sie sogar ein wenig frösteln. Über ihr spannte sich eine dunkle Holzdecke in einem Rundbogen, links und rechts im Kirchenschiff standen jeweils rund ein Dutzend Holzbänke. Davor gingen zwei Türen in den Wänden ab und vor einer stand

das steinerne Taufbecken. Sechs minimalistische Kronleuchter hingen von der Decke, aber es strömte genug
Licht durch die zwei einfachen Fenster und das fein
gearbeitete Buntglasfenster direkt hinter dem Altar
auf der ihr gegenüberliegenden Seite der Kirche, dass
sie die Lampen nicht anschalten musste. Sie atmete
tief durch und ließ sich auf einer der hinteren Bänke
nieder. Vor ihr lag ein Gesangbuch. Aus Neugierde
blätterte sie durch die dünnen Seiten, sie musste auf
andere Gedanken kommen.

Doch je stärker sie sich gegen ihre Vermutung
wehrte, desto plastischer stand die Vorstellung vor
ihrem inneren Auge. Der deutsche Soldat, der von
Käpt'n Milton als Diener beschäftigt wurde. Miss Milton, wie sie sich heimlich mit ihm in einem entlege-
nen Winkel des Gartens traf. Der Kapitän, wie er die
Beherrschung verlor, als er herausfand, von wem seine Tochter wirklich ein Kind erwartete. Ein dumpfes
Gefühl machte sich in ihrer Magengrube breit und
Mary atmete wieder tief durch.

Sie schlug das Buch zu, heftiger als notwendig, und
der Knall hallte wie ein Gewehrschuss durch die Kirche. Erschrocken sah sie sich um, dann stand sie auf
und ging hinüber zur Sakristei. Hier war es noch kühler, sodass sie sich schnell wieder zurückzog. Es wurde
Zeit, hinaus in die Sonne zu gehen. Die Stimmung in
der Kirche machte sie nur noch beklommener.

»Ist die Kirche schön?«, rief Susan ihr zu, als sie
wiederauftauchte.

Mary nickte. Jess und Roseanne quiekten gleichzeitig: »Ich will auch!« und stürmten hinterher.

»Aber beeilt euch! Wir müssen bald wieder zurück!« rief Ben, als er zu seinem Fahrrad ging.

Mary gesellte sich zu ihm und überlegte für einen Moment, ob sie ihn nach dem Grabstein fragen sollte. Dann aber entschied sie sich dagegen. Vielleicht wusste er auch nichts, würde sich bei Miss Milton erkundigen und sie so verärgern.

Als hätte er ihre Gedanken gelesen, sah er lächelnd zu ihr. »Alles okay bei dir? Du siehst so nachdenklich aus.«

Mary zuckte die Schultern. »Ach, Friedhöfe und Kirchen machen mich immer ein bisschen nachdenklich. Führt einem vor Augen, wie endlich das Leben eigentlich ist.«

Er lachte. »Stimmt. Aber gerade deshalb sollten wir doch das Beste daraus machen? Ich will ja nicht neugierig sein, aber: Wie läuft es eigentlich bei dir und Jim?«

Sie zuckte wieder die Schultern und lächelte versonnen. »Gut, denke ich.«

»Du lässt ihn schon eine ganze Weile zappeln«, stellte Ben fest und ging jetzt zu ihr, um sich neben sie an den Zaun zu lehnen.

»Naja, so würde ich das nicht sagen, wir haben uns immerhin am Badesee geküsst.«

Er zog die Augenbrauen hoch. »Ach ja? Und was habt ihr seitdem gemacht?«

Mary wusste gar nicht, worauf er jetzt hinauswollte. Was ging es ihn denn eigentlich überhaupt an? Sie musste sich doch nicht jeden Tag mit Jim treffen. Außerdem waren sie ja zusammen bei dem Rugbyspiel vorgestern gewesen. »Was willst du mir damit sagen?«, fragte sie etwas genervt.

Dass er jetzt auch noch grinste, passte ihr gar nicht. »Ich meine, dass Jim normalerweise jede kriegt, die er haben will. Er braucht gerade einmal mit dem Finger schnippen. Ein bisschen hat er deine Hinhaltetaktik, zumindest die vor dem Kuss, schon verdient. Aber er mag dich wirklich, glaube ich, du solltest also nicht mit ihm spielen.«

Entsetzt, dass er so von ihr denken konnte, sah Mary ihn an. »Für wie fies und verschlagen hältst du mich denn? Ich werd ihn morgen oder heute Nachmittag auf ein Date einladen, wenn du dadurch ruhiger schlafen kannst.«

»Ich meine doch nur, dass-« Ehe er ihr sagen konnte, was er wirklich meinte, stolperten ihre Schwestern wieder aus der Kirche in den hellen Nachmittag.

»Wisst ihr was?«, fragte Jess und stemmte die Hände in die Hüften.

Alle bis auf Mary, die immer noch an Bens Vorwurf zu knabbern hatte, sahen sie abwartend an. »Was?«

»Wir sind schon so lange hier, aber Eis essen waren wir noch kein einziges Mal. Wird endlich mal Zeit dafür, oder?«

»Stimmt, es ist eine Schande, dass da noch keiner draufgekommen ist. Ben, wo ist deiner Meinung nach die beste Eisdiele?«, erkundigte sich Roseanne.

Er kratzte sich am Kopf. »Ähm, ja doch, das beste Café ist der Italiener auf dem Markt in Bury. Findet ihr da alleine hin? Ich müsste nämlich wieder zurück zum Anwesen.«

Susan hakte sich kurz bei ihm ein. »Klar, kein Problem. Außerdem hab ich meine Karte dabei, falls was schief gehen sollte.«

Jess knuffte sie in die Seite. »Das ist keine Garantie dafür, dass wir auch ankommen. Aber ja, wir sollten es schon finden. Danke für den Tipp.«

»Ja, kein Problem. Also, dann lasst euch das Eis schmecken und wir sehen uns später.« Er schob sein Rad als letzter aus dem Eingangstor und schloss ab, während die Mädchen bereits die Straße in die andere Richtung hinunterrollten.

Kapitel 10

Als die Schwestern von ihrem Ausflug nach Bury wieder auf Wordwell Rose ankamen und ihre Räder am Herrenhaus vorbeischoben, trat Miss Milton gerade aus der Haustür. Mary musste bei ihrem Anblick unwillkürlich an ihre Entdeckungen auf dem Friedhof denken und versuchte, ein möglichst freudiges Gesicht zu machen, damit man ihr ihre Unruhe auch ja nicht anmerkte.

Sie grüßten ihre Gastgeberin und die erkundigte sich danach, was sie den lieben langen Tag getrieben hatten. Nachdem Susan sie mit Roseannes Hilfe über alles in Kenntnis gesetzt hatte, kam Miss Milton plötzlich direkt auf Mary zu und sagte: »Liebes, kannst du bitte mit hineinkommen? Ich benötige deine Hilfe. Dein Fahrrad können die anderen wegstellen.«

»Wofür brauchen Sie mich denn?«, fragte sie verblüfft und stellte ihr Rad ab.

Miss Milton lächelte verschwörerisch. »Das wirst du gleich sehen.« Sie ging zurück zur Tür, ihr leichter, mit großen Hibiskusblüten bedruckter Sommermantel flatterte hinter ihr her.

Mary sah ihre Schwestern fragend an, doch die zuckten nur die Schultern. Also folgte sie Miss Milton ins Haus. Die stand bereits wartend am Treppenaufgang und stieg dann die zwei Stockwerke hinauf auf den Dachboden. Sie öffnete die Tür und deutete auf eine Ansammlung Kartons.

»Darin befinden sich alte Familienfotos. Ich bringe dir gleich noch ein paar Alben hoch. Wir sortieren sie und kleben sie ein.« Bevor Mary etwas erwidern konnte, lief Miss Milton bereits die Treppe hinunter. Das Klackern der Holzabsätze ihrer Pantoletten auf den Stufen wurde erst immer leiser, bis es plötzlich abbrach und Mary verriet, dass Miss Milton im ersten Stock verschwunden war.

Mary schaute sich staunend um. Neben den großen Kartons reihten sich an den Wänden Sideboards, eine Standuhr, die nicht mehr tickte, und einige Kleiderständer und -schränke. Auf allem wurde etwas gelagert, von Porzellanpüppchen über Geschirr bis zu teuren Gemälden war alles vertreten. Vieles sah aus, als sei es schon lange nicht mehr angerührt worden, so verstaubt war es. Mary konnte den Zufall kaum fassen. Wenn sie Glück hatte, fand sie nicht nur Fotos von Greg Milton, sondern womöglich auch eins von dem ominösen deutschen Soldaten. Von Miss Miltons Tochter würde wohl keines existieren. Natürlich war dies einzig und allein eine Theorie, aber Mary erschien sie inzwischen so glaubwürdig, dass sie sich bereits ein wenig darauf versteift hatte.

Sie kniete sich vor den ersten Karton, pustete den Staub notdürftig herunter und öffnete den Deckel. Wegen des aufgewirbelten Staubs musste sie niesen, ehe sie sich den Fotos widmen konnte. Da trat Miss Milton durch die Tür - inzwischen nicht mehr im feinen roten Seidenkleid, sondern in abgewetzter Cordhose und grobem Flanellhemd - und trug einige Fotoalben in dunklen Ledereinbänden auf den Armen. Sie lud sie neben den Kisten ab und fischte aus den Brusttaschen ihres Hemdes zwei Leimstifte und einen Bleistift. Dann griff sie in den Karton und holte einen Stapel Fotos heraus. Es waren alles Schwarz-Weiß-Fotografien mit weißem, geriffeltem Rand.

Auf dem ersten Foto tollte ein kleines Mädchen in Badehose an einem Kiesstrand umher, es schien vor den herannahenden Wellen eiligst davon zu laufen. Im Hintergrund erkannte man einen Mann Ende dreißig, mit auffallender Brustbehaarung und ebenfalls in Badehose, der Pfeife schmauchend das Mädchen beobachtete.

Miss Milton deutete auf das Kind. »Das bin ich mit vier Jahren«, erklärte sie. Ihr Finger rutschte ein Stück weiter auf dem Foto. »Hier siehst du meinen Vater. Wir waren damals in Brighton im Urlaub, zu einer der wenigen Gelegenheiten, an denen er frei hatte. Als Kapitän auf einem Handelsschiff, das auf allen Weltmeeren unterwegs war, blieb da nie viel Zeit.«

Mary betrachtete das Bild genau. So böse schien der Vater gar nicht zu sein. Aber zu dieser Zeit ahnte er ja auch noch nichts von dem Schicksal, das seine Tochter einige Jahre später ereilen würde. Trotzdem wollte sie sich nicht auf Spekulationen verlassen.

Also nahm sie all ihren Mut zusammen, schließlich ging es sie ja eigentlich nichts an, und fragte Miss Milton: »Wie war denn Ihr Vater?«

Miss Miltons Blick verklärte sich, als sie aus dem verstaubten Fenster in die Vergangenheit sah. »Er war ein recht umgänglicher Mensch, führte seine Matrosen aber mit strenger Hand. Dennoch pflegte er einen sehr menschlichen Umgang mit ihnen, was zur damaligen Zeit eine echte Ausnahme darstellte. Doch wenn er sich in seiner Ehre verletzt fühlte, wurde er ausfällig.«

Mary nickte unwillkürlich. Das passte zu ihrer Theorie, aber nach wie vor war sie nichts als das: eine Theorie. Deshalb wollte sie noch mehr über Miss Miltons Familie erfahren. Diese zückte gerade einen Bleistift und setzte den Zeitpunkt, 7. Juli 1933, in geschwungener Schrift auf die Rückseite des Bildes, damit sie es später beim Einkleben besser einordnen konnten.

»Sie wissen noch genau, wann Sie da waren?«, fragte Mary verwundert. Sie konnte sich nicht mehr daran erinnern, wo sie mit vier Jahren gewesen war.

Miss Milton zuckte die Schultern. »Naja, meine Mutter, die das Bild hier gemacht hat, hat Tagebuch geführt und jeden noch so kleinen Ausflug akribisch festgehalten. Das hilft ungemein bei der Einsortierung.« Sie tippte auf das schmalste der ledergebundenen Bücher, das ganz oben auf dem Stapel lag. Dann zeigte sie Mary die nächsten Bilder. Sie gehörten noch zum Urlaub im Seebad Brighton. Die beiden stapelten die Fotos neben dem Karton, nachdem sie alle ein Datum bekommen hatten.

Das nächste Bild aus der Kiste war etwas jüngeren Datums. Da sei sie zehn gewesen, erzählte Miss Milton. Wenige Monate nach Ausbruch des Krieges war ihre Mutter an Tuberkulose gestorben. Dieses Bild war kurz nach ihrer Beerdigung entstanden. Es lag etwas Schnee im Garten von Wordwell Rose, die kleine Sophie Milton spielte dick eingepackt mit einem schwarzen Pudel. Der gelöste Ausdruck, der noch auf dem Strandbild in ihrem Gesicht zu lesen gewesen war, fehlte. Ihr Vater, der wieder Pfeife paffend im Hintergrund stand, sah gequält und traurig aus.

»Meine Mutter Cynthia war eine sehr gütige Frau. Sie war zehn Jahre jünger als mein Vater und immer darauf bedacht, modisch gekleidet zu sein. Sie hatte ein wirklich gutes Gespür, wenn es um die neuesten Trends ging. Außerdem war sie wunderschön, fürwahr. Ich finde, sie sah aus wie ein Engel. Hoffentlich finden wir noch ein Bild von ihr. Normalerweise stand sie hinter der Kamera.« Miss Milton nahm ihren Bleistift zur Hand, beschriftete das betrübliche Schneebild und legte es neben sich. Statt wie von dem Urlaub in Brighton gab es von diesem verletzlichen Moment nur ein einziges Foto.

»Wer hat das aufgenommen?«, wollte Mary wissen und rutschte näher an den Karton heran, um hineinzuspähen.

»Unser Gärtner Samuel, der Vater von Bens Vorgänger Alfred. Ich hätte auch Alfreds Sohn gerne bei mir beschäftigt, aber der hat es vorgezogen, in London Karriere im Bankenwesen zu machen. Alfred hatte schon befürchtet, er könnte sein Wissen gar nicht mehr weitergeben, aber kurz vor seinem Ruhestand hat sich Ben auf die Ausbildungsanzeige gemeldet, die ich geschaltet hatte. Worüber ich wirklich sehr froh bin«, sagte Miss Milton traurig lächelnd.

Mary wunderte sich sehr über Miss Miltons Redseligkeit, aber schließlich begriff sie, dass Miss Milton im Grunde nur eine einsame ältere Dame war, die etwas Gesellschaft brauchte und jemanden zum Reden. Deswegen lud sie sich immer wieder Gäste in ihr Ferienhaus ein, aber wahrscheinlich waren die, so wie die Meldwin-Schwestern, die ganze Zeit nur damit beschäftigt, in der Gegend herumzuradeln.

Schuldbewusst blickte Mary wieder in die Kiste. Sie fischte ein Foto heraus, das weit unten lag, aber mit dem Zipfel eines weißen Kleides auf sich aufmerksam gemacht hatte.

»Ist sie das?«, fragte sie und hielt Miss Milton das Hochzeitsbild ihrer Eltern hin. Miss Miltons Vater hatte Mary darauf erkannt, also musste die Frau neben ihm ihre Mutter sein.

»Oh ja, das ist sie!«, rief Miss Milton aus. Ihr Gesicht begann zu leuchten, als sie das Bild behutsam entge-

gennahm. »Ich habe mich schon die ganze Zeit gewundert, wo ihr Hochzeitsfoto hingekommen ist.« Sie
hielt das Bild in die Höhe. »Ist sie nicht wunderschön?«

Das war Cynthia Milton wohl. Ihr dunkles, lockiges
Haar war unter dem bodenlangen Schleier zwar
kaum zu sehen, doch es musste wirklich seidig gewesen sein. Obwohl sie nicht lächelte - das wäre bei der
damaligen Technik einfach viel zu anstrengend gewesen - konnte man ihre Güte in ihrem sanften Blick
erahnen. Und wie es damals Mode gewesen war, hatte ihr elfenbeinfarbenes Kleid eine weit nach unten
gesetzte Taille und endete auf Kniehöhe.

»Die Zwanziger waren schon ein sehr tolles Jahr-
zehnt, zumindest was die Mode betrifft«, bemerkte
Mary und schaute sich das Kleid noch einmal genauer an. Auch wenn sie nicht dem androgynen Schön-
heitsideal entsprach, dazu hatte sie zu viele Kurven,
mochte sie trotzdem die edlen Stoffe und die vielen
Perlen, die meistens für die Kleider verwendet worden
waren.

»Ja, naja, das stimmt schon. Aber ich finde die Mode der Fünfziger trotzdem besser«, erwiderte Miss
Milton mit einem schelmischen Augenzwinkern. »Das
war immerhin die Zeit, in der ich jung war.« Sie
beugte sich vor und blätterte durch die Bilder. Sie
murmelte triumphierend und holte ein neues Bild
heraus. Inzwischen waren die Filme bunt geworden.

Sie schrieb das Datum auf die Rückseite, bevor sie es an Mary weiterreichte.

Die las erst die Rückseite, 23.08.1953, und schaute es sich dann genau an. Miss Milton trug darauf ein pfirsichfarbenes Kleid mit angeschnittenen Ärmeln, einer schmalen, hochgesetzten Taille und einem weitschwingenden Rock. Auf ihren damals noch dunkelbrauen Haaren saß ein breitkrempiger Strohhut und auf der Nase hatte sie eine goldene Sonnenbrille, die an Katzenaugen erinnerte.

»Wer ist der schneidige blonde Mann, dem Sie sich da so kokett in die Arme legen?«, fragte Mary und hielt das Bild zwischen sich und Miss Milton. Einen Moment dachte sie an den deutschen Soldaten, aber ob der zu dieser Zeit noch aktuell gewesen war?

Miss Milton lachte, es klang glockenhell und das erste Mal so richtig befreit. »Das ist mein Cousin Gordon, Bens Vermieter. Also keiner meiner vielen Verehrer.«

Mary runzelte die Stirn. »Aber ich könnte mir vorstellen, dass sie die hatten. Also, Verehrer, meine ich.«

»Die hatte ich auch.« Miss Milton nickte. »Aber keiner hat mich so richtig interessiert.«

Mary musste an ihre Theorie denken. Es war eigentlich eine gute Gelegenheit, mal nach dem vermeintlich existierenden Soldaten zu fragen. Eine günstigere würde sie so schnell, wenn überhaupt, nicht wieder bekommen. »Warum hat sie denn keiner interessiert? Gab es vielleicht jemand anderes?«

Miss Milton sah sie an, als habe sie Mary schon längst durchschaut. Sie zögerte noch einen Moment, dann sagte sie. »Da gab es tatsächlich jemanden, in den ich aber unglücklich verliebt war. Besser gesagt, wir durften uns nicht lieben. Er war wohl zu alt für mich.« Miss Milton seufzte schwermütig.

Mary überlegte, ob sie weiter nachfragen sollte, ließ es dann aber doch bleiben. Sie konnte Miss Milton nur so viel auf einmal zumuten. Deshalb war sie überrascht, als die von sich aus fortfuhr.

»Naja, er war tatsächlich zehn Jahre älter als ich, und als Backfisch mit meinen siebzehn Jahren hätte es zwischen uns wahrscheinlich wirklich nicht gepasst. Aber der Hauptgrund war eigentlich seine Herkunft.«

Jetzt traute sich Mary, doch nachzuhaken: »Wo kam er denn her?«

Miss Milton schaute wieder zum Fenster hinaus und malte geistesabwesend Kreise in den Staub auf dem Karton neben sich. »Aus Deutschland. Er hatte bei der deutschen Marine gedient, aber da war der Krieg schon fast ein Jahr vorbei, als wir uns kennen lernten. Über den Weg getraut haben die meisten den Deutschen trotzdem noch nicht. Außer mein Vater. Er war ihm, Hermann hieß er, bei einer Marinemesse begegnet und hatte ihn angeheuert. Sonst hatte das keiner getan. Mein Vater schätzte ihn sehr als Matrosen, Hermann war tüchtig und, wie mein Vater durch einen Detektiv herausgefunden hatte, kein

Nazi gewesen. Zumindest war er nicht in der Partei, er hatte sich zwar mit dem System arrangiert, aber lange Zeit einen Anschlag auf Hitler geplant.«

Als sie Marys zweifelnden Blick bemerkte, nickte sie vehement. »Das darfst du mir ruhig glauben, ich erzähle dir das nicht, weil ich vor Liebe blind war. Es gab detaillierte Pläne, für die einer von Hermanns Kameraden auch hingerichtet wurde. Von der ideologischen Seite her hatte mein Vater also keine Bedenken. Aber dann, ach, dann lernte ich ihn kennen und es war sofort um mich geschehen.« Sie seufzte erneut.

»Ein Klischee, ich weiß, aber ein nicht zu unterschätzendes. Er sah nun einmal umwerfend aus mit seinem kantigen Gesicht, den stahlblauen Augen und dem flachsblonden Haar. Wir trafen uns dann heimlich, wann immer ich meinen Vater an Bord besuchte. Aber als er herausfand, dass ich von Hermann ein Kind erwartete, war es mit Vaters Loyalität aus und vorbei. Er entließ Hermann unehrenhaft aus der Mannschaft. Wenige Monate später erlitt ich eine Fehlgeburt.« Als sie das sagte, berührte Mary mitfühlend ihre Fingerspitzen. Miss Milton sah sie an und lächelte traurig, dann fuhr sie fort.

»Mein Vater war zu der Zeit in Jakarta und außer sich vor Sorge, als unsere Haushälterin Maria ihm in einem Telegramm davon berichtete. Ich habe noch einige Jahre mit Hermann geschrieben und Gordon hat die Briefe für mich weitergeleitet und entgegengenommen, damit mein Vater nichts davon erfuhr.«

»Und seitdem haben Sie sich mit keinem anderen Mann mehr eingelassen?«

Miss Milton schüttelte den Kopf. »Ich konnte nicht, ich habe jeden mit Hermann verglichen. Das war töricht, ich weiß, besonders, als ich erfuhr, dass er eine andere Frau kennen gelernt und mit ihr eine Familie gegründet hatte. Ich wollte wütend auf ihn sein, aber ich konnte es nicht. Stattdessen war ich froh, dass zumindest einer von uns sein Glück gefunden hatte. Ich jedoch blieb unverheiratet hier, pflegte meinen Vater, als er krank wurde, und übernahm das Anwesen, als er starb.«

Mary streckte die Beine aus, die andernfalls drohten, einzuschlafen, und fragte: »Und was haben Sie danach gemacht?«

»Nun, ich hatte eine Ausbildung zur Krankenschwester gemacht und in Bury im Krankenhaus gearbeitet, seit ich zwanzig war. Ich musste die Anzahl meiner Arbeitsstunden zwar reduzieren, um mich adäquat um meinen Vater kümmern zu können, aber nach seinem Tod habe ich noch bis vor knapp zehn Jahren dort gearbeitet. Dann hat mich mein Chef förmlich in den Ruhestand gedrängt. Ich hätte sonst wahrscheinlich noch einige Jahre weitergemacht. Jetzt engagiere ich mich im Förderverein des Krankenhauses und organisiere Benefizkonzerte.«

Mary lächelte über Miss Miltons beiläufigen Ton, so als wäre ihre Lebensleistung nichts Außergewöhnliches. Dabei bewunderte Mary sie sehr für ihr

Durchhaltevermögen und ihren Pragmatismus. Wenn sie auch nur annähernd so werden würde wie Miss Milton, und im Alter auch noch so betriebsam, dann wäre das doch schon die halbe Miete. Aber sie wünschte sich auch, dass sie von all der Tragik, die Miss Milton getroffen hatte, verschont bliebe. Sie musste an Jim denken und nahm sich vor, ihn gleich heute nach dem Abendessen noch einmal zu besuchen. Er sollte dann vom Besuch bei seinen Großeltern wieder da sein.

»Doch genug über die traurige Vergangenheit!«, rief Miss Milton und riss Mary damit aus ihren Gedanken. »Wir sollten mit den Bildern weitermachen, sonst werden wir hier nie fertig.« Sie griff in die Fotokiste und nahm einen neuen Stapel heraus. »Ahja, wunderbar! Das sind Bilder von der zweiten Hochzeit meiner besten Freundin Anita. 1980 war das. Da sieht man schon, wie es mit der Mode stetig bergab ging.« Sie zeigte Mary die Bilder und zwinkerte dabei.

»Sie meinen wohl die Schulterpolster?«

Miss Milton lachte. »Natürlich meine ich die! Schrecklich, so etwas habe ich nie getragen.« Das stimmte, auf den Fotos war Miss Milton in einem schlichten blauen Wickelkleid zu sehen, während Anita ein weißes Ungetüm mit Puffärmeln und ganz viel Tüll trug. Auch ihre Haare waren hochtoupiert und sahen aus, als hätte sie versehentlich in eine Steckdose gefasst.

»Wie sah denn deine Mutter auf ihrem Hochzeitsfoto aus?«, fragte Miss Milton, während sie die Bilder beschriftete.

Mary überlegte einen Moment, es war schon eine Weile her, dass sie im Familienalbum geblättert hatte. »Ähm, ich glaube sie trug ein bodenlanges, gehäkeltes Spitzenkleid, das war mit ihrem runden Bauch am bequemsten. Sie war da gerade mit Susan schwanger. Und außerdem waren meine Eltern zu der Zeit, wenn auch nicht für lange, verkappte Hippies, müssen Sie wissen.«

»So? Waren sie das? Aber die Neunziger waren doch nicht die Zeit der Hippies?« Miss Milton grinste.

Mary zuckte die Schultern. »Stimmt, aber das hat meine Eltern nicht gestört. Die konnten mit dem ganzen Grunge nichts anfangen, das war ihnen zu düster. Und statt Heroin zu nehmen, haben sie manchmal Gras geraucht. Worüber ich, ehrlich gesagt, sehr froh bin«, erklärte sie und fröstelte ein wenig bei der Vorstellung, ihre Eltern hätten genauso gut heftig abgestürzte Junkies sein können. Sie vertrieb die trüben Gedanken mit einem Kopfschütteln.

»Und wo sortierst du dich ein?« Miss Milton sah Mary neugierig an.

Mary schürzte die Lippen und sah aus dem Fenster. Dann zuckte sie wieder die Schultern. »Keine Ahnung, ehrlich gesagt. Also, ich bin jetzt keine Angehörige irgendeiner Subkultur wie Jess zum Beispiel. Ich lasse mich eher von all den starken Frauen inspirieren, die sich jetzt nehmen, was ihnen gehört. Egal, aus welchem Genre sie kommen.«"

Miss Milton nickte anerkennend. »Das ist die richtige Einstellung! Die Männer haben schon viel zu lange über uns entschieden.«

Mary lächelte sie an und sagte: »Da gehören Sie übrigens auch dazu, Sie eignen sich gut als Vorbild.«

»Ach wo, niemand sollte sein Leben allein in einem riesigen, alten Herrenhaus fristen«, winkte Miss Milton ab und Mary meinte, dass sich die Wangen der älteren Dame zart rosa färbten.

»Doch, doch. Ich schaue zu ihnen auf. Sie haben Recht, ganz allein sollte niemand sein. Aber Sie haben doch Ben und Daisy, von denen ich glaube, dass sie mehr sind als nur Ihre Angestellten. Und ich verspreche Ihnen, dass ich Sie auch nach den Ferien immer wieder besuchen komme!« Die Idee war ihr spontan gekommen, aber sie fand sie brillant. »Dann mache ich nämlich meinen Führerschein und mit dem Auto sind es gerade mal anderthalb Stunden von Peterborough bis hierher.« Sie schaute Miss Milton triumphierend an.

Die sah sie einen Moment lang durchdringend, aber etwas ungläubig an, dann drehte sie sich weg und schnäuzte in ein Taschentuch. Mary war sich nicht sicher, aber sie meinte gesehen zu haben, wie Miss Miltons Augen glasig wurden.

Sie räusperte sich und sagte schließlich: »Ich hätte es eigentlich wissen sollen, so eine Reise in die Vergangenheit steckt man emotional nicht einfach so weg. Vielleicht sollten wir eine Pause einlegen und morgen hier weiter machen. Du findest auch allein hinaus?« Miss Milton blickte flüchtig zu Mary, doch der Blick war zu kurz, um irgendetwas daraus lesen zu können. Dann stand sie auf, putzte sich die Knie ab und verließ den Dachboden. Mary blinzelte einige Male verblüfft über das abrupte Ende ihres eigentlich ganz heiteren Beisammenseins. Aber vermutlich hatte Miss Milton Recht.

Egal, wie lange etwas schon her war, manchmal kam man nie darüber hinweg. Sie klappte den Karton zu, stand auf und sah sich nach einem Tuch um, dass sie schützend über die Fotos legen konnte. Nun, eine alte Gardine würde es auch tun.

Sie zog die Tür hinter sich zu und schlich die Treppe hinunter. Miss Milton war nirgendwo zu entdecken. Als sie schließlich im Erdgeschoss ankam, hörte sie durch die geschlossene Wohnzimmertür traurige Musik. Hoffentlich war Miss Milton nicht allzu aufgewühlt. Mary hätte gern geklopft, aber sie hatte den Wink schon verstanden. Miss Milton wollte jetzt alleine sein. Also machte sie sich auf zum Cottage.

Von einer hinteren Ecke des Gartens schallte Gelächter herüber. Also bog sie ab und ging zwischen den üppig stehenden Rhododendronbüschen hindurch. Auf der anderen Seite warfen sich ihre Schwestern und die Zwillinge eine Frisbeescheibe zu. Jim war der erste, der sie entdeckte.

»Hey Mary! Wo warst du denn die ganze Zeit.« Er winkte und den Moment nutzte sein Bruder, um ihm die Scheibe an den Kopf zu werfen, wenn auch vergleichsweise sanft. »Was soll denn das?« empörte sich Jim, während sich James vor Lachen gar nicht mehr einkriegte.

Mary entschied, diese Kindereien zu ignorieren. »Ich hab Miss Milton bei einer Sache im Haus geholfen.«

Jim warf ihr die Frisbee zu, nachdem er James noch einmal gedroht hatte. »Willst du mitspielen?« Dann schenkte er ihr sein schönstes Lächeln, das sie überzeugen sollte. Zu seiner Enttäuschung schüttelte sie den Kopf, nachdem sie die Frisbee mit einiger Mühe gefangen hatte.

»Ne, lieber nicht. Ich hab noch was zu erledigen.« Damit warf sie ihm die Scheibe zurück. Die beschrieb auch einen eleganten Bogen, verfehlte Jim jedoch um einige Meter und segelte weiter in den Teich an der Mauer.

Jess sah sie zweifelnd an. »Du hättest sie ihm einfach geben sollen. Wir wissen doch alle, wie schlecht du werfen kannst.«

Mary streckte ihr dafür nur die Zunge raus, machte auf dem Absatz kehrt und lief zurück zum Ferienhaus. Sie war nicht in der Stimmung für lustige Ferienspiele. Das Bild einer zu Tränen gerührten Miss Milton spukte ihr noch im Kopf herum und je länger sie darüber nachdachte, desto mehr gab sie sich die

Schuld dafür. Nicht Miss Miltons Erinnerungen, jedenfalls nicht ausschließlich, waren dafür verantwortlich, sondern wohl auch Marys Äußerung zu Miss Milton als Vorbild und ihr Angebot, sie besuchen zu wollen, hatten das ausgelöst. Wahrscheinlich war Miss Milton wirklich einsamer, als Mary vermutet hatte.

Sie ging ins Haus, hinauf zu ihrem Zimmer, doch bevor sie die Tür öffnete, hielt sie inne. Ihr Blick fiel auf die seit jeher verschlossene vierte Tür hier im oberen Geschoss. Angestachelt von Miss Miltons ungewohnt offenen Einblick in deren Privatsphäre, wollte sie endlich alle Geheimnisse des Anwesens erforschen. Zwar hatte sie keinen Schlüssel für die Tür, doch das hielt sie nicht davon ab, ihre Wissbegier zu stillen. Not machte erfinderisch. Sie zog sich eine Haarnadel aus ihrer Frisur und stocherte damit im Schloss herum, in der Hoffnung, die Gauner alter Filme mögen etwas davon verstanden haben. Sie nahm noch eine zweite dazu, bei Dietrichen brauchte man ja auch immer mehrere. Aber das funktionierte auch nicht.

Mit zusammengekniffenen Augen musterte sie das Türschloss eingehender. Dann musste eben Trick 16 her. Sie huschte schnell in ihr Zimmer, kramte in ihrem Rucksack und fischte ihre Geldbörse heraus. Mit der Bibliothekskarte - ihre Bankkarte wollte sie dafür lieber nicht opfern, falls etwas schiefging - fuhr sie zwischen Türrahmen und Füllung nach unten und konnte tatsächlich die Verriegelung aushebeln.

»Bingo!«, murmelte sie grinsend und öffnete die Tür. Eine Staubwolke schlug ihr entgegen und sie musste husten. Über allem lastete ein grauer Schleier, der von dem trüben Licht, welches durch die beiden winzigen Fenster an der gegenüberliegenden Seite fiel, nicht gerade gelichtet wurde. Erst schaltete sie das Licht an, ehe sie an die Fenster trat und sie öffnete. Dann schaute sie sich neugierig um.

Im Gegensatz zum Dachboden des Haupthauses, der zwar etwas angestaubt, aber doch urgemütlich gewesen war, wähnte sie sich nun im Labor eines Alchimisten. Viele Geräte konnte sie überhaupt nicht deuten. Bauchige Glaskolben, über brüchige, rostrote Schläuche miteinander verbunden, teilten sich die Ablageplätze mit fetten, abgegriffenen Lederschwarten, deren Ecken bereits zum Teil angenagt waren. In schmalen Glaszylindern schwammen in Formaldehyd eingelegt tote Frösche ohne Beine, Mäuse mit riesigen, traurigen Glubschaugen und abgetrennte Körperteile, bei denen sie lieber nicht wissen wollte, von wem sie stammten. Mary schauderte, als sie die Gläser betrachtete.

Auf einem der niedrigen Schränke stand ein besonders außerirdisch aussehendes Gerät. Es war insgesamt etwa dreißig Zentimeter hoch und besaß ein dreifüßiges Stativ aus schwarzem Metall. Darauf war eine schwarze Plastikkappe befestigt, aus deren drei U-förmigen Löchern drei unterschiedlich lange Messingrohre ragten. An deren Enden wiederum befanden sich runde Plastikscheiben mit Schlitzen. Sie betrach-

180

tete es von allen Seiten, konnte sich aber partout keinen Reim auf seine Bestimmung machen. Also schaute sie sich weiter im Raum um.

An den Wänden hingen Werkzeuge, die sehr stark an einen mittelalterlichen Folterkeller erinnerten. Wer hatte hier welche Experimente veranstaltet? Das war ja fast schon wie ein Horrorfilm. Und sie hatten die ganze Zeit unbehelligt daneben geschlafen!

Aber Mary war niemand, der sich schnell von irgendetwas einschüchtern ließ. Stattdessen wollte sie jetzt erst recht alles herausfinden. Sie hockte sich vor eine Kommode und zog eine Schublade auf. Die quietschte und knarrte unwillig, so als wollte sie das, was in ihr aufbewahrt wurde, auf keinen Fall preisgeben. Trotzdem riskierte Mary einen Blick hinein.

Es lagen mehrere angelaufene Bilderrahmen darin. Hinter dem Glas des ersten steckte eine vergilbte Urkunde, ausgestellt von der Oxford-University, die damit einem gewissen George Ferguson den medizinischen Doktortitel verliehen hatte. Von einem Dr. Ferguson hatte sie noch nie etwas gehört. Das war ein Anhaltspunkt, aber weitersuchen musste sie trotzdem.

Sie nahm die anderen Bilderrahmen heraus und betrachtete sie. Es waren sehr detaillierte Zeichnungen von Flugapparaten, Robotern und anderen mechanischen Erfindungen. Sie runzelte die Stirn und legte sie dann zur Seite. Rätsel über Rätsel! Warum beschäftigte sich ein Arzt mit mechanischen Apparaten? In welcher Verbindung hatte George Ferguson zu Miss Milton oder ihrem Vater gestanden? Warum befand sich all sein Equipment gerade auf dem Dachboden des Cottage?

Sie zog eine andere Schublade auf. Eine große Ledermappe lag darin, mit zwei rissigen Gummibändern auf der rechten Seite oben und unten zusammengehalten. Die Bänder schnappten zurück, als sie sie wegschob. Sie klappte die Mappe auf und befühlte zunächst die gelblichen, brüchigen Seiten, ehe sie diese genauer unter die Lupe nahm.

In der Mappe befanden sich Bleistift- und Tuschezeichnungen der Stadt Oxford. Sie hob sie heraus und legte sie vor sich auf den Boden. Dabei wirbelten einige Staubflocken auf und sie musste wieder niesen.

Versunken betrachtete sie die Skizzen. Auf einer war ein Bootsrennen abgebildet, zwei Ruderboote pflügten durch die Wellen, schwitzende Männer saßen darin. Am jeweiligen Bug flatterten die Flaggen der Universitäten von Oxford und Cambridge. Zu beiden Seiten des Flusses standen jubelnde Menschen, die Arme und Hüte schwangen. Über allem wehte ein Banner, das vom 26. Bootsrennen 1869 kündete.

Nachdem sie alle Zeichnungen durchgegangen war, wandte sie sich wieder der Schublade zu. Unter der Mappe waren drei unterschiedlich große, bunt marmorierte Glasflaschen versteckt gewesen, die sie an flachgedrückte Erlenmeyerkolben erinnerten. Sie waren mit einem Glaskorken verschlossen. Aber waren es wirklich Hilfsmittel zum Experimentieren? Solch einen bizarren Gegenstand hatte sie noch nie gesehen. Sie nahm einen davon aus der Schublade und drehte ihn in den Händen. Mit einem leisen *Plopp* löste sie einen der Glaskorken ab und schnupperte daran. Es roch nach Tabak. Man konnte darin Tabak aufbewahren? Die Pfeife, die danebenlag, ließ das vermuten. Sie blickte sich weiter um.

Auf der anderen Seite zog sich eine Reihe von hüfthohen Apothekerschränken mit unzähligen quadratischen Schublädchen, an denen Schildchen mit verblassten, handschriftlichen Kennzeichnungen befestigt waren. Auf den Schränken standen mehrere Dutzend Schälchen, deren Emaillebeschichtung bereits Risse und Sprünge aufwies. Da sie im Sideboard keine weiteren Jahreszahlen fand, stand sie auf und schaute sich die Schränke an. In ihren Beinen kribbelte es, sie waren durch das lange Hocken schon fast wieder eingeschlafen.

Sie hob eine der Schalen an und drehte sie um. Sie blinzelte lange, als sie den Stempel des Herstellers las: Porzellanfabrik Kriegel & Co., Prag-Smichow, 1929. Miss Miltons Geburtsjahr. Konnte das wirklich ein Zufall sein? Und wer hatte die Zeichnungen von Oxford angefertigt? Das war alles furchtbar aufregend!

Plötzlich hörte sie, wie unten die Tür aufging und aufgeregtes Stimmengewirr nach oben drang. Ihre Schwestern hatten anscheinend ihr Frisbeespiel beendet. Schnell legte sie die Zeichnungen zurück in die Mappe und die Mappe zurück in die Schublade, dann huschte sie aus dem Zimmer und schloss die Tür hinter sich. Schon erspähte sie Susans dunkelbraunen Haarschopf die Treppe heraufkommen. Sie hatte gerade noch genug Zeit, sich mit einem Sprung in ihr Zimmer zu retten und den Kopf zur Tür hinaus zu strecken.

»Ah, ihr seid also wieder da!«, rief sie ihrer ältesten Schwester zu und machte ein Gesicht, als habe sie die ganze Zeit in ihrem Zimmer Entwürfe gezeichnet.

Susan wusste sofort, dass Mary ihr irgendetwas verheimlichte. Sie musterte sie mit hochgezogener Augenbraue. »Wie du siehst, ja, wir sind wieder da. Weil es nämlich Zeit fürs Abendessen ist. Du hättest ja zumindest den Tisch decken können, aber so wie ich dich kenne, warst du so in deine Mode vertieft, dass du glatt die Zeit vergessen hast.« Sie spielte das Spiel mit, aber ihr Blick machte Mary klar, dass sie ihre Lüge schon nach der ersten Silbe durchschaut hatte.

Die ließ sich davon aber nicht aus der Ruhe bringen. Sie grinste zuckersüß und sagte: »Stimmt, tut mir leid. Dafür werd ich dir jetzt nach Kräften helfen.«

Susan rollte mit den Augen. »Das brauchst du nicht, heute bleibt die Küche kalt. Aber ich werde dich bei nächster Gelegenheit daran erinnern. Jetzt komm, die anderen warten schon.«

»Aye, aye, ma'am!« Mary salutierte scherzhaft. Jetzt war es Susan, die ihrer Schwester die Zunge rausstreckte.

Kapitel 11

In einem neuerlichen, untypischen Anfall von Mut schritt Roseanne an einem bewölkten Tag nach dem Mittagessen hinüber zum Haupthaus. Susan, Mary und Jess hatten sich anderweitig zerstreut. Wo genau sie streckten, wusste Roseanne nicht, aber im Moment war es ihr auch egal. Sie hatte hehre Ziele. Am Eingang traf sie Daisy, die vom Einkaufen zurückkam.

»Hallo Daisy«, begrüßte sie sie.

»Oh, hallo mein Herz. Kann ich dir irgendwie helfen?«, fragte sie, als sie die Tüten hereintrug. Roseanne nahm ihr ein paar ab und folgte ihr ins Haus.

»Darf ich vielleicht das Haustelefon benutzen? Ich möchte meine Großeltern anrufen und ihnen sagen, was wir bisher so gemacht haben.« Sie setzten die Einkäufe auf dem großen Küchentisch ab.

»Aber natürlich. Du musst auch kein Geld zurücklegen für deinen Anruf. Sagen wir einfach, das ist im

Preis für das Ferienhaus inbegriffen. Komm, ich zeig's dir.« Sie führte sie in einen kleinen Raum neben der Küche, wo ein altmodisches Modell mit Wählscheibe an der Wand hing. »Weißt du, wie es funktioniert?«, fragte Daisy. Ihr erschien das eine berechtigte Frage, Wählscheibentelefone waren schließlich lange vor Roseannes Geburt von Tastentelefonen abgelöst worden.

Zu Daisys Erstaunen nickte Roseanne und wandte sich dann dem Telefon zu. Das freute Daisy ungemein und sie verließ das Zimmer. Roseanne kramte in ihrer Tasche nach dem inzwischen ziemlich zerknitterten Zettel und wählte die Nummer, die darauf stand. Es klingelte ein paar Mal, dann hob Codie ab.

»Barrett?«, meldete er sich.

»Hallo Codie, hier ist Roseanne.«

Sie hatte kaum ausgesprochen, da rief Codie schon: »Hey Roseanne! Schön, dass du dich meldest. Was kann ich für dich tun?« Er schien sich sehr darüber zu freuen, dass sie anrief.

»Ähem, ich hab mich gefragt, ob du heute vielleicht Zeit hättest für einen Kaffee oder so?« Als sie fragte, lief sie rot an und war froh, am Telefon zu sein. Dann schlug sie sich leicht gegen die Stirn. Kaffee? Sie mochte Kaffee nicht mal und überhaupt, war das nicht die abgedroschenste Frage überhaupt? Sie hielt den Atem an und wartete auf seine Reaktion. Sie hatte glatt vergessen, dass er nicht aus der Gegend stammte und dafür überhaupt erst einmal herkommen musste..

»Klar, kein Problem. Weißt du, das trifft sich gut, wir haben heute ein Trainingsspiel in Bury gegen die A-Jugend. Du kannst ja zum Stadion kommen und danach können wir noch was trinken gehen. Gegen fünf ist Abpfiff. Weißt du, wo das Stadion in Bury liegt?«

Erst schüttelte sie den Kopf, dann wurde ihr bewusst, dass er sie nicht sehen konnte. Sie räusperte sich und antwortet: »Nein, aber ich werd es bestimmt auf Susys Straßenkarte finden. Oder ich frag mal Ben.« Kaum hatte sie ausgesprochen, rollte sie mit den Augen. Codie war es bestimmt schnuppe, wen sie fragte, er kannte die beiden doch sowieso nicht. Bis hierhin hatte sie in ihren Augen keinen allzu souveränen Eindruck gemacht

Wenn das Codie spanisch vorkam, ließ er es sich zumindest nicht anmerken. »Es liegt an der St. Botolph's Lane, relativ weit im Süden der Stadt. Ist eine ziemlich große Grünfläche, dürfte auf der Karte also nicht zu verfehlen sein.«

Sie wollte schon wieder nur nicken, kriegte aber noch die Kurve und brachte ein gestammeltes »Okay, da weiß ich Bescheid« hervor, ehe sie sich mit einem leisen »Bis nachher« verabschiedete.

Sie atmete tief durch. Sie hatte gerade ihr erstes Date vereinbart und sie hatte ihn angerufen! Dass ihr dabei ein paar Logikfehler unterlaufen waren, wen juckte das schon!

Sie klopfte sich auf die Schulter. Wenn sie so mutig war, konnte heute nur ein guter Tag werden. Nur wusste sie gerade nichts mit sich anzufangen, dass gut hätte werden können. Da erinnerte sie sich an den Stein mit der geheimnisvollen Inschrift und beschloss, ihn noch einmal genauer zu inspizieren. Heute regnete es wenigstens nicht.

Ganz ohne Hektik machte sie einen Spaziergang zu dem großen Findling und sie kam nicht umhin, angesichts des friedlichen Bildes der Lichtung, ergriffen zu seufzen. Nach einem Moment des Innehaltens ging sie hinüber zu dem Stein und fuhr andächtig mit den Fingerspitzen über die kupfernen Buchstaben. Das Geheimnis der Worte hatte sie lüften können, aber sie hatte immer noch keine Ahnung, wie die Inschrift ausgerechnet hierhergekommen war. Vielleicht sollte sie bei Gelegenheit einmal Daisy fragen.

Dann ging sie um den Felsen herum, fand aber nichts weiter, das noch interessant sein könnte. Sie seufzte und setzte sich mit dem Rücken zum Stein, um ein bisschen zu dösen. Die Wärme war ziemlich schwül.

Nach einer Weile legte sich hin, weil ihr der Stein doch ganz schön in den Rücken drückte. Sie drehte ihren Kopf einmal nach links und einmal nach rechts, wobei ihr Halswirbel knackte und sie zusammenzuckte. Als sie schon wieder nach oben in den Himmel blicken wollte, erregte etwas ihre Aufmerksamkeit. Unter dem Stein befand sich ein kleines Loch, in das ihre Hand passte. Sie griff hinein und stieß auf einen Widerstand. Er war glatt und rund. Sie versuchte, ihre Finger darum zu schließen und ihn herauszuziehen. Als es klappte, war sie noch verblüffter als zuvor.

In der Hand hielt sie einen Ring mit einem riesigen schwarzen Edelstein. Darin war eine Rune eingeritzt, die wie eine Flamme aussah. Sie setzte sich ruckartig auf und ließ ihn durch ihre Hände gleiten, ohne Recht zu wissen, was er bedeuten sollte. Also stand sie auf, ging noch einmal aufmerksam um den Stein herum und da fand sie, was sie die ganze Zeit übersehen hatten: eine Vertiefung, die dem Profil des Edelsteins entsprach.

Roseanne wurde immer aufgeregter. Welcher geheime Mechanismus mochte sich dahinter verbergen und was würde er preisgeben, wenn sie den Schlüssel benutzte? Sie atmete einmal tief durch, dann steckte sie den Ring in die Aussparung und drehte ihn um. Zunächst geschah nichts, doch dann vernahm sie etwas, das wie ein leises mechanisches Knacken und Knistern klang, und einen Moment später rollte der Stein wie von Zauberhand zur Seite. Der Fels hatte die ganze Zeit ein Erdloch verborgen!

Braune Wurzeln ragten hinein, Regenwürmer wimmelten geschäftig durch die Erde, aber es war offensichtlich, dass dieser Gang von Menschenhand angelegt worden war. Roseanne zögerte. Wollte sie wirklich wissen, was sich dort unten befand?

Am Ende jedoch siegte die Neugier. Sie ging in die Hocke, stützte sich mit den Händen links und rechts vom Loch ab und schwang die Beine hinein. Einen Moment überlegte sie noch, wie sie am besten hinunter kommen könnte. Auf allen vieren vielleicht?

Plötzlich verlor sie den Halt und rutschte auf dem Hosenboden die feuchte Erde hinunter, tiefer hinein in alles verschluckende Schwärze. Einen Moment sah sie sich panisch um, da sie glaubte, erblindet zu sein, dann gewöhnten sich ihre Augen einigermaßen an die Dunkelheit. Sie stand auf, klopfte sich die Hose ab und schaute nach oben. Sie konnte nicht allzu weit gerutscht sein, dennoch schien der Ausgang meilenweit entfernt. Vielleicht war das doch keine so gute Idee gewesen. Aber jetzt war sie schon einmal hier, da konnte sie sich auch weiter umschauen. Nur ging das eben schlecht in der Finsternis. Da fiel ihr ein, dass sie noch das Feuerzeug einstecken hatte, mit dem sie gestern Abend die Kerzen auf dem Esstisch entzündet hatte.

Sie holte es heraus und knipste es an. Im schwachen flackernden Licht erkannte sie die Umrisse eines schmalen Tunnels, so niedrig, dass sie nur gebückt darin stehen konnte. Vorsichtig machte sie sich auf, ihn zu erkunden. Immer wieder bröckelten kleine Klümpchen Erde in ihr Haar und einmal landete ein verdutzter Regenwurm auf ihrer Schulter. Da schrie sie für einen Moment erschrocken auf, ehe sie ihn behutsam auf die Erde setzte. Keinen Meter weiter geriet sie an eine halbverrottete Holztür. Es musste schon lange her sein, dass dieser Gang wofür auch immer genutzt worden war.

Als sie versuchte, die Tür zu öffnen, hielt sie auf einmal den Knauf in der Hand. Sie legte ihn auf den Boden und zog behutsam die Tür auf. Dann spähte sie in den Raum hinein, konnte aber nicht viel erkennen. Mit einer Hand tastete sie an der Wand entlang und stieß auf einen Lichtschalter. In Gedanken drückte sie sich die Daumen, dann betätigte sie ihn. Lange geschah nichts, dann flackerte die nackte Glühbirne an der Decke gefährlich, als wolle sie im nächsten Moment wieder erlöschen, ehe sie sich doch beruhigte und trübes Licht verbreitete.

Was Roseanne sah, war verblüffend. In einem niedrigen Raum fand sie eine komplette Wohnung. Ein Holzofen, dessen Rohr in der Decke verschwand, stand an der gegenüberliegenden Wand. Ein durchgesessenes Sofa, ein wackliger Tisch und ein Badewanne komplettierten die mehr als spartanische Einrichtung. Sie wagte sich weiter in den Raum hinein. Wer hatte hier gehaust? War er vielleicht noch in der Nähe? Bei dem Gedanken sah sich erneut verschreckt um. Aber auf allem lag eine zentimeterdicke Staubschicht und die Asche im Ofen war schon sehr lange kalt. Sie schöpfte neuen Mut und sah sich genauer um. Dabei fiel ihr eine Luke im Boden auf, die zum größten Teil vom Sofa verdeckt wurde.

Roseanne schob es zur Seite und kniete sich vor die Falltür. Das Schloss daran war verrostet, dennoch verschlossen. Probeweise zerrte sie daran, aber die Falltür bewegte sich nur um wenige Millimeter. Da fiel ihr Blick auf einen beinahe ebenso rostigen Schürhaken. Besser als nichts, dachte sie sich, und verrenkte sich, um ihn heranzuziehen. Nach einem Moment der versunkenen Betrachtung holte sie aus und schlug auf das Schloss ein. Beim ersten Mal gab es noch nicht klein bei, aber beim zweiten Schlag zersprang es unter einem gepeinigten Stöhnen. Sie fegte seine Reste beiseite und zog die Luke auf. Jetzt wäre eine Taschenlampe sehr hilfreich gewesen, denn im schwachen Schein der Deckenleuchte machte sie eine äußerst wacklig und alt aussehende Leiter aus, die in tiefste Finsternis führte. Sie schloss kurz die Augen und atmete tief durch. Immer noch die Augen geschlossen, drehte sie sich um und suchte mit ihrem Fuß die erste Sprosse. Probeweise belastete sie sie und als sie nicht nachgab, traute sie sich, das andere Bein ins Loch zu schwingen und es auf die nächste Sprosse zu stellen. Von unten stieg der Moder vergangener Jahrhunderte auf und stach ihr in die Nase.

Auf dem Boden angekommen versuchte sie sich umzusehen. Doch es herrschte undurchdringliche Dunkelheit. Sie holte wieder das Feuerzeug heraus. Was sie in dessen unsteten Widerschein sah, ließ ihr das Feuerzeug glatt vor Schreck aus der Hand fallen. Sie stand inmitten einer uralten Bibliothek. Nachdem sie ihre Lichtquelle nach einigem panischen Tasten wieder aufgehoben hatte, betrachtete sie ihre Umgebung genauer. Riesige, windschiefe Foliantentürme ragten an den Wänden auf. Wurmstichige Regale stützten sich gegenseitig. Überall auf den augenscheinlich kostbaren Büchern lag eine zentimeterdicke Staubschicht. Was sollte das alles bedeuten?

Sie verharrte noch einen Moment länger, aber ihr wurde bewusst, dass sie ohne eine Taschenlampe hier keinen Blumentopf gewinnen konnte. Also stieg sie die Leiter wieder hinauf und schaute sich stattdessen im »Wohnzimmer« noch einmal um. Da entdeckte sie hinter dem Sofa eine Zeitung. Sie schlug die Hand vor den Mund, als sie das Datum las: 23.07.1941. Sie ließ die Zeitung fallen, als habe sie sich daran verbrannt, und hastete zur Tür, getrieben von der irrationalen Angst, dass der Geist der ehemaligen Bewohner hinter ihr her war. In ihrer Aufregung verschwendete sie nicht erst einen Gedanken daran, wie sie am besten nach oben kommen würde, sie kletterte einfach drauflos. Und tatsächlich war das einfacher als gedacht.

Roseanne kroch aus dem Tunnel heraus und blinzelte heftig, als die Sonne, die wieder herausgekommen war, sie blendete. Auch der Wind hatte sich gelegt. Sie hievte sich aus dem Erdloch und putzte sich den Dreck von der Kleidung. Dann sah sie auf ihre Armbanduhr und quiekte leise. Es war fast halb fünf und es war doch ein ganzes Stück mit dem Fahrrad bis nach Bury. Außerdem musste sie erst noch zurück zum Anwesen. Sie verfiel sofort in Dauerlauf und schaffte es auch in unter zehn Minuten, beim Ferienhaus anzukommen. Dort lief sie Jess über den Weg.

»Hey, wohin so eilig?« rief sie Roseanne nach, als diese in den Fahrradschuppen stürmte.

»Nach Bury, ich hab ein Date!«

»Mit dem Rugbyspieler?« Jess runzelte die Stirn.

»Mit genau diesem! Ich hab mich damit bei dir abgemeldet, ja?« Roseanne war ziemlich außer Atem, als sie ihr Fahrrad aus dem Schuppen zerrte.

Jess verschränkte die Arme. »Du weißt, dass ich damit kein Problem hab, aber ich will nicht wissen, was Susy dazu sagt.«

»Kannst du sie für mich besänftigen?« rief Roseanne zuletzt, ehe sie durch das Tor fuhr.

Kapitel 12

Wegen ihres missglückten Zeitmanagements hatte sie keine Gelegenheit mehr gehabt, einen Blick auf die Straßenkarte zu werfen. Also hatte sie sich durchfragen müssen. Zuerst war sie an einen grantigen Herrn im Anzug geraten, der sie mit einer unhöflichen Floskel abgekanzelt hatte. Aber dann hatte sich ein älterer Herr im Pullunder ihrer erbarmt, als er gesehen hatte, wie sie ganz verloren und ratlos vor dem Stadtplan auf dem Markt gestanden hatte. Er hatte ihr den Weg erklärt, sie hatte ihm atemlos gedankt und sich dann wieder in das Wirrwarr aus Einbahnstraßen gestürzt.

Jetzt erreichte sie völlig verausgabt das Stadion. Das Spiel war schon vorbei, die Teams kamen bereits umgezogen aus den Kabinen. Codie erkannte sie sofort und kam auf sie zu.

»Hey, Roseanne, schön dass du es geschafft hast.« Er zögerte einen Moment, doch sie ging ihm wie selbstverständlich entgegen und so umarmte er sie.

»Hi Codie, entschuldige, dass ich mich verspätet hab.«

»Was meinst du? Wir sind doch gerade erst rausgekommen. Es ist echt alles okay. So, hast du Lust auf-«

Er wurde unterbrochen von jemandem, der seinen Namen rief, gefolgt von einem Jubelschrei. Die beiden drehten sich um. Ein Mädchen mit wallendem schwarzem Haar, kupferfarbener Haut, so wie Codies, und genauso dicken Augenbrauen kam auf sie zu. Es warf sich Codie um den Hals, sobald es ihn erreichte.

»Glückwunsch zum Sieg, liebstes Brüderchen. Auch wenn das nur ein Testspiel war.«

»Du hast mir ja gar nicht erzählt, dass ihr gewonnen habt«, hakte Roseanne ein, noch bevor Codie auf seine Schwester reagieren konnte.

»So weit waren wir doch noch gar nicht. Ja, wir haben sechsundzwanzig zu achtzehn gewonnen. Lasst mich euch einander vorstellen. Roseanne, das ist, wie du vielleicht schon herausgefunden hast, meine Schwester Haley. Haley, das ist Roseanne; ich hab sie vor ein paar Tagen beim Ligaspiel gegen die Jungs aus Thetford kennen gelernt.«

»Ach, ihr habt euch verabredet? Da will ich mal nicht stören.«

Doch Roseanne schüttelte den Kopf, einem unbestimmten Gefühl folgend. »Nein, ähm, ich weiß zwar nicht, wohin wir jetzt gleich wollen, aber warum kommst du nicht einfach mit?«

Codie schaute sie fragend an, schien aber nicht abgeneigt.

»Sicher?« Haley war zunächst verwirrt.

»Klar, kein Problem«, bekräftigte Codie.

»Super. Kennt ihr euch hier in Bury aus? Ich hätte nicht übel Lust auf einen guten Tee«, sagte Roseanne. Dass sie ihn heute Mittag noch auf einen Kaffee eingeladen hatte, hatte sie völlig vergessen. Aber das spielte jetzt eh keine Rolle mehr.

Haley lächelte. »Nichts lieber als das!« Sie griff nach dem Arm ihres Bruders, dann hakte sie sich kurzerhand auch bei Roseanne unter. Bei dem plötzlichen Körperkontakt stellten sich Roseannes Nackenhaare auf und sie versteifte sich einen Moment, doch sie ließ sich nichts anmerken. Zumindest glaubte sie das. Als sie Haley einen nervösen Seitenblick zuwarf, bemerkte diese ihn. »Alles okay?«

Roseanne nickte nur, dann ließ sie sich von ihrer guten Laune anstecken. Es gab absolut keinen Grund, nervös zu sein.

»Also, Roseanne-«, setzte Codie an, doch Roseanne unterbrach ihn.

»Bitte nenn mich Rosy, allein schon aus Zeitgründen!«, grinste sie.

Codie sah sie prüfend an, dann zuckte er die Schultern. »Wie du willst. Also, Rosy«, begann er noch einmal und betonte ihren Spitznamen besonders, »Jetzt erzähl uns doch mal, wie du hierher geraten bist! Du hast nämlich einen ziemlich ausgeprägten

Cambridgeshire-Akzent!«

Roseanne wurde rot, als sie auf ihren Dialekt angesprochen wurde. Sie fing sich aber schnell wieder, als
sie über ihre Urlaubsreise berichtete und die Abenteuer, die sie mit den Zwillingen schon erlebt hatten.

Haley blieb abrupt stehen und sah sie mit großen
Augen an. »Drei Schwestern! Und ich dachte, ich bin
mit Codie schon gestraft genug.«

Dafür fing sie sich einen Stoß in die Rippen von
ihrem großen Bruder. »Hey!«, rief er empört. »Ich
werde dich daran erinnern, wenn du wieder einen
Chauffeur zu einer deiner Partys brauchst.«

Haley schüttelte lachend den Kopf. »Du weißt genau, wie ich das meine. Aber jetzt mal im Ernst, drei
Schwestern und du bist das Küken! Das muss doch
wahnsinnig anstrengend sein?«

Roseanne zuckte die Schultern. »Es geht. Eigentlich
halten wir ganz gut zusammen. Bei drei Geschwistern
hatte meistens immer jemand Zeit, um sich mit mir
zu beschäftigen, als ich kleiner war. Und in Sachen
Mode zum Beispiel ist Mary einfach unschlagbar.«

»Echt? Kennt sie sich da so gut aus? Da muss ich
mich auch mal von ihr beraten lassen. Ich bin nämlich immer noch nicht so ganz glücklich mit meinem
Stil«, sagte Haley und sah an sich herab. Sie trug enge, hellblaue Jeans und ein graues, mit kleinen, fun-
kelnden Sternen bedrucktes T-Shirt.

Roseanne sah sie wieder von der Seite an. »Ich finde, du siehst ziemlich gut aus.« Sobald sie das Kom-

pliment ausgesprochen hatte, wurde sie rot wie eine Tomate. Erst wollte sie zu einer Erklärung ansetzen, aber sie hatte das Gefühl, dass dabei nur holpriges Gestammel herauskommen würde. Deshalb hielt sie lieber den Mund.

»Findest du? Dankeschön!« Haley strahlte über das ganze Gesicht. Dann sah sie zu ihrem Bruder. »Du könntest mir auch öfter mal ein Kompliment machen, Brüderchen.«

Codie schnaubte. »Als ob das meine Aufgabe wäre. Wie auch immer, da drüben ist die Teestube, in der es die besten Törtchen gibt«, sagte er und wies auf ein schmales Haus, das zwischen einem Schuhgeschäft und einem Blumenladen eingezwängt war.

»Törtchen? Ich dachte, Sportler müssten auf ihre Figur achten?«, fragte Roseanne spöttisch, als Codie ihr die Tür aufhielt.

Codie blickte sie böse an. »Es war doch keine so gute Idee, dass Haley mitgekommen ist. Du bist schon genauso unverfroren wie sie.«

Roseanne und Haley sahen sich an und begannen zu lachen. »Ich glaube nicht, dass das an mir liegt«, prustete Haley. »Da haben Rosys Schwestern sicher schon vorher für gesorgt.«

Codie brummelte etwas Unverständliches vor sich hin. Inzwischen stand die Bedienung an ihrem Tisch. »Was kann ich euch drei Hübschen bringen?«

Roseanne runzelte die Stirn, sie war etwas irritiert von der vertrauensheischenden Begrüßung. Aber als sie sah, wie freundschaftlich Codie und Haley mit der jungen Frau umgingen, verstand sie. Die drei kannten sich anscheinend, und zwar schon länger.

»Ich nehme einen Earl Grey und eine Apfel-Toffee-Tarte«, sagte Codie, ohne einen Blick in die Karte zu werfen.

Haley schaute pro forma hinein, klappte sie zu, sagte dann aber: »Überrasch mich doch heute einfach, Lena!«

Die Kellnerin lächelte. »Nichts leichter als das!« Dann wandte sie sich an Roseanne »Und was kann ich für dich tun?«

Roseanne war sich nicht sicher, ob sie dasselbe wagen sollte wie Haley. Sie entschied sich lieber dagegen. »Ich nehme einen Früchtetee und dasselbe wie Codie.«

»Keine Experimente, wie? Na, die Tarte ist ja auch der Renner unter unseren Kunden.« Damit steckte die Kellnerin ihren Notizblock in die Schürze und verschwand durch einen Perlenvorhang hinter dem Tresen.

Roseanne sah die beiden Geschwister erwartungsvoll an. »So, vorhin habt ihr mich ausgequetscht, jetzt bin ich an der Reihe mit den Fragen.«

Codie schürzte die Lippen. »Auweia! Dann schieß mal los. Was interessiert dich denn?«

Plötzlich war Roseanne wieder nervös. Sie spielte mit ihrer Serviette und senkte den Blick. »Naja, die

Sachen, die man immer so wissen will. Wie weit ihr auseinander seid und was ihr grade so macht, also Schule, Ausbildung, etc. So was halt.«

»Das ist aber einfach. Ich hatte jetzt mit ganz intimen Fragen gerechnet«, zog Codie sie auf.

Roseanne rollte mit den Augen. »Ich bin doch nicht Rita Kimmkorn!«

Haley rutschte näher an sie heran und verbrüderte sich mit ihr, indem sie ihr den Arm um die Schultern legte. Bei dem erneuten Körperkontakt sog Roseanne scharf Luft ein, hoffte aber, dass Haley es nicht bemerkt hatte. Wenn sie es tatsächlich mitbekommen hatte, ging sie jedenfalls nicht darauf ein. »Es spricht nicht für dich, Codie, dass du Rosy so einschätzt.« Dann schaute sie Roseanne an. »Um deine Fragen zu beantworten-«, setzte sie an, doch da kam die Bedienung mit einem voll beladenen Tablett wieder an ihren Tisch.

»So, zweimal Apfel-Toffee-Tarte, dazu Earl Grey und Früchtetee.« Sie stellte die Teller und Tassen auf den Tisch und goss mit der freien Hand den Tee aus filigran gearbeiteten Teekannen ein. Dann sah sie zu Haley. »Und nun zu dir! Du hast dein Glück herausgefordert, mal sehen, ob es dich auch nicht im Stich gelassen hat.« Der Tee entpuppte sich als simpler Kamillentee. Die Kellnerin zwinkerte. »Da wollte ich dich mal nicht überfordern.« Als letztes stellte sie einen Teller vor sie, auf dem sich ein Monstrum aus

Schokolode, Sahne und Bananen türmte. »Bitte sehr, ein Stück Butterscotch-Bananen-Pie.«

Ungläubig starrte Haley auf das Dessert. »Verflixt!«, murmelte sie.

Roseanne sah sie fragend an. »Was ist los?« Für sie sah der Pie ziemlich lecker aus, sie bereute fast schon, sich nicht auf die Überraschung eingelassen zu haben.

»Ich mag keine Bananen!«, klagte Haley und zog eine Schnute.

Codie lachte. »Tja, das nenne ich Karma! Das hättest du dir dann wohl vorher überlegen müssen.«

Seine Schwester sah ihn strafend an. »Statt hier schlaue Kommentare abzugeben, solltest du mir lieber eine Lösung suchen.«

»Ich hätte eine anzubieten«, sagte Roseanne, »lass uns tauschen.«

»Was? Nein, unmöglich, das kann ich nicht annehmen!«, wehrte Haley ab.

Aber Roseanne blieb beharrlich. »Doch, das ist überhaupt kein Problem. Ich esse Bananen sehr gerne, ich meine, ich mag zwar auch Äpfel und Toffee, aber wenn dir das lieber ist, nehme ich auch deinen Bananen-Pie. Der sieht nämlich himmlisch aus!« Damit schnappte sie sich kurzerhand die beiden Teller und vertauschte sie.

»Ähm, na gut. Dankeschön!« Erst war Haley verdutzt, aber dann begann sie zu strahlen. »Du bist ein echter Schatz, Rosy. Davon könntest du dir wirklich eine Scheibe abschneiden, Codie!«

Der verdrehte nur die Augen und versenkte seine Gabel in seiner Tarte. »Ihr könnt euch ja hier gerne noch länger belobhudeln, ich jedenfalls werde diesen köstlichen Kuchen nicht verkommen lassen!«

»Als ob wir das tun würden!«, entgegnete Haley lachend.

Für eine ganze Weile war nur noch Schmatzen und wohliges Seufzen zu hören. Die drei waren zu sehr damit beschäftigt, ihre Kuchen zu genießen, als dass sie sich ernsthaft unterhalten konnten.

Schließlich hatten sie einen Großteil ihrer Desserts verputzt und konnten nun dort anknüpfen, wo die Kellnerin sie vorhin unterbrochen hatte.

»Um auf deine Frage zurückzukommen: ich bin sechzehn, zwei Jahre jünger als Codie. Bis zu seinem Abschluss in diesem Jahr sind wir auch auf dieselbe Schule gegangen, das Jane-Austen-College in Norwich«, erklärte Haley und schob den letzten Rest Kuchen auf ihre Gabel.

Roseanne zog die Stirn kraus. »Aber wenn ihr aus Norwich kommt, wieso kennt ihr euch dann so gut in Bury aus? Das ist ja doch ein ganz schönes Stück entfernt.«

Codie wollte einen Schluck trinken, setzte aber seine Tasse noch einmal ab und sagte: »Naja, ich habe mit den Lions schon oft hier gespielt, aber der Hauptgrund ist, dass Lena, also unsere Kellnerin heute, die

Freundin unseres Cousins ist und er für sie hierher gezogen ist.«

Roseanne nickte langsam. Sie überlegte einen Moment. »Okay, du bist jetzt also mit der Schule fertig, Codie?«

Er nickte.

»Was willst du dann machen? Also, wenn der Sommer vorbei ist?«

Er stützte die Ellenbogen auf den Tisch und lehnte sich etwas näher zu ihr. »Dann gehe ich nach Nottingham, um Archäologie zu studieren.«

Roseanne riss die Augen auf. »Archäologie? Wie cool! Und das in Nottingham!«, rief sie. Dann hatte sie einen Geistesblitz: »Willst du dann auch Überreste von Robin Hood ausgraben?«

»Ach du bist doch…« Codie beendete seinen Satz nicht. Er hatte gehofft, dass wenigstens einmal jemand die Sache ernst nehmen würde. Aber immer wurde er auf den Rächer der Enterbten angesprochen.

Roseanne kicherte. Schließlich winkte Codie ab und verabschiedete sich zur Toilette. Jetzt drehte sich Roseanne zu Haley, etwas verlegen. »Und du? Ich meine, du hast noch ein paar Jahre Schule. Aber weißt du trotzdem schon, was du mal werden willst?«

Haley nickte. »Jap, das weiß ich. Sportreporterin. Ich hab Codie fast jedes Wochenende zu Spielen begleitet, da habe ich einige Expertise gesammelt. Nein, mal im Ernst. Das will ich wirklich werden. Ich mache gerade ein Praktikum bei der Lokalzeitung. Da muss ich zwar über alles Mögliche schreiben, aber ich arbeite schon recht eng mit deren Sportredakteur zusammen. Und es hat wirklich alles mit Codies Spielen angefangen. Da hab ich nämlich mal einen Artikel geschrieben und bei der Schülerzeitung eingereicht, und dann haben sie mich quasi vom Fleck weg für den Sektor Schulsport engagiert.«

Roseanne machte wieder große Augen, sie kam aus dem Staunen gar nicht mehr heraus. »Wie cool! Ich hab zwar mit Sport nicht besonders viel am Hut und zu meiner Schande muss ich gestehen, dass ich auch nicht viel Zeitung lese. Aber dass du jetzt schon so genau weißt, was du machen willst und dafür auch konsequent deinen Weg gehst, ist beeindruckend.«

Haley wurde rot, das erste Mal, seit Roseanne sie kennen gelernt hatte. »Ja, naja, ich hatte auch viel Glück.« Bevor Roseanne protestieren konnte, fragte sie hastig: »Und wie sieht's bei dir aus?«

Roseanne knetete nervös ihre Hände. »Um ehrlich zu sein: Ich hab keine Ahnung, was ich nach der Schule machen soll. Ich hab zwar noch drei Jahre Zeit, aber zumindest den Hauch einer Idee zu haben, wäre schon ganz nett.«

»Ach, das kommt bestimmt noch.« Haley legte ihr aufmunternd den Arm um die Schultern. Statt sich diesmal zu versteifen, lehnte sich Roseanne wie selbstverständlich an sie. Doch als die Tür im hinteren Teil des Cafés aufging und Codie von der Toilette zurückkam, lösten sie sich wieder voneinander.

»Schlechte Nachrichten, Hay. Wir müssen zurück nach Hause. Mum kommt eher heim und du weißt, wie es zu Hause aussieht.« Er fischte ein paar Scheine aus seiner Geldbörse, klemmte sie unter seine Teetasse und warf sich seine Jacke über.

Auch die Mädchen standen auf und griffen nach ihren Taschen. Als Roseanne ihr Portemonnaie herausholen wollte, legte Codie ihr die Hand auf den Arm. »Ich hab dich eingeladen, erinnerst du dich?« Streng genommen hatte sie ihn eingeladen, aber er bezog sich wahrscheinlich auf ihr allererstes Aufeinandertreffen. Er wandte sich an seine Schwester. »Und für dich hab ich ausnahmsweise auch mitbezahlt.«

Sie verdrehte die Augen. »Wie überaus großzügig von dir.« Inzwischen standen sie vor der Tür und Roseanne schloss ihr Fahrrad ab. »Schade, dass unser Treffen so abrupt endet. Aber ich will dich unbedingt wiedersehen.« Haley fischte eine alte Einkaufsliste und einen angeknabberten Bleistift aus ihrer Jackentasche. Sie kritzelte etwas auf den Zettel und reichte ihn dann Roseanne. »Hier, meine Nummer. Sag mir, wenn du sicher zu Hause bist.« Sie lehnte sich näher zu ihr, steckte ihr den Zettel in die Jackentasche und flüsterte dabei verschwörerisch: »Und ich würd mich freuen, wenn es nicht dabei bleiben würde..«

Roseanne wurde rot. Haley redete freilich nicht um den heißen Brei herum!

Codie musterte seine Schwester missbilligend. »Was

hast du der armen Rosy jetzt schon wieder für Schweinereien erzählt? Dich kann man nirgendwo hin mitnehmen.«

Haley hakte ihn unter. »Genauso wenig wie dich, wir nehmen uns da überhaupt nichts.« Sie drehte sich zu Roseanne um. »Bis bald!«, rief sie und winkte.

Codie schaute auch zurück und hob die Hand zum Gruß. »Mach's gut, Rosy.«

»Tschüss!«, rief sie den beiden hinterher, dann schwang sie sich auf ihr Fahrrad und radelte zurück in Richtung Cottage.

Roseanne bemerkte gar nicht, dass sie beobachtet wurde. Sie schob ihr Fahrrad in den Schuppen und wollte gerade die Tür öffnen, als jemand von nicht weit her sagte: »Na Rosy, wie war dein Date?«

Roseanne schreckte auf und wusste für einen Moment gar nicht, woher die ziemlich unfreundlich klingende Stimme gekommen war. Dann erblickte sie Susan, die in der Tür stand und die Arme verschränkt hatte.

»Susy, hast du mich vielleicht erschreckt.« Sie versuchte, an ihr vorbeizugehen, wusste aber eigentlich, dass Susan sie nicht einfach so davon kommen lassen würde.

»Also?« Susan hatte bisher noch nichts Tadelndes gesagt, aber mit ihrem Ton und ihrer Haltung war sie der Vorwurf in Person.

Roseanne versuchte, sich ganz klein zu machen. »Ähm, ganz nett, glaube ich. Seine Schwester Haley war auch dabei«, erzählte sie eingeschüchtert. Sie hätte es wissen müssen und Jess hatte sie auch noch davor gewarnt, dass Susan nicht gerade begeistert reagieren würde.

Einen Augenblick lang schienen sich Susan Gesichtszüge zu entspannen, aber was auch immer sie da an Milde verspürt hatte, war so schnell verschwunden, wie es gekommen war. »Toll!«, sagte sie, klang aber bei Weitem nicht begeistert. Es gefiel ihr gar nicht, dass Roseanne schon die zweite Schwester war, von der Susan nicht gewusst hatte, wo sie einige Stunden lang gesteckt hatte. Noch dazu war sie die jüngste. Bei ihr war es noch wichtiger als bei Mary, dass Susan ein Auge auf sie hatte. Ihre Eltern hatten ihr doch vertraut! Wie konnte sie ihre Pflicht erfüllen, wenn ihre Schwestern ständig entschieden, ihr nichts zu sagen? Sie fühlte sich, als habe sie versagt.

»Ja, du hast Jess gesagt, was du machst, aber nicht wo! Du hättest überall sein können und dieser Rugbyspieler kam mir schon beim ersten Mal total suspekt vor.«

Jetzt wurde Roseanne langsam wütend. Susan behandelte sie, als wäre sie ein Baby. »Er ist aber nicht suspekt! Er ist sehr höflich und lustig und, wie gesagt, seine Schwester war auch mit dabei. Und ja, ich hätte Jess noch sagen sollen, dass wir uns in Bury treffen, aber ich hatte doch da selbst noch keine Ahnung, wo genau wir dann hingehen. Am Ende sind wir in einer kleinen Teestube gelandet. Es war also alles ganz harmlos!« Nun, ganz so harmlos war es dann doch nicht, wenn sie über die Aufregung nachdachte, die sie in Haleys Anwesenheit verspürt hatte. Aber das behielt sie lieber für sich.

Susan sah sie noch einen Moment streng an, dann schien sie in sich zusammen zu fallen wie ein angepiekster Ballon. Sie seufzte lang und tief.

Roseanne bemerkte den plötzlichen Stimmungsumschwung ihrer Schwester. »Ist alles okay bei dir?«, fragte sie zögernd.

Susan schaute sie einen Moment lang an, dann schüttelte sie den Kopf. »Nein. Ich weiß, wir sind im Urlaub, aber so richtig kann ich mich nicht entspannen, wenn ich nicht weiß, wo ihr seid. Ich hab die Verantwortung für euch und wenn euch was passiert, bin ich daran schuld. Wie sieht denn das aus, wenn ich das bei unserer ersten Reise allein, und unserer vorerst letzten Reise gemeinsam, gleich total vermassele? Ich will einfach nichts falsch machen, verstehst du?«

»Ach Susy!« Roseanne hatte völlig verdrängt, dass Susan ab Herbst nicht mehr zu Hause sein würde. Ihr wurde ganz schwer ums Herz, als sie darüber nachdachte. Eigentlich sollte sie hier in Wordwell noch einmal so richtig Spaß haben, aber wie sollte das gehen, wenn sie sich ständig Sorgen um ihre jüngeren Schwestern machte? Selbst wenn die Sorgen absolut unberechtigt waren.

Susan hob abwehrend die Hände. »Ach, ich krieg mich schon wieder ein, mach dir da mal keine Gedanken drum. Jetzt komm rein, ich hab dir noch was vom Abendessen aufgehoben, falls du möchtest.«

Roseanne nickte eifrig. »Aber natürlich möchte ich.«

Auf dem Weg nach drinnen legte Roseanne ihrer großen Schwester den Arm um die Schultern, auch wenn sie sich dafür ganz schön strecken musste. »Susy, ich finde, du bist die beste große Schwester der Welt. Ohne dich würden wir im reinsten Chaos versinken!« rief sie aufmunternd und zog sie näher an sich.

Da musste Susan lachen. Sie sah Roseanne von der Seite an, grinste plötzlich durchtrieben und attackierte aus heiterem Himmel Roseannes Rippen. Sie wusste, dass ihre kleine Schwester da besonders kitzlig war.

Die quiekte vor Schreck auf. »Du Monster! Ich mach dir nie wieder Komplimente, das kannst du vergessen.« Sie hatte Schwierigkeiten, Luft zu bekommen, weil sie so lachen musste. Es war unfair, dass ihre Schwester nicht nur ein paar Zentimeter größer, sondern auch etwas stärker war als sie. Wie sollte sie sich da wehren?

Schließlich hatte Susan Erbarmen mit ihr; selbst ganz außer Atem ließ sie von Roseanne ab. »Hast du wirklich gedacht, ich würde dich ungeschoren davonkommen lassen?« Sie goss sich beiden Wasser aus einer Karaffe ein.

Roseanne atmete immer noch tief durch und schüttelte den Kopf. »Also, meistens kommst du mir ja wirklich furchtbar erwachsen vor, aber manchmal denke ich, dass du noch lange nicht reif fürs College bist. Wenn du deine Kommilitonen auch so behandelst, na dann gute Nacht!«, sagte sie grinsend und prostete Susan zu.

Die prostete zurück und erwiderte: »Vielleicht ist das auch besser so. Ich bin ja erst neunzehn. Außerdem hat irgendjemand mal gesagt, wenn du dir das Kind in dir behältst, wirst du nie so recht erwachsen. Oder so ähnlich.« Sie ließ sich auf die andere Seite des Sofas plumpsen und atmete tief durch.

Roseanne kicherte. »Darauf trinke ich, obwohl es nur Wasser ist. Auf das du, und ich auch, nie so richtig erwachsen werden mögen!«

Susan nickte strahlend. »Auf uns!«

Kapitel 13

Die letzte Woche auf Wordwell Rose brach an und begann mit einer mittelschweren Katastrophe. Susan erwachte mit roten, juckenden Augen und einer verstopften Nase. Außerdem fühlte sie sich hundeelend, ihre Glieder waren schwer und ihr Kopf pochte wie verrückt.

Krächzend rief sie ihre Schwestern in einem Tonfall, der nichts Gutes verhieß. Die beiden stürzten, noch in Nachtwäsche, ins Zimmer und hatten einen Ausdruck im Gesicht, als läge ihre Schwester im Sterben.

»Susy! Was ist denn los?«, riefen sie entsetzt, noch ehe sie die Tür ganz geöffnet hatten.

»Ich glaube«, stöhnte Susan, »ich habe die Grippe.«

Die zwei seufzten erleichtert. »Und wir hatten schon befürchtet, dass du uns abkratzt, dem Klang deiner Stimme nach zu urteilen«, erwiderte Jess grinsend.

Dann betrachteten sie sie eingehender.

Mary kniff die Augen zusammen und sagte: »Na, ich glaube eher, das ist eine etwas ausgeartete Erkältung. Ich guck mal, was ich so finde.« Sie verließ das Zimmer, um im Arzneischrank unten im Bad nach passenden Mittelchen zu suchen. Derweil beobachtete Jess halb besorgt, halb belustigt, wie sich ihre Schwester im Bett wand und auf einmal laut dröhnend nieste.

Sie zuckte zusammen, dann wurde ihr plötzlich etwas bewusst. »Wir bleiben doch trotzdem hier, oder? Trotz deiner Krankheit?« fragte sie dann aufgeregt. Der Gedanke, die Ferien eine Woche eher zu beenden, gefiel ihr überhaupt nicht. James und sie hatten sich noch so viel zu erzählen. Dass sie jemandem so nahestehen konnte, dem sie vorher noch nie begegnet war, hatte sie nie für möglich gehalten. Aber jetzt schienen die drei Wochen viel zu kurz, um über ALLES zu sprechen, was die beiden verband. Was sich in den letzten Tagen als erstaunlich viel herausgestellt hatte. Manchmal war da auch so eine zweifelnde Stimme in ihr, die das zwischen ihnen in Frage stellte, aber die ignorierte sie geflissentlich.

Susan blinzelte sie müde an. »Sehe ich aus, als könnte ich irgendwo mit dem Fahrrad hinfahren?«

Jess zuckte die Schultern und setzte sich ans Fußende des Betts. »Naja, du könntest zum Beispiel darauf bestehen, dass Ben dich nach Hause fährt oder so.«

Susan schüttelte den Kopf. Sie seufzte und sagte: »Ich will einfach nur hier liegen bleiben.«

Mary kam zurück ins Zimmer und befahl: »Hinsetzen!« Angesichts des herrischen Tonfalls sah Susan ihre Schwester ungläubig an, aber die antwortete nur mit einem strengen Blick. Also gehorchte Susan und setzte sich vorsichtig auf, um ja keinen Hustenanfall zu provozieren.

Mary setzte sich an ihr Bett und träufelte eine braune Flüssigkeit in ein Glas Wasser. »Hier, trink das, bitte alles auf einmal«, sagte sie.

Susan setzte das Glas an und trank, gurgelnd rauschte das Wasser ihre Kehle hinunter. Als sie das Glas absetzte, schüttelte sie sich. »Bah, das schmeckt ja widerlich!« Vorsichtig lehnte sie sich zurück gegen das Kopfteil.

»Dann hilft es hoffentlich auch. Ich werde trotzdem Daisy bitten, dass sie einen Arzt ruft, denn gegen eine Grippe wird das nicht viel nützen. So lange ist dein Zimmer eine Quarantänestation.«

Susan ächzte, dann schien ihr etwas zu dämmern und sie setzte sich ruckartig auf. Hatte sie gerade eben noch versucht, einen Hustenanfall zu vermeiden, suchte der sie jetzt in ihrer Aufregung heim. Nachdem sie sich etwas beruhigt hatte, fragte sie, noch etwas außer Atem: »Heißt das, Ben darf auch nicht hier hoch?«

Jess und Mary nickten ernst. Dann holte Mary eine kleine Dose hervor, schraube sie auf und sofort erfüllte ein stechender Geruch das Zimmer. Sie reichte Susan die Dose und bedeutete ihr, sich mit der Salbe die Brust einzureiben.

Danach ließ sich Susan enttäuscht zurück in die Kissen fallen. »Verflixt! Aber der Doktor ist eine gute Idee.« Sie seufzte, dann schaute sie ihre Schwestern an. »Und was macht ihr heute so? Die Pläne für einen Ausflug hätten wir ja nachher beim Frühstück besprochen.«

Die beiden zuckten die Schultern. »Keine Ahnung, aber ich bin mir sicher, dass die Zwillinge vorbeikommen und schon einen brauchbaren Vorschlag in petto haben.«

Susan massierte sich ihre Nasenwurzel. »Das ist schon der zweite Ausflug, den ich verpasse. Hoffentlich ist es wirklich nur eine simple Erkältung. Ich will doch nicht den Rest vom Urlaub im Bett verbringen.«

Mary berührte sie vorsichtig am Arm. »Das wird schon. Wir gehen jetzt runter und frühstücken. Wenn die Jungs dann da sind, sag ich dir, wo wir hinfahren, und bitte Daisy, nach dir zu sehen.«

»Ja ja, geht ruhig. Ich krieg das schon hin.« Sie lächelte, wenn auch schwach. »Danke. Und viel Spaß euch.«

»Werden wir haben.«

Susan schloss die Augen, dann schaute sie hoch zur Decke und atmete resigniert aus. So hatte sie sich ihren Urlaub nun wirklich nicht vorgestellt. Aber als Oberhaupt hätte sie eigentlich damit rechnen müssen, dass es etwas schiefging. Naja, das war jetzt auch nicht mehr zu ändern. Dumm nur, dass sie ihr Buch, die Biografie der irischen Schriftstellerin Lady Morgan, fast ausgelesen hatte.

Plötzlich spürte sie ein Kribbeln in der Nase. Sie streckte sich, um die Taschentücher in ihrem Rucksack zu erreichen, aber da war es bereits zu spät. Nachdem sie sich einigermaßen von ihrem hallenden Nieser erholt hatte, seufzte sie wieder. Das konnte ja noch heiter werden.

Nachdem sich Jess und Mary umgezogen hatten, liefen sie hinunter in die Küche, wo zu ihrer Überraschung Roseanne bereits den Herd angeworfen hatte und Eier briet.

»Ihr habt euch aber heute Zeit gelassen«, bemerkte sie und schaute auf. Sie krauste die Stirn, als sie ihre Schwestern so musterte. »Wo ist Susy?« Es hatte sie noch mehr gewundert, dass ihre älteste Schwester sich nicht schon längst um das Frühstück kümmerte.

»Krank«, informierte Jess lapidar, dann drehte sie sich um und verschwand im Wohnzimmer.

»Geht das auch ein bisschen präziser?«, fragte Roseanne mit hochgezogener Augenbraue, während sie ihre Eier in der Pfanne wendete.

»Sie behauptet, sie hat die Grippe. Vielleicht ist es aber auch nur eine Erkältung. Daisy soll nachher mal einen Doktor herschicken.«

»Oh je, dann halte ich mich lieber von ihr fern. Aber arme Susy, das sie schon wieder nicht mitkommen kann.«

»Darüber hat sie sich auch schon beklagt. Ich sage nur: selbst schuld! Sie hätte ja an dem einen Abend nicht so viel trinken müssen.« Aber Mary zwinkerte, ehe sich Roseanne empören konnte. »Wir wissen ja sowieso noch nicht, wohin die Reise heute geht.«

»Stimmt. Ich bin gespannt, was sich die Jungs haben einfallen lassen. Aber anstatt mir im Weg herumzustehen, könntest du ja mal ein paar Toast rösten.«

»Wird sofort erledigt.«

Kaum hatten sich die drei Schwestern gesetzt, da läutete es auch schon an der Tür. Diesmal war es Roseanne, die den Jungs öffnete. Sie hatte sich inzwischen an sie gewöhnt und seit sie Haley kennen gelernt hatte, fand sie Jim auch nicht mehr so exorbitant toll.

»Guten Morgen!«, begrüßte sie sie. Etwas überrascht war sie schon, als die beiden sie plötzlich umarmten, aber eigentlich fand sie es doch ganz schön.

»Guten Morgen«, erwiderte James und zwinkerte ihr zu, dann führte sie die beiden ins Wohnzimmer. Er blieb in der Tür stehen, als er Jess und Mary sah. »Wo ist denn Susy?«

»Krank«, klärte ihn Jess genauso lakonisch auf wie eben Roseanne.

»Ist es was Ernstes?«, fragte er, nachdem er sich einen Keks aus der offenen Dose stibitzt hatte.

Mary zuckte die Schultern. »Keine Ahnung. Ein Arzt kommt hoffentlich später noch. Aber ich gehe davon aus, dass es nur eine harmlose Erkältung ist.«

»Schade, dass sie schon wieder nicht mit dabei sein kann. Wir haben echt lange überlegt, was wir euch noch zeigen können. Zumindest was auch mit dem Fahrrad zu erreichen ist. Mum hat uns am Ende den Tipp gegeben. Wir nehmen euch mit in den Nowton Park.«

Jess zog eine Schnute. »Ein - Park? Das klingt aber nicht sehr aufregend.«

Jim zog die Augenbrauen hoch. »Warte, bis du dich im Labyrinth verlaufen hast, dann ist dir wahrscheinlich nicht mehr langweilig.«

Mary stieß Jess an der Schulter an. »Ein Labyrinth klingt doch schon mal ganz aufregend. Was gibt's da sonst noch so zu sehen?«

»Och, alles Mögliche. Ein Gutshaus, einen Spielplatz, ganz viele Bäume. Lasst euch einfach überraschen.« Jim ließ seinen Blick in der Runde schweifen und stellte zufrieden fest, dass alle mit dem Frühstück fertig waren. »Wollen wir dann?«

Die Fahrt an den südlichen Stadtrand von Bury St. Edmunds verlief sehr ereignislos. Wegen der Aufregung um Susan waren sie früh aus dem Haus gekommen, konnten so den morgendlichen Pendlerverkehr vermeiden und waren, abgesehen von ein paar Touristen, alleine auf den Straßen unterwegs. Vielleicht lag das aber auch daran, dass Jim sie durch Nebenstraßen und Wohngebiete führte, in die sich kaum ein Fremder sonst verirrte.

Vor dem Park selbst sah das allerdings schon ganz anders aus. Rund ein Dutzend Autos standen Schlange an der engen Einfahrt, und auf dem Parkplatz waren gut zwei Drittel der Plätze trotz der frühen Uhrzeit belegt. Die Jugendlichen schlängelten sich zwischen den wartenden Autos hindurch und konnten auch die Parkuhr ignorieren, die einzige Stelle, an der sie so etwas wie Eintritt hätten bezahlen müssen. Sie schlossen ihre Räder an einen Fahrradständer, der sich in eine lange Reihe anderer, ebenfalls vollbelegter Ständer reihte.

»Was sind denn hier für Massen?« wunderte sich Mary angesichts der vielen Autos und Räder.

Jim zuckte die Schultern. »Naja, das sieht jetzt nur viel aus, aber es verteilt sich schon ganz schön auf fünfzig Hektar. Wahrscheinlich sind die meisten eh joggen, mit ihren Hunden auf der Hundewiese oder mit ihren Kindern auf dem Spielplatz. Aber da es noch ganz viele andere schöne Ecken hier gibt, sollten wir unsere Ruhe haben.«

»Ich würde sagen, wir gucken uns zuerst den Baumgarten an, das ist einer meiner Lieblingsplätze«, schlug James vor und wedelte mit einer Hand in diese Richtung.

»Einverstanden, aber danach gehen wir gleich zum

Labyrinth!« Roseanne wirkte angesichts des damit verbundenen Nervenkitzels schon ganz hibbelig.

Jess schaute sie mit erhobenen Augenbrauen an. Sie konnte den Enthusiasmus ihrer Schwester nicht verstehen, was aber vor allem daran lag, dass sie selber lieber keinen Fuß in das Labyrinth setzen wollte. Enge Räume und Orientierungslosigkeit machten ihr Angst. Deswegen folgte sie den anderen auch als letzte, als sie eine langgezogene Straße betraten, die von dichtstehenden Linden gesäumt wurde.

»Im Frühling blühen darunter jedes Jahr tausende Osterglocken. Seit wir denken können, hat Mum uns hierher geschleppt, weil das ihre Lieblingsblumen sind«, erzählte Jim, der jetzt die Führung übernommen hatte.

»Das klingt ja nicht gerade begeistert«, neckte ihn Mary, die sich bei ihm eingehakt hatte.

Er zuckte wieder die Schultern. »Ach, wie das immer so ist: solange man gezwungen wird, macht es keinen Spaß, aber sobald man frei entscheiden kann, ist es umso besser.« Er grinste sie an.

Während die beiden vorausgingen, bemerkte James, dass Jess ihnen nur sehr langsam folgte. Er blieb stehen und sah sie erwartungsvoll an. »Alles okay bei dir?«

Jess zuckte erst nur vielsagend die Schultern. Sie überlegte, ob sie ihm von ihrer Angst erzählen sollte. Aber dann wiederum hatte sie ihm in den letzten Tagen so viel erzählt, dass es auf das bisschen auch nicht mehr ankam. Sie war sich inzwischen ziemlich sicher, dass er sie nicht auslachen würde. Sie atmete tief durch und sagte schließlich: »Ich bin einfach kein Freund von Labyrinthen, das ist alles. Ich finde sie ein bisschen gruselig.« Sie sah ihn dabei nicht an, darum war sie überrascht, als er ihre Hand nahm und ihre Finger mit seinen verschränkte.

»Dann musst du da nicht hingehen«, sagte er lächelnd. Sie sah ihm für einen Moment ins Gesicht, dann nickte sie. Das war alles, was er zu wissen brauchte. »Hey Jim!«, rief er und steuerte sie bereits ein Stück nach rechts. »Wir kommen nicht mit ins Labyrinth!«

Die anderen waren stehen geblieben und hatten sich umgedreht. »In Ordnung! Wir treffen uns spätestens bei den Fahrrädern wieder!«, rief sein Bruder zurück.

Damit war die Sache für die zwei erledigt und Jim setzte sich wieder in Bewegung. Aber Jess sah James zweifelnd von der Seite an. »Aber wolltest du nicht erst zum Baumgarten? Das ist doch dein Lieblingsplatz, hast du gesagt.«

Er lächelte wieder, als er auf sie herabsah. »Ach, das ist kein Ding. Ich hab den Park schon hundertmal gesehen und ich kann ihn noch eine Weile besuchen.« Dann schien ihm etwas zu dämmern. »Oh, heißt das, du wolltest ihn sehen? Mann, tut mir leid, dass ich einfach so für dich entschieden habe.«

Sie schüttelte lächelnd den Kopf. »Das ist nicht so wild. Bitte entschuldige, aber ich finde Bäume jetzt nicht sooo spektakulär.«

Er grinste. »Naja, wir können ja nicht immer dieselben Dinge mögen.«

Bevor sie darauf etwas erwidern konnte, passierten zwei Dinge gleichzeitig. Sie spürte etwas Feuchtes an ihrer nackten Wade und eine Frauenstimme rief verärgert: »Hierher Kiki! Kiki, nicht!«

Jess sah nach unten und entdeckte einen auf und ab springenden Beagle, der aufgeregt zur ihr aufschaute. Sie löste ihre Hand von James' und hockte sich vor den Hund. »Na, du bist aber eine Süße, ja, du hast ja mächtig viel Energie!«, gurrte sie und streichelte begeistert den Kopf der Hündin. Die hechelte nur noch mehr und sabberte dabei aus Versehen auf ihre Schuhe.

Jetzt kam auch die Besitzerin bei ihnen an. Sie sah die nassen Schuhspitzen und begann sofort, sich wortreich zu entschuldigen: »Oh, das tut mir so leid! Kiki ist noch ein Welpe und ich versuche mein Bestes mit ihrer Erziehung, aber sie hat einfach ihren eigenen Kopf.«

Jess winkte lachend ab. »Aber das macht doch nichts. Mit ihrem Eifer lernt sie bestimmt noch ganz viel.« Dann wandte sie sich wieder an den Hund. »Stimmt's du bist eigentlich ein braves Hundilein, du hast nur ganz viel Spaß. Den hatte ich auch, als ich noch so jung war wie du.«

Als die Besitzerin das hörte, musste sie auch lachen. »Na, so alt siehst du aber noch nicht aus.«

Ohne sie anzusehen, murmelte Jess: »Manchmal fühle ich mich aber so.« Lauter sagte sie: »Wissen Sie, ich hätte auch gern einen Hund, aber meine Eltern erlauben es nicht. Obwohl wir in unserer Familie zu sechst sind, glauben sie, dass niemand genug Zeit hätte, um sich um ihn zu kümmern.«

»Ja, mit der Zeit ist das immer so eine Sache, selbst wenn viele Leute da sind. Ich habe auch lange überlegt, ob ich mir einen Hund zulegen soll. Aber dann habe ich doch mal im Tierheim vorbeigeschaut und Kiki hat mein Herz im Sturm erobert. Ich konnte sie einfach nicht dort zurücklassen.«

Jess nickte. »Wenn ich mal eine eigene Wohnung habe, in der Tiere erlaubt sind, werde ich auch einen Hund aus dem Tierheim adoptieren. Dort gibt es genug Tiere, die unsere Hilfe brauchen und außerdem haben Züchter bei vielen Rassen schon genug Schaden angerichtet.«

»Das stimmt«, bestätigte die Hundebesitzerin. »Das war auch der Grund für mich, keinen Hund zu kaufen.« Dann sah sie auf die Uhr. »Herrje, schon so spät! Ich muss mich beeilen, damit ich nicht so spät zu meinem Arzttermin komme. Es hat mich gefreut, euch kennen zu lernen. Und ich hoffe für dich, dass dein Traum nach einem eigenen Hund sich bald erfüllt. Auf Wiedersehen.« Jess durfte den Beagle noch einmal streicheln, dann leinte die Besitzerin sie an und lief mit ihrer Hündin zurück Richtung Eingang.

Jess erhob sich und hakte sich bei James ein. »Und wie sieht es bei dir mit Hunden aus? Du hast gerade gar nichts gesagt.«

Er lächelte. »Du warst so von dem Hund eingenommen, da wollte ich nicht stören. Naja, ich finde Hunde ganz okay, aber ich hätte, glaube ich, lieber eine Katze. Um die müsste ich mich wahrscheinlich auch nicht so intensiv kümmern.«

Jess zog die Augenbrauen zusammen. »Katzen? Die sind mir ein bisschen zu arrogant. Zumindest die, die ich bei Freunden kennengelernt habe. Aber das ist dann wahrscheinlich doch von Tier zu Tier verschieden.« Sie schaute sich in der Gegend um. »Wo gehen wir eigentlich hin?«

»Zu den Teichen. Da gibt es Unmengen an Tieren zu beobachten.«

So schlenderten sie ein Weile - der Park musste wirklich sehr groß sein, bemerkte Jess - bis James plötzlich vor einer Biegung im Weg stehen blieb. Er sah ziemlich verlegen aus. »Ähm, Jess, ich würde gerne, also äh, darf ich dir die Augen zuhalten und dich das letzte Stück lotsen?«

Sie sah ihn verwirrt an. »Du hast vorhin ganz selbstverständlich nach meiner Hand gegriffen, und ich hab dich schon nach zwei Tagen geküsst. Es ist jetzt nicht so, dass wir vor Körperkontakt zurückscheuen.«

»Schon, aber ich find's trotzdem besser, dich erst zu fragen.«

Sie grinste. »Eine sehr lobenswerte Einstellung. Ja, du darfst mich die letzten Meter blind lotsen. Ich hoffe nur, dass sich die ganze Aufregung bei zwei Teichen dann auch lohnt.«

»Das glaube ich schon«, sagte er selbstbewusst. »Also dann!« Er legte ihr von hinten die Hände vor die Augen und setzte sich wieder in Bewegung. In dieser Konstellation kamen sie wesentlich langsamer voran, aber das machte Jess nichts aus. Bei jeder Bewegung spürte sie James und weil er ihr die Augen zuhielt, nahm sie mit ihren anderen Sinnen alles viel intensiver wahr. Egal, was die Teiche zu bieten hatten, es würde wahrscheinlich nur halb so schön sein wie diese blinde Führung.

Sie merkte, wie sie noch eine Kurve beschrieben, und plötzlich war etwas anders. Sie meinte, dass sich die Landschaft verändert hätte, sie wäre weiter geworden. Das Zwitschern der Vögel war vielstimmiger und lauter, Heuschrecken zirpten und sie hörte sogar Frösche quaken.

Sie blieben stehen, James behielt noch einen Moment seine Hände auf ihren Augen, dann nahm er sie weg und rief gleichzeitig: »Tada!«

Vor ihr erstreckte sich eine Wasserlandschaft, die ungefähr so groß wie ein Fußballfeld war. In deren Mitte thronte eine kleine, baumbestandene Insel, und auch die Ufer des Teiches waren von Bäumen gesäumt. Alles strahlte Ruhe und Beständigkeit aus.

»Wow!«, entfuhr es ihr, dann blieb sie einige Momente lang still, um die ganze Schönheit der Natur in sich aufzunehmen. Ihre Skepsis hatte sie schon längst vergessen.

»Und, wie findest du es?«, flüsterte James und legte ihr einen Arm um die Schultern.

»Fantastisch!«, sagte sie genauso leise. Der Ort strahlte dieselbe Aura aus wie eine Bibliothek oder eine Kirche. In der war man ja auch ehrfürchtig, ohne dass man etwas dagegen tun konnte. Nach einem Moment fügte sie noch hinzu: »Danke, dass du mich hergebracht hast!« Sie sah zu ihm auf.

Ja, sie hatten sich schon vorher geküsst, aber noch nie war sie so aufgeregt gewesen wie jetzt, als sie sich auf die Zehenspitzen hob. Sie fühlte sich irgendwie erwachsen, wie in einer typischen Liebesschnulze, wo der finale Kuss, wenn sich die Protagonisten endlich kriegen, mit zarten und doch kraftvollen Streichern unterlegt war. Sie hätte das Gefühl schlecht in Worte fassen können, aber das war auch gar nicht nötig. James schien dasselbe zu fühlen, denn sein Gesicht war ernst, er schien sich der Tragweite dieses Augenblicks genauso bewusst zu sein. Jetzt hätte es eigentlich nur noch ein Feuerwerk gebraucht.

Kapitel 14

Als sie von ihrem Ausflug wiederkamen, lief Mary als erstes nach oben, um nach Susan zu sehen. Die aber schlief friedlich, also schloss sie wieder leise die Tür und ging nach unten. Gerade kam Roseanne ins Haus, die vorher abgebogen war, um Daisy nach den Ergebnissen der Untersuchung zu fragen.

»Und, was sagt der Doktor?«

Roseanne zuckte die Schultern. »Keine Ahnung. Daisy war nicht mehr da und Miss Milton hab ich auch nicht getroffen.«

»Verflixt. Hoffen wir, dass es wirklich nichts Ernstes ist.« Kaum hatte sie ausgesprochen, läutete es an der Tür. Mary und Roseanne sahen sich an. Wer mochte das sein?

»Hat sich Jess ausgesperrt?«, fragte Mary, als sie zur Tür ging.

»Nein, ich bin hier!«, schallte es aus dem Wohnzimmer. Jetzt war Mary noch verwirrter. Ben hatte eigentlich auch schon Feierabend, aber vielleicht war er wegen Susan noch mal zurückgekommen. Umso verblüffter war sie, dass Miss Milton vor ihr stand, als sie geöffnet hatte.

»Ah, Mary, mit dir wollte ich sprechen. Ich hoffe ich störe nicht?«, grüßte sie.

Mary schüttelte den Kopf. »Nein, absolut nicht. Wir sind gerade von unserm Ausflug zurück. Roseanne hatte Daisy gesucht, aber die ist wohl nicht mehr da?«

»Nein, nein, die ist schon in ihrem wohlverdienten Feierabend. Es geht um Susan, nehme ich an?«

Mary nickte. »Genau. Wissen Sie, wie es ihr geht?« Roseanne und sie sahen ihre Gastgeberin erwartungsvoll an.

»Es ist nur eine Erkältung. Schon morgen sollte sie sich besser fühlen, aber für einen Ausflug ist sie noch nicht fit genug. Dr. Sheridan hat ihr ein Medikament verschrieben, dass ihren Zustand verbessern sollte.«

Die Schwestern seufzten erleichtert. »Gott sei Dank! Vielleicht machen wir morgen einfach mal keinen Ausflug, sondern helfen Ben und Daisy hier auf dem Anwesen. Dann ist Susan nicht schon wieder von einem Ausflug ausgeschlossen«, sagte Mary.

»Eine gute Idee«, pflichtete Miss Milton ihnen bei. »Roseanne, würde es dir etwas ausmachen, deine Schwester und mich für einen Moment alleine zu lassen?«

Roseanne krauste verwirrt die Nase und schüttelte den Kopf. »Überhaupt nicht«, sagte sie und verschwand in ihrem Zimmer.

Mary, ähnlich verwirrt wie Roseanne, führte Miss Milton in die Küche.

»Gefällt es euch denn hier soweit?«, fragte Miss Milton und setzte sich auf die Eckbank.

Mary drehte sich um. »Oh ja, wir sind Ihnen sehr dankbar.«

Da lachte die alte Dame. »Warum seid ihr mir denn dankbar? Schließlich zahlt ihr für eure Unterkunft.«

»Ja, aber Ihr Preis ist mehr als günstig, besonders angesichts eines so schönen Hauses. Und nicht nur das, wir durften ja schon mehrmals in Ihrem Haus den Abend verbringen.«

Miss Milton winkte lässig ab. »Ach, Mary, es ist ja nicht so, dass ich nicht von eurem Besuch profitieren würde. Gerade deshalb biete ich ja das Cottage als Ferienhaus an: weil ich einsam bin. Besonders abends ist es schlimm. Daisy fährt spätestens um acht heim nach Thetford und Ben verabschiedet sich ungefähr um dieselbe Zeit. Für eine alte Dame allein ist das Anwesen doch viel zu groß. Darum hole ich mir immer wieder Feriengäste her, die zumindest für einige Zeit etwas, wie sagt man so schön, Leben in die Bude bringen. Es ist ja nicht nur das Anwesen; ganz Wordwell liegt so weit weg von allem«, erklärte sie ungewohnt offen.

Damit bestätigte sich, was Mary schon bei der Foto-
sortieraktion vermutet hatte. Aber mit Gästen hatte
man nicht immer Glück; darum fragte sie: »Hatten
Sie auch schon mal unangenehme Gäste?«

Die Frage ließ Miss Milton in Erinnerung etwas
schmerzlich das Gesicht verziehen. »Mehr als einmal«,
antwortete sie. »Es kann ja nicht jeder so wohlerzogen
sein wie ihr«, fügte sie verschmitzt lächelnd hinzu,
was Mary die Röte ins Gesicht trieb. Das passierte
nicht häufig, dazu war sie zu abgebrüht. Aber sie
hatte die alte Lady ins Herz geschlossen und ihre
Meinung bedeutete ihr sehr viel.

Um ihre Verlegenheit zu verbergen, wechselte sie
schnell das Thema: »Nun, Miss Milton, was ver-
schafft mir eigentlich die Ehre Ihres Besuchs? Oder
sind Sie nur hier, um uns über Susys Gesundheitszu-
stand Bescheid zu sagen?« Sie nahm den Teekessel
vom Herd und goss das heiße Wasser in zwei Tassen.

»Ich habe nicht unbedingt einen bestimmten
Grund, ich wollte mich nur einmal mit dir unterhalten. Oder wäre es dir lieber, wenn ich wieder gehe?«

»Um Gottes willen, nein! Ich hab mich nur gewundert. Aber da sie schon einmal hier sind, würde ich
Ihnen gerne eine Frage stellen.« Mary biss sich auf
die Lippe, sobald sie ausgesprochen hatte.

George Ferguson spukte ihr noch im Kopf herum
und das war wohl die beste Gelegenheit, die sie bekommen würde, um mehr über ihn zu erfahren. Aber
so musste sie zugeben, dass sie auf dem Dachboden

herumgeschnüffelt hatte und sie konnte nicht genau einschätzen, wie Miss Milton darauf reagieren würde. Sie war ja bisher wirklich sehr nett gewesen, aber vielleicht war Mary damit zu weit gegangen. Doch jetzt hatte sie Miss Milton neugierig gemacht, jetzt konnte sie nicht mehr zurück.

Miss Milton nahm die Teetasse entgegen und ließ Mary nicht aus den Augen, als sie sich zu ihr setzte. »Nur zu! Möchtest du noch etwas über meine Familie wissen?«

»Vielleicht. Wer war George Ferguson?«, platzte sie heraus und sie traute sich nicht, Miss Milton anzusehen.

Lange Zeit war es still. So still, das Mary doch wieder aufschaute, weil sie sich fragte, warum. Da sah sie, dass Miss Milton sie mit einem unergründlichen Blick musterte. Oh je, sie war wirklich zu weit gegangen. Vorsichtig rückte sie von Miss Milton ab, doch diese hielt sie am Handgelenk fest.

»Du warst auf dem Speicher, nicht wahr?«, fragte sie, doch es klang nicht anklagend, nur wie eine reine Feststellung.

Trotzdem nickte Mary mit eingezogenem Kopf. »Ja. Und es tut mir furchtbar leid. Ich weiß, es steht mir nicht zu, aber...« Sie wusste selbst nicht so genau, welchen Einwand sie als Rechtfertigung vorbringen wollte, deswegen ließ sie es lieber gleich ganz bleiben.

»Aber du warst einfach zu neugierig, was sich hinter der abgeschlossenen Tür verbirgt«, beendete Miss Milton den Satz für sie.

Mary nickte beschämt. »Ja«, flüsterte sie kleinlaut.

Wieder war Miss Milton einige Zeit lang still. Dann fing sie plötzlich an zu lachen. »Da muss ich die Schuld auf mich nehmen. All die Jahre hat es funktioniert, dass die Tür einfach nur abgeschlossen war. Das war weniger offensichtlich, als ein ›Betreten verboten‹-Schild anzubringen. Es hat keinen Gast interessiert. Doch ich hätte wissen müssen, spätestens nach eurem ersten Abend hier, dass ich es mit klugen, aufgeweckten und wissbegierigen jungen Frauen zu tun habe. Aber ich habe darauf vertraut, dass die alte Methode weiterhin funktioniert.«

Mary konnte noch nicht in Miss Miltons Lachen einstimmen. »Oder Sie haben einfach darauf vertraut, dass wir höflich und anständig sind und nicht in den Sachen anderer Leute herumwühlen.«

»Das ist auch wieder wahr. Dennoch bin ich nicht furchtbar überrascht, dass du es getan hast. Und wenn nicht du, dann hätte bestimmt eine deiner Schwestern mal nachgeschaut. Ich will damit nicht sagen, dass es grundsätzlich in Ordnung ist, verschlossene Türen zu knacken, denn sie sind nun mal aus einem bestimmten Grund verschlossen. Aber ich hätte das ganze alte Zeug auch schon längst einmal entstauben und zusammenräumen können. Dann wäre in dem Zimmer noch Platz für etwas anderes, wenn auch vielleicht nicht unbedingt für ein weiteres Gästezimmer.«

»Sie nehmen mir das also nicht furchtbar übel?« Mary traute sich, Miss Milton zumindest wieder ins Gesicht zu blicken.

Wieder lächelte Miss Milton. »Nein, überhaupt nicht. Außerdem gehe ich eh davon aus, dass du das nicht noch einmal machen wirst.«

Mary schüttelte nachdrücklich den Kopf. »Nein, ganz bestimmt nicht. Versprochen.«

»Gut, nachdem wir das geklärt hätten, zurück zu deiner Frage. George Ferguson war mein Großvater, der Vater meiner Mutter. Er war ein sehr skurriler Typ, aber ich habe ihn geliebt! Früher hatte er seine ganzen Apparate ja auch noch im Haupthaus auf dem Dachboden und es kam nicht selten vor, dass er mit rußgeschwärztem Gesicht die Treppe herunterkam. Meine Oma hat sich immer furchtbar viele Sorgen gemacht und mir deshalb verboten, ihm bei seinen Experimenten zuzusehen. Aber ich habe mich trotzdem immer nach oben geschlichen. Dann hat er mir alles erklärt. Ich habe zwar nicht ganz verstanden, was er gemacht hat und wozu das gut sein sollte, aber es war ein riesiger Spaß! So richtig, glaube ich, hat er mit seinen Versuchen nie etwas erreicht. Aber vielleicht ging es ihm auch gar nicht darum.«

Mary krauste die Stirn und versuchte sich vorzustellen, wie eine fünf- oder sechsjährige Miss Milton mit baumelnden Beinen auf einem Hocker saß, während ihr Großvater, von dem sie immer noch kein richtiges Bild vor Augen hatte, zwei Flüssigkeiten zusammenschüttete, die in einer großen Rußwolke explodierten.

»Aber Alchemist war doch wohl kaum sein Beruf?«

»Nein, er war Arzt, ein sehr angesehener. Deswegen forschte er in seiner Freizeit wohl an neuen Medikamenten, aber irgendwie ging das immer schief«, erzählte Miss Milton und sah aus dem Fenster, so als würde ihr Großvater gerade daran vorbeilaufen.

»Und könnten Sie ihn mir mal beschreiben, ich meine, wie er aussah? Ich habe irgendwie das Bild eines halbverrückten Professors im Kopf, mit wirrem weißem Haar, angesengten Rockschößen und verschiedenfarbigen Strümpfen.«

Dafür handelte sich Mary einen tadelnden Blick von Miss Milton ein, allerdings lächelte sie dabei. »Er war nicht verrückt, sondern sehr intelligent. Vielleicht intelligenter als ihm gutgetan hat. Und nein, so sah er nicht aus. Ja, er hatte weiße Haare, aber die trug er kurz geschnitten, und darauf immer einen Hut. Ich müsste seinen Lieblingshut auch noch irgendwo auf dem Boden haben. Jedenfalls war er auch sonst sehr korrekt gekleidet, immer mit Anzughosen, selbst im Labor, und in weißen Hemden. Zum Experimentieren hat er sich immer eine Schürze und einen weißen Kittel übergeworfen, anstatt sich legere Kleidung anzuziehen. Außerdem trug er eine Hornbrille. Schade, dass wir beim letzten Mal kein Bild von ihm gefunden haben, aber in dem Karton sind sicherlich noch einige.«

Mary versuchte, sich Miss Milton und ihren Opa mit der aktualisierten Beschreibung vorzustellen. Das passte zwar noch weniger zusammen als ihr wirrer Professor, gleichzeitig ergab es auch irgendwie Sinn. Miss Miltons Leben war seit jeher außergewöhnlich, warum sollte dann ihr Großvater ein Langweiler gewesen sein?

Kapitel 15

Da Susan noch ein Tag Ruhe vom Doktor verordnet worden war, blieben ihre Schwestern heute auch im Ferienhaus. Ben hatte zum Frühstück vorbeigeschaut und nach Freiwilligen fürs Unkrautjäten gesucht. Am Ende hatte sich Mary überreden lassen, allerdings nur unter der Bedingung, dass Jim ihr dabei helfen würde. Jess war, als die Sprache auf Gartenarbeit kam, auf mysteriöse Weise verschwunden. Und Roseanne hatte sich auch aus der Affäre gezogen mit der Aussage, sie wolle Daisy im Haushalt helfen. Das war gar nicht so weit hergeholt, sie hängte nach dem Frühstück die Wäsche für sie auf. Aber sie beeilte sich, denn sie hatte noch andere Pläne für heute:

»Miss Milton?«, rief sie fragend, als sie wieder ins Haupthaus ging.

»Ich bin hier!«, schallte es zurück aus dem Wohnzimmer. Roseanne flitzte durch den Flur und linste durch den Türspalt. »Möchtest du nicht ganz hereinkommen?«, fragte Miss Milton, als Roseannes Kopf auftauchte.

»Ähm, ja, na gut.« Sie schob die Tür ganz auf und lehnte sich dann dagegen. »Miss Milton, ich wollte fragen, ob ich Ihr Lesezimmer benutzen kann. Ich bin auf der Suche nach einem Buch.«

»Mein Lesezimmer? Damit kann ich leider nicht dienen. Aber ich hätte eine Bibliothek zu bieten«, sagte Miss Milton verschmitzt lächelnd.

Roseanne lief rot an. »Oh, naja, die würde es natürlich auch tun.«

»Und suchst du ein bestimmtes Buch? Ich habe schon lange nicht mehr sortiert, es könnte sein, dass es da ein bisschen drunter und drüber geht.«

Roseanne schüttelte den Kopf. »Nein, ich möchte einfach nur mal querlesen zu, äh, zu Wordwell. Falls Sie da was da haben.«

Miss Milton stemmte sich aus ihrem Sessel hoch und kam auf sie zu. »Da habe ich bestimmt etwas da. Mein Vater hat sich sehr für die Geschichte dieses Ortes und der Familie, in die er eingeheiratet hat, interessiert.« Sie öffnete die Tür, ging an Roseanne vorbei und führte sie in den ersten Stock. »Wo habe ich denn den Schlüssel?«, murmelte sie und zog einen schweren Schlüsselbund aus der Tasche ihrer Strickjacke.

»Sie schließen Ihre Bibliothek immer ab?«, fragte Roseanne verblüfft. »Haben Sie da etwa Schätze drin versteckt?« Sie fragte im Scherz, aber Miss Milton warf ihr einen ertappten Blick zu.

»Es sind keine Kronjuwelen, aber einige Bücher sind sehr wertvoll und es gibt noch ein paar Geheimnisse. Die sind aber nicht allzu leicht zu finden.« Dann endlich hatte sie den richtigen Schlüssel gefunden, steckte ihn in das Schloss und drehte ihn um. Die Tür öffnete sich unter Knarzen. Dahinter kam ein abgedunkelter Raum zum Vorschein, der von oben bis unten mit riesigen Bücherregalen vollgestellt war. Nur auf der gegenüberliegenden Seite stand ein mannshoher Sekretär mit einem plüschigen Sessel davor. Miss Milton schaltete das Licht ein und Roseanne blieb vor Staunen der Mund offen stehen.

»Das sind aber wirklich viele Bücher!«, brachte sie schließlich heraus.

Miss Milton zuckte die Schultern. »Dafür, dass meine Familie schon seit vierhundert Jahren hier lebt, ist es eigentlich nicht besonders viel. Aber meine Vorfahren waren trotz ihrer gesellschaftlichen Stellung nicht sehr belesen. Das kam erst mit der Generation meines Urururgroßvaters zu Beginn des neunzehnten Jahrhunderts.«

»Vierhundert Jahre? Du meine Güte!« Roseanne rechnete kurz nach und landete am Anfang des siebzehnten Jahrhunderts. Das überstieg ein bisschen ihr Vorstellungsvermögen.

Miss Milton nickte. »Ja, meine Vorfahrin Ethel Andrews bekam das Anwesen von den Mönchen von

Bury, die König Jacob I. die Treue hielten. Die damit verbundenen Privilegien verschafften ihr und ihrem zweiten Mann Scott Ferguson, der für Jacob an einigen Schlachten gegen die Königstreuen teilgenommen hatte, einigen Reichtum. Das Haus, so wie es heute steht, ist aber erst im achtzehnten Jahrhundert gebaut worden. Auch wenn Scott es war, der den Namen mitbrachte: Die Dynastie hat eigentlich Ethel begründet. Deshalb würde ich behaupten, dass ich aus einer Familie starker Frauen stamme.« Sie zwinkerte Roseanne zu. »Also, du kannst gerne durch alle Bücher durchblättern und so lange hierbleiben, wie du möchtest. Wenn du fertig bist, schließt du einfach wieder ab und bringst mir den Schlüssel.«

»In Ordnung, vielen Dank!« Roseanne strahlte, als sie den Schlüsselbund entgegennahm und die Bibliothekstür hinter sich schloss. Als sie sich noch einmal im Raum umschaute, sanken ihre Schultern. Wo sollte sie bitteschön anfangen?

Schließlich drehte sie sich nach links und betrachtete die Buchrücken in dem Regal neben der Tür. Anscheinend waren die Bücher nach Sachgebieten geordnet und innerhalb dessen noch mal alphabetisch. Aber die Sachgebiete standen kreuz und quer. Sie musste sich wohl oder übel durch alle Buchrücken lesen, denn es konnten Bücher über Wordwell unter dem Punkt Geschichte genauso gelistet sein wie unter Geografie, unter Soziologie und vielleicht sogar unter Wirtschaft, wenn es zum Beispiel das Sägewerk, an dem sie vorbeigekommen waren, schon einige Jahrzehnte gab.

Sie hatte sich gerade durch ungefähr die Hälfte der Regale durchgearbeitet, da stieß sie plötzlich einen Freudenschrei aus. Ganz unverhofft standen da zwei Regalbretter vor ihr auf Augenhöhe, die mit *Word-well* beschriftet waren. Sie griff nach dem allerersten Buch, ein dünner, papiergebundener Band, und schlug es auf. Ihre anfängliche Freude schrumpfte angesichts der handschriftlichen Notizen. Aber eigentlich hätte sie damit rechnen müssen, dass es über ein so winziges Dorf kaum bis gar keine offiziellen Veröffentlichungen gab. Da musste sie sich eben durch diese Aufzeichnungen kämpfen.

Oder sie suchte einfach weiter. Erleichtert stellte sie das Heft zurück und betrachtete die nächsten Bücher. Schließlich fand sie ein ledergebundenes Buch, das gedruckt worden war und viel dicker als das Heft, das sie zuerst in der Hand hatte. Auf dem Einband stand vorn »East Anglia - ein historischer Abriss«. Wunderbar, das klang doch vielversprechend. Damit ließ sie sich in den Sessel plumpsen und sah sich mit dem nächsten Problem konfrontiert. Wie öffnete man jetzt diesen Sekretär, um das Buch darauf abzulegen?

Sie betrachtete den Schreibtisch eingehend. Auf der oberen Ablagefläche gab es einen flachen Knopf. Da sie sonst nichts weiter fand, drückte sie ihn behutsam. Statt einer Tischplatte offenbarte sich eine verborgene Schublade an der linken Seite. Darin lagen einige handbeschriftete Seiten, die außerdem mit filigran gestalteten Ornamenten und Blattgold versehen waren. Roseanne kniff schuldbewusst die Lippen zusammen. Huch, das mussten die Schätze sein, von denen Miss Milton gesprochen hatte. Schnell schob sie die Schublade wieder zu. Ehe sie hier über noch eine geheime Schublade stolperte, musste sie eben das Buch anderweitig lesen. Sie schaute sich um und entdeckte eine Leiter an einem Regal auf der rechten Seite. Sie rollte mit dem Sessel hinüber und stellte die Füße auf eine der unteren Sprossen. Dann klappte sie das Buch auf und schaute hinten im Register nach Wordwell. Es wurde nur drei Mal erwähnt, aber das erschien ihr angesichts der Größe schon recht viel.

Sie schlug die erste Seite im ersten Drittel auf und überflog sie. Ungefähr in der Mitte blieb ihr Blick am Ortsnamen hängen. Dann las sie die Passagen drumherum. Es ging hier um die Pest, die auch Wordwell heimgesucht hatte. Dabei war ein Großteil der Dorfbevölkerung gestorben und Wordwell war nie wieder in der Lage gewesen, die alte Einwohnerzahl zu erreichen. Beim Anschluss der Kirche an das Stromnetz hatte man sogar ein Massengrab aus der Zeit gefunden.

Auf der zweiten Seite, auf der Wordwell erwähnt wurde, gehörte es zu einer Auflistung sogenannter Dankbarer Orte, also Ortschaften, die in den beiden Weltkriegen keinen Einwohner auf den Schlachtfeldern verloren hatten.

Und als sie den letzten Eintrag aufschlug, sprang ihr zuallererst der Name der Familie Milton ins Auge. Das hatte sie nun wirklich nicht erwartet. Da stand, dass die Familie noch bis 1928 Ferguson hieß, aber Cynthia Ferguson hatte keinen Bruder gehabt und so war sie die letzte, die diesen Namen bis zu ihrer Hochzeit getragen hatte. Damit endete die 400 Jahre alte Dynastie der Fergusons, um vom Zeitalter der Miltons abgelöst zu werden. Zu dem Zeitpunkt konnte ja keiner ahnen, dass das nicht sehr lange währen würde.

Das brachte sie auf eine Idee. Sie ging mit dem Buch zurück zum Regal und machte sich auf die Suche nach einer Art Stammbuch der Familie.

Nachdem sie aber alle Bücher unter dem Stichwort *Wordwell* durchgeblättert hatte, war sie nicht viel schlauer als zuvor. Entweder gab es so etwas nicht oder es stand ganz woanders. Vielleicht war es auch im Sekretär. Sie blickte hinüber, aber die Erinnerung an Miss Miltons Gesicht und ihre Enthüllung über gewisse Schätze hinderte sie daran. Weit war sie mit ihrer Recherche ja nicht gekommen. Außer…

Sie lief noch einmal zurück zum Regal und nahm das dünne Heft heraus. Ein offener Sekretär wäre jetzt ganz praktisch. Sie schaltete die grüne Lampe ein, die darauf stand, und legte das Heft auf die geschlossenen Türen. Sie mochte alte Handschriften nicht besonders; wenn sie versuchte, sie zu lesen, ergaben sie nie einen Sinn und begannen irgendwann, vor ihren Augen zu tanzen. Handschriften waren eigentlich Marys Spezialgebiet, aber da musste sie jetzt alleine durch. Sie atmete noch einmal tief durch und schaute sich die erste Seite an.

Mmh, der erste Buchstabe sah aus wie ein B. Oder war es ein W? Was würde sie jetzt nicht alles für ein Schmierblatt und einen Stift geben! Vielleicht sollte sie doch noch einmal den Sekretär unter die Lupe nehmen? Jetzt, da sie dank des zusätzlichen Lichts mehr erkannte, sah sie, wie kunstvoll das Möbelstück gearbeitet war. Sie drückte noch einen anderen Messingknopf, der sich als der Stempel einer Blüte getarnt hatte. Daraufhin öffneten sich die beiden Flügeltüren und gaben eine Arbeitsfläche samt Utensilien preis.

»Großartig!«, murmelte Roseanne und legte das Heft vor sich auf den Tisch. Dann nahm sie einen Notizblock aus einem der Fächer und suchte nach einem Bleistift. Jetzt konnte sie loslegen. Sie beugte sich weit nach unten.

Als sie das erste Wort entziffert hatte, reckte sie die Faust. Bald hatte sie den Bogen raus und füllte nach und nach das Blatt. Nachdem sie mit der ersten Seite fertig war, schaute sie auf die Uhr.

»Du meine Güte!«, flüsterte sie. Sie hatte eine Stunde gebraucht. Wenn sie in dem Tempo weitermachte, war sie in hundert Jahren noch nicht damit fertig. Und in weniger als einer halben Stunde war es Zeit fürs Mittagessen. Susan würde bestimmt bald jemanden aussenden, um nach ihr zu suchen. Es half nichts. Am besten unterbrach sie ihre Arbeit gleich, statt mitten in der Transkription einer Seite aufzuhören. Sie würde nach dem Mittag mit neuem Schwung hier weitermachen.

Wie sie es sich vorgenommen hatte, flitzte sie gleich wieder hinüber zum Haupthaus, noch bevor Mary die Chance hatte zu fragen, warum sie es denn eigentlich so eilig hatte. Sie stürzte die Stufen hinauf, riss die Tür zur Bibliothek auf und ließ sich auf den Sessel plumpsen. Ein Blick auf die nächste Seite allerdings ließ ihren Mut wieder sinken. Die Buchstaben hatten sich wieder in Hieroglyphen verwandelt, dabei hatte sie geglaubt, das Geheimnis der Entzifferung nun endlich gelüftet zu haben.

Nach einigem Überlegen entschied sie sich schließlich dafür, einmal durch das Buch zu blättern und sich Seiten zu widmen, die nur wenig Text enthielten. Ihr erster Kandidat für einen erneuten Versuch - aufgeben kam an dieser Stelle nicht infrage - war eine Seite, die vertikal beschrieben war und anscheinend einen Stammbaum enthielt. Das sollte doch machbar sein. Sie begann unten, weil sie Miss Miltons Namen erkannt hatte. Er stand einsam am Ende der mittleren Linie, während alle anderen Linien um ihn herum in zwei Namen endeten. Sie hatte also zum Zeitpunkt, als die Ahnentafel angefertigt worden war, noch keinen Mann gehabt. Da wäre es jetzt interessant zu wissen, wann der Baum entstanden war. Roseanne hatte sich schon die ganze Zeit gefragt, wie lange Miss Milton schon Witwe war.

Als sie sich durch den Baum nach oben arbeitete, stutzte sie, allerdings nur ganz kurz. Scheinbar hatte Miss Milton ihren Mädchennamen nach dem Tod ihres Mannes wieder angenommen, oder sie hatte ihn die ganze Zeit über behalten.

Sie ging weiter durch die Namen und hatte schon bald ihre erneute Scheu vor der alten Schrift vergessen, so flüssig konnte sie die Namen inzwischen lesen. Bei der Generation von Miss Miltons Großeltern blieb ihr Blick länger hängen, besonders beim Mädchennamen ihrer Großmutter. Die hatte Lynn Gruffydd geheißen, bevor sie George Ferguson geheiratet hatte. Und Gruffydd klang für Roseanne sehr walisisch. Das war ein Anhaltspunkt für ihre Suche nach dem Verantwortlichen für den Stein auf der Lichtung. Doch bevor sie noch einmal die Bücher nach diesem Namen durchforstete, wollte sie erst den Stammbaum zu Ende transkribieren.

Tatsächlich endete, oder begann er, je nachdem, wo man zu lesen begann, mit Ethel Ferguson, von der Miss Milton ihr ja schon erzählt hatte. Zwischen ihr und Miss Milton lagen sechzehn Generationen und fast einhundert Menschen. Roseanne schaute wieder auf die Uhr. Es war eine Stunde bis zum Abendessen, hoffentlich fand sie in der Zeit noch etwas über Lynn Gruffydd heraus. Vielleicht sollte sie auch einfach Miss Milton fragen.

Ja, das war eine gute Idee. Sie hatte schon viel zu lange in der stickigen Bibliothek gesessen. Also stellte sie das Heft zurück an seinen Platz, schnappte sich ihre Aufzeichnungen und brachte den Sekretär wieder in seine Ausgangsposition. Dann verriegelte sie

Tür und hüpfte die Treppe hinunter, immer zwei Stufen auf einmal nehmend.

Im Wohnzimmer, wo sie Miss Milton vorhin gefunden hatte, war ihre Gastgeberin nicht mehr. Dann aber schaute sie in der Küche nach und sah die offene Terrassentür. Sie ging hinaus, doch auch hier war Miss Milton nicht zu entdecken. Als sie einen Moment überlegte, wieder nach ihr zu rufen, drangen plötzlich die Fetzen einer Radioübertragung an ihr Ohr. Sie folgte den Geräuschen und fand Miss Milton schließlich in einem Liegestuhl unter einem Sonnenschirm, eine Karaffe voll Eistee neben sich. Sie hatte die Augen geschlossen und Roseanne war sich nicht ganz sicher, ob sie nur ruhte oder richtig schlief.

Doch als sie versehentlich auf einen Ast trat und der knackend zerbrach, schlug Miss Milton die Augen auf und sah zu ihr herüber. »Entschuldigen Sie bitte, ich wollte Sie nicht wecken«, sagte Roseanne kleinlaut.

Miss Milton lächelte nachsichtig. »Du hast mich nicht geweckt. Ich habe nur über etwas nachgedacht. Nun, bist du in der Bibliothek fündig geworden?«

»Oh ja, ich habe einige interessante Sachen herausgefunden! Aber bei einer Sache gab es nur mehr Fragen als Antworten. Und da können Sie mir vielleicht eher weiterhelfen.«

»So, könnte ich das?«, fragte Miss Milton lauernd. »Was interessiert dich denn so brennend?« Sie setzte sich auf und nahm einen Schluck Tee aus ihrem Glas.

»Könnten Sie mir ein bisschen mehr über ihre Großmutter Lynn Gruffyd erzählen?« Roseanne faltete ihre Abschrift auseinander und reichte sie Miss Milton.

Die inspizierte die Notizen gründlich. »Du hast den Stammbaum meiner Familie aus dem alten Heft meines Vaters transkribiert? Das muss doch eine Heidenarbeit gewesen sein! Aber andererseits ist das großartig, dann muss ich es nämlich nicht machen.« Sie zwinkerte und strich mit dem Finger über die Namen. Für Roseanne waren es einfach nur Aneinanderreihungen von Buchstaben, aber in Miss Miltons Kopf erweckten sie Personen zum Leben, die längst nicht mehr waren.

»Warum interessiert ausgerechnet sie dich so sehr?« Miss Miltons Blick war entwaffnend und selbst wenn sie es nie aussprechen würde, sie wollte nichts als die Wahrheit wissen.

Obwohl der Stein für alle zugänglich war und offensichtlich überhaupt nicht mit Miss Miltons Familie in Verbindung gebracht werden konnte, fühlte es sich für Roseanne trotzdem so an, als wäre sie in ihre Privatsphäre eingedrungen. »Ähm, nun ja, die Zwillinge haben uns da diesen Stein im Wald gezeigt und der hat eine walisische Inschrift. Und ihre Großmutter ist irgendwie die einzige Verbindung, die ich zu Wales finden kann, also wollte ich wissen, ob sie, also, vielleicht was damit zu tun hat.«

Miss Miltons Blick war einen Moment lang unergründlich, dann lächelte sie. »Verstehe. Nun, das ist eigentlich ganz einfach zu erklären. Tatsächlich hat meine Großmutter den Stein aufstellen lassen, in Gedenken an die Opfer der Luftangriffe auf ihre Heimatstadt Cardiff von 1940 bis 1941. Aber eigentlich steht er für alle Unschuldigen, die im Zweiten Weltkrieg ihr Leben gelassen haben. Du musst wissen, dass sie eine Organisation gegründet hatte, mit der sie Menschen aus Deutschland schleuste, die von den Nazis verfolgt wurden. Mit Ausbruch des Krieges hat sie das immer noch getan, aber sie hatte auch Hilfsorganisationen hier im Land unterstützt, die sich um die Menschen in den zerstörten Städten kümmerten.«

Miss Milton machte eine Pause, aber Roseanne sah schon an ihrem Blick, dass sie noch nicht fertig war mit Erzählen. Nach einem weiteren Schluck aus ihrem Glas fuhr sie fort: »Für sie war das auch eine Art Trauerbewältigung, hatte sie doch im Oktober '39 meine Mutter, ihre einzige Tochter, zu Grabe tragen müssen.

Nach Ende des Krieges schien es, als würde sie in sich zusammenfallen. Statt aufzuatmen, dass endlich wieder Frieden in Europa herrschte, zog sie sich immer mehr in sich zurück. Ich meine, sie hat sich darüber gefreut, aber anderen Menschen durch die Schreckensherrschaft und die Kriegsjahre zu helfen, das war ihr Lebensinhalt gewesen. Sie war auch selten dagewesen, sondern war immer durchs Land gereist zu Orten, wo fremde Leute ihre Hilfe brauchten. Dass vielleicht auch ihre Familie sie brauchte, das schien sie nicht zu sehen. Ich will sie dafür nicht verurteilen, nicht mehr, aber als Jugendliche hätte ich gern mehr als nur unsere Haushälterin um mich gehabt. Es gibt eben Sachen, die man weder seinem Vater noch seinem Großvater erzählen kann.

Erna, die Mutter meines Vaters, lebte noch in Manchester, wir besuchten sie ab und zu, aber sie war eine harte Frau. Nach dem frühen Tod meines Großvaters, den ich schon gar nicht mehr kennenlernte, arbeitete sie in einer Baumwollspinnerei, um ihre drei Kinder zu versorgen. Ich weiß nicht, ob es die widrigen Lebensumstände waren oder doch ihr Gemüt, jedenfalls hatte sie nichts für Sentimentalitäten oder Fantasien übrig. Deswegen ging ich auch nicht so gerne zu ihr. Als kleines Kind habe ich mich sogar vor ihr gefürchtet.«

Roseanne lauschte gespannt. Als sie die Geschichten so hörte, war sie froh, dass sie zwei Großmütter hatte, die zwar durchaus streng sein konnten - ohne Oma Margie wären sie und ihre Schwestern wohl nie so gut in der Schule - aber eigentlich ihre Enkelinnen die meiste Zeit verwöhnten und für jeden Spaß zu haben waren. Und sie war auch froh, dass sie in einer Zeit lebte, in der die großen, weltumspannenden Konflikte vorbei waren und sie stattdessen frei durch Europa reisen konnten.

Dann fiel ihr wieder die fast schon unheimliche Behausung unter dem Stein ein. Sie hatte den Ring wieder an seinen Platz zurückgelegt, sodass sie jetzt kein Beweisstück hatte, falls Miss Milton ihr nicht glauben sollte. Trotzdem versuchte sie es.

»Und, äh, wissen Sie, was es mit der Höhle darunter auf sich hat?«

Miss Milton sah sie mit gerunzelter Stirn und erhobenen Augenbrauen an. »Der Höhle?«

Roseanne nickte. »Der Stein ist der Eingang zu einer unterirdischen Behausung.«

»Davon weiß ich nichts, tut mir leid. Wobei: Ich könnte mir vorstellen, dass meine Großmutter vielleicht Menschen dort versteckt hat, die sie aus Deutschland hierher gebracht hatte. Großbritannien befand sich im Krieg, Ressourcen waren knapp, weitere hungrige Menschen waren also nicht so gern gesehen. Vermutlich wurde das Anwesen mitunter durchsucht, sodass in dieser Zeit die Menschen unter die Erde ausweichen mussten.« Sie horchte ihrer Erklärung noch einmal nach und nickte dann. »Das könnte ich mir so zumindest vorstellen. Vielleicht findest du ja etwas, wenn du noch einmal in die Bibliothek gehst.«

Roseanne nickte. »Das ist eine gute Idee. Aber heute nicht mehr. Ich bin ja schließlich im Urlaub2, sagte sie trocken.

Miss Milton lachte. »Richtig. Vielleicht holst du dir ein Glas und ein Buch und leistest mir Gesellschaft? Einen Liegestuhl findest du in dem Schuppen dahinten.«

»Au ja! Ich bin gleich wieder da!«

***

Während Roseanne Heimatforschung betrieb, lief Susan mit ihrem Einkauf zu ihrem Fahrrad. Sie hatte für sich entschieden, dass es ihr wieder gutging, auch wenn Mary sie ungern hatte gehen lassen. Ihr selbst war fast die Decke auf den Kopf gefallen, obwohl sie nur einen Tag im Bett gelegen hatte. Doch jede Minute, die sie nicht draußen verbrachte, war für sie verschenkte Zeit, die sie eigentlich nicht hatte. Schließlich tickte die Uhr für ihren Urlaub gnadenlos herunter.

Als sie ihr Fahrrad aus dem Ständer zog, erregte ein Pärchen auf der anderen Straßenseite ihre Aufmerksamkeit. Sie konnte gar nicht sagen, warum sie just in dem Moment aufgeblickt hatte. Doch jetzt konnte sie gar nicht mehr wegsehen. Denn das war James, der da augenscheinlich mit einem dunkelhäutigen Mädchen mit Cornrows turtelte. Da war sie sich ziemlich sicher.

Jetzt setzten sich die beiden in Bewegung in Richtung Marktplatz. Susan versuchte, ihnen unauffällig zu folgen. Sie bugsierte ihr Rad hinter den Brunnen und linste dahinter hervor, um die zwei weiter im Auge zu behalten. Das Mädchen legte James gerade den Arm um die Taille und er zog sie an den Schultern näher an sich. Dann küsste er sie aufs Haar.

»Mistkerl!«, murmelte Susan wütend, die sonst sehr selten auf Schimpfwörter zurückgriff. Ein Zeichen dafür, wie verärgert sie wirklich war.

Auf den Jungen mit dem Basecap, der auf der anderen Seite am Brunnen lehnte und die zwei ebenfalls beobachtete und davon genauso wenig begeistert war wie sie, achtete sie nicht. Sie entschied, dass sie genug gesehen hatte, und fuhr zurück nach Wordwell.

***

Sie wollte ihre Einkäufe gerade auf den Küchentisch stellen, als Mary den Kopf durch die Tür steckte. »Hast du Jess gesehen?«

»Nein, hab ich nicht. Aber bleib du mal hier. Ich muss mit dir über sie sprechen.«

Mary zog die Nase kraus. »Warum redest du nicht gleich mit ihr? Du bist doch sonst nicht der Typ, der hinter dem Rücken anderer lästert.«

Susan schüttelte den Kopf. »Ich lästere nicht, ich möchte mich mit dir beraten, bevor ich mit ihr spreche. Genau genommen geht es um James.«

»Oh oh!«, sagte Mary und schloss die Tür hinter sich. »Was hat er angestellt?«

Susan rang die Hände und schüttelte wieder den Kopf. »Er hat eine Freundin, glaube ich. Ausgerechnet er. Seinem Bruder hätte ich das ja zugetraut, aber James hat eigentlich immer einen vernünftigen Eindruck auf mich gemacht.«

Mary sah sie scharf an. »Das mit ›seinem Bruder‹ hab ich jetzt mal überhört. Und du bist dir wirklich sicher?«

252

»Ich habe ihn vorhin in Bury gesehen, engumschlungen mit einem Mädchen und er hat sie sogar auf die Stirn geküsst!«, erklärte Susan mit Nachdruck.

Mary verschränkte die Arme und ließ die Information erst einmal sacken. Das war in der Tat ein starkes Stück. Aber sollten sie es Jess wirklich sagen? »Ich bin dagegen, dass sie es erfährt«, entschied sie schließlich.

Susan musterte ihre Schwester, als habe die ihren gesunden Verstand gerade an der Garderobe abgegeben. »Und warum? Hat sie nicht ein Recht auf die Wahrheit?«

»Du weißt doch gar nicht, ob das die Wahrheit ist! Zugegeben, wenn das stimmt, was du sagst, ist das absolut unverfroren. Aber ganz, ganz sicher bist du dir nicht, oder? Sie haben ja nicht vor deiner Nase hemmungslos rumgeknutscht. Außerdem weiß ich gar nicht genau, wie ernst es zwischen Jess und ihm überhaupt ist. Bisher verstehen sie sich ja einfach nur gut.« Mary hatte sich inzwischen in Rage geredet und darüber anscheinend die Anzeichen vergessen, dass Jess und James sich mehr als nur gut verstanden.

Susan war davon aber wenig beeindruckt. »Na und? Mir gefällt sein Verhalten trotzdem nicht. Ich will nicht, dass sie sich jetzt Hoffnungen macht und dann bitter enttäuscht wird. Versteh doch, ich will Jess einfach nur vor einem gebrochenen Herzen bewahren.«

»Und du glaubst nicht, dass du ihr Herz erst recht

brichst, wenn du es ihr sagst? Einfach so, ohne vorher noch mal mit James zu reden? Der könnte dir das bestimmt erklären.« Mary hatte sich vor ihr aufgebaut.

Susan schnaubte verächtlich. »Als ob der mit der Wahrheit rausrücken würde. Der rettet sich wahrscheinlich nur in Ausreden. Ich kann nicht glauben, dass du ihn auch noch in Schutz nimmst!«

»Ich nehme ihn doch nicht in Schutz! Aber das, was du vorhast, ist halbgares Zeug. Warum wolltest du überhaupt meine Meinung, wenn du doch eh schon weißt, was du tun willst.«

Susan fühlte sich ertappt, wollte sich aber keine Blöße geben. Also suchte sie die Flucht nach vorn. »Ich hatte gehofft, dass du unsere Schwester unterstützen würdest. Aber anscheinend liegen deine Loyalitäten ja woanders!« Sie ließ die Mehlpackung, die sie gerade ausgepackt hatte, mit einem lauten Knall auf den Tisch fallen. Dabei platzte eine Ecke auf und das ganze Mehl stob in alle Richtungen auseinander. In einem feinen, weißen Nebel rauschte Susan aus der Küche.

Mary schaute ihr verdutzt hinterher, bis der Staub den Weg in ihre Nase gefunden hatte und sie niesen musste. Sie schüttelte den Kopf angesichts Susan Ignoranz. »Ist das zu fassen?«, murmelte sie vor sich hin, dann machte sie sich daran, das Mehl aufzukehren.

Kapitel 16

Roseanne hatte einen Entschluss gefasst. Heute würde sie den anderen von ihren Forschungsergebnissen berichten. Sie schien ja die einzige zu sein, die sich noch an ihr Vorhaben von ihrem ersten richtigen Tag hier erinnert hatte. Die anderen waren ja anscheinend viel zu sehr mit ihren Gefühlen für die männlichen Personen im Umkreis beschäftigt zu sein. Sie dachte zwar auch immer häufiger über Haley nach, aber das trübte doch nicht ihren Blick fürs Wesentliche!

Doch vorher wollte sie noch in der geheimen Höhle vorbeischauen. Die würde ihr ganz persönliches Geheimnis bleiben. Sie nahm ihren Block aus dem Rucksack und begann, Einladungen zu schreiben. Heute Nachmittag sollten sich alle, auch die Zwillinge, im Wohnzimmer des Ferienhauses einfinden. Oh, wie verblüfft sie sein würden von ihren spektakulären Funden! Und wie sie sich schämen würden! Erst hatte Mary so großspurig getönt, »wir könnten doch« und

»warum machen wir nicht«. Was war daraus geworden? Nichts. Stattdessen turtelte sie die ganze Zeit mit Jim, ließ sich von ihm lang und breit erzählen, warum Jimi Hendrix der begnadetste Musiker des Planeten war, und was wusste sie nicht noch alles.

Sorgfältig faltete sie die Zettel, schnappte sich ihre Regenjacke und die Taschenlampe, die sie in weiser Voraussicht aus der Küche stibitzt hatte, und schloss die Tür hinter sich. Bevor sie das Haus verließ, schob sie die Zettel noch unter den Türen ihrer Schwestern durch. Sie wusste nicht, wo die sich gerade aufhielten, aber das interessierte sie jetzt auch nicht weiter.

Die Regenwolken vom Morgen hatten sich verzogen, die Sonne strahlte von einem makellos blauen Himmel. Aber Roseanne wusste, dass sie sich davon nicht täuschen lassen durfte.

Sie lief zu dem Findling, rollte ihn zur Seite und leuchtete zunächst mit der Taschenlampe in den Gang. Wie sie schon bei ihrer ersten Erkundungstour gespürt hatte, ragten Wurzeln durch die ansonsten fast poliert wirkende Erde. Miss Miltons Großmutter musste entweder sehr entschlossen gewesen sein, dass sie all diese Anstrengungen unternommen hatte, oder sie war nicht die einzige gewesen, die sich für die Sicherheit der Geflüchteten eingesetzt hatte. So ein Gang ließ sich nicht von heute auf morgen graben.

Sie untersuchte ihn auf eventuelle Regenwürmer, vor denen sie sich nicht schon wieder erschrecken wollte. Als sie keine fand, schwang sie die Beine in das Loch und stieß sich mit beiden Händen vom

Rand ab. Die Taschenlampe steckte in ihrer Jackentasche.

Unten angekommen, schaltete sie das Licht ein, doch diesmal flackerte die nackte Glühbirne nur kurz auf, dann ging sie unter einem lauten Knistern wieder aus. Roseanne kippte den Schalter noch einige Male, aber die Birne ließ sich nicht wiederbeleben. Wirklich gut, dass sie die Taschenlampe mitgebracht hatte. Sie ging in deren breiten Lichtkegel schnurstracks zur Falltür und öffnete sie. Bevor sie sich an den Abstieg wagte, leuchtete sie noch einmal hinein. Wie sie schon beim ersten Mal da unten im unsteten Schein der Feuerzeugflamme gesehen hatte, war alles mit einer zentimeterdicken Staubschicht bedeckt, die aussah wie Watte. An den Wänden dieser engen Kammer konnte sie feuchte Stellen erkennen. Sie band sich ihr Halstuch um den Mund, schließlich wollte sie keinen Schimmel einatmen, dann setzte sie vorsichtig einen Fuß auf die Leiter.

In guter Hoffnung machte sie sich an den Abstieg, aber dann passierte das, wovor sie sich die ganze Zeit gefürchtet hatte: Als sie die nächste Sprosse belastete, gab die nach und Roseanne verlor den Halt.

Sie sog scharf die Luft ein, als sie auf dem Boden landete. Ihr Sturz war nicht tief gewesen, sie sollte sich also nichts getan haben, doch trotzdem fühlte sich irgendwas verkehrt an. Sie streckte sich nach der Taschenlampe aus, die von ihr weggerollt war, und wimmerte, als plötzlich ein stechender Schmerz durch ihren rechten Knöchel fuhr. Einen Moment lang rührte sie sich nicht, atmete nur tief durch und versuchte, die Tränen zurückzuhalten, die ihr der Schmerz in die Augen getrieben hatte. Als von denen keine Gefahr mehr drohte, leuchtete sie mit der Taschenlampe auf ihren Knöchel. Sie konnte ihm mehr oder weniger beim Anschwellen zuschauen.

»Verflixt!«, murmelte sie und rappelte sich auf, so gut es ging. Ein bisschen Halt fand sie an der Leiter, die hinterhältige zerbrochene Sprosse schwebte auf Augenhöhe vor ihr.

»Miststück!«, fluchte sie, dann schaute sie nach unten auf ihren angehobenen Fuß. Sie versuchte, vorsichtig aufzutreten, sog aber wieder scharf die Luft ein, als sie ihn belastete.

»Immer mit der Ruhe, alles wird gut!«, sagte sie zu sich selbst, als sie spürte, wie sich ihr Magen in Panik zusammenzog. Niemand wusste, wo sie war und sie konnte die anderen nicht benachrichtigen. Sie sah zu der Luke hinauf, aus der sie gekommen war. Ihre einzige Möglichkeit war, irgendwie wieder hinaufzukommen. Leichter gesagt als getan, denn eine Leiter ließ sich mit einem kaputten Fuß schwer besteigen.

Trotzdem wagte sie den Versuch, schließlich war das ihre einzige Möglichkeit, rauszukommen. Sie löste ihre Hände aus der Umklammerung, schwankte einen Moment, ehe sie das Gleichgewicht gefunden hatte, und legte sie stattdessen auf die Sprosse über ihr. Dann biss sie die Zähne zusammen, zumindest soweit das mit einer Taschenlampe im Mund möglich war, und versuchte, sich hochzuziehen. Sie schaffte es ein kleines Stück, angelte panisch mit ihrem gesunden Fuß nach der untersten Sprosse und stieß erleichtert Luft aus, als sie sie zu fassen bekam. Sie presste sich fest gegen die Leiter und löste wieder eine Hand. Und wenn es Stunden dauern mochte: Sie würde hier rauskommen!

***

Susan war die erste, die im Wohnzimmer Platz nahm zu dem ominösen Treffen, zu dem Roseanne mit ihrem Briefchen gebeten hatte. Wie es normalerweise ihre Art war, kam sie überpünktlich. Als nächstes trudelte Mary ein, im Schlepptau hatte sie Jim, der an einer Banane kaute.

»Hast du eine Ahnung, warum wir herkommen sollten?«, fragte Mary, als sie sich neben Susan auf dem Sofa niederließ.

Die schüttelte den Kopf. »Keine Ahnung, ich hab Rosy auch seit dem Mittag nicht mehr gesehen.«

»Scheint aber wichtig, wenn sie sogar uns dabei haben will«, sagte Jim und klappte seine Bananenschale zusammen.

Susan beäugte ihn skeptisch. Sie deutete auf die Schale. »Du lässt deinen Abfall aber nicht hier liegen?«

Mary verdrehte die Augen, während Jim den Kopf schüttelte und gehorsam aufstand, um ihn in die Küche zu bringen. Er ging zur Tür hinaus und Jess und James kamen herein.

»Rosy ist noch nicht da?« Jess sah sich im Wohnzimmer um, dann ließ sie sich auf einen Stuhl sinken. Sie warteten ein paar Minuten, aber Roseanne kam nicht. Ihre Schwestern wunderte das nicht, im Gegensatz zu Susan hatte sie mit Pünktlichkeit so ihre Probleme.

Susan entschied, die Zeit sinnvoll zu nutzen. Sie stand auf und tippte Jess an der Schulter an. Sie sah fragend auf. »Kann ich dich mal kurz sprechen?«, fragte Susan und wies mit dem Kopf zur Tür.

Jess zuckte mit den Schultern. »Öh, ja. Worum geht's denn?«

Doch Susan deutete nur mit Nachdruck zur Tür. Jess sah etwas ungläubig zu James, doch der zuckte nur die Schultern. Also stand sie auf und ging Richtung Tür. Aus heiterem Himmel handelte er sich von Susan einen verächtlichen Blick ein. Als Mary bemerkte, dass die beiden nach draußen verschwanden, war es schon zu spät.

»Oh nein!«, murmelte sie entsetzt, aber als sie aufsprang, um ihnen hinter her zu laufen, hielt Jim sie am Arm fest.

»Ich glaub, das ist ein Gespräch unter vier Augen.« Mary funkelte ihn an. Als ob er etwas davon verstünde! Trotzdem ließ sie sich wieder auf das Sofa sinken. Das Unheil konnte sie wahrscheinlich eh nicht mehr abwenden.

Draußen auf dem Flur stand Jess Susan abwartend

gegenüber. »Also? Was gibt's denn so Dringendes?«, fragte sie mit hochgezogener Augenbraue.

Susan atmete tief durch. Die Flucht nach vorn erschien ihr noch am besten. »James hat eine Freundin«, sagte sie. Kurz und schmerzlos.

Jess blinzelte sie ungläubig an, blieb aber stumm.

»Hast du mich gehört? James hat-«

Jess schnitt ihr mit einem Fingerschnipp das Wort ab. »Ich hab dich schon verstanden. Aber ich kann es nicht glauben. Sonst hätte er mir doch davon erzählt.«

»Ach, und du denkst, das hat was zu sagen?« Susan stemmte die Hände in die Hüften.

»Natürlich. Warum sollte er denn so was verheimlichen?«

Susan zuckte übertrieben die Schultern. »Ich weiß nicht?«, sagte sie spöttisch, »Vielleicht, weil er glaubt, er könne sich zwei Freundinnen halten?« Ihre Stimme hatte einen ungewohnt schneidenden und verletzenden Tonfall angenommen.

Jess machte, völlig überrascht von ihrer Schwester, defensiv einen Schritt zurück. »Wie kommst du überhaupt darauf?«

Wahnsinniger Triumph spiegelte sich in Susan Gesicht. »Ich habe ihn gesehen! Engumschlungen mit einer anderen! Gestern Nachmittag in Bury, als ich einkaufen war.«

Jess wurde bleich. Sie konnte James vertrauen -

zumindest hatte sie das bis jetzt gedacht. Aber wenn sie einer Person noch mehr vertraute, dann war das ihre Schwester. Und warum sollte die sie anlügen? Trotzdem wollte sie, dass das einfach nur ein sehr schlechter, sehr böser Scherz von Susan war. Sie machte einen letzten Versuch: »Und du bist dir sicher?« Ihre Stimme klang ungewöhnlich abwehrend, aber irgendwie auch gefährlich leise.

Susan nickte. Sie schien die Veränderung in Jess' Gesicht bemerkt zu haben. Jetzt war sie es, die zurückwich. »Ja, ziemlich. Es tut mir so leid, Jess.«

Jess atmete tief durch, aber es klang eher schnaubend wie ein Stier. »Na gut. Danke, dass du es mir gesagt hast.« Sie war hochrot im Gesicht und riss die Tür auf. Vor Schreck sprangen die anderen auf.

Aber Jess hatte nur Augen für James. »Du!«, rief sie wütend. »Wie kannst du es wagen? Glaubst du wirklich, du wärst damit durchgekommen?«

James' Gesicht war ein einziges Fragezeichen. »Was? Wovon redest du? Womit soll ich denn durchkommen?«

»Oh, das weißt du ganz genau!« Jess schrie jetzt. »Auf zwei Hochzeiten gleichzeitig tanzen, das könnte dir so passen. Aber nicht mit mir! Weißt du was, ich bin froh, dass wir bald hier weg sind. Ich hätte es eigentlich von Anfang wissen müssen. Du warst viel zu nett!« Sie griff nach der *Genesis*-Platte, die er ihr erst vorhin geschenkt hatte. Sie hob ihr Knie und zerschlug sie darauf. Die Schallplatte barst in viele kleine schwarze Splitter. Es sah aus, als hätte es Lakritze auf den Wohnzimmerboden geregnet.

Mary und Jim hatten bisher stumm dagestanden und die wie einen Tornado tobende Jess reglos beobachtet. Ihre blinde Zerstörungswut riss sie zurück aus ihrer Lethargie. James war zu perplex von den Anschuldigungen, bei denen er noch nicht einmal genau wusste, worum es eigentlich ging, dass er sie einfach nur wortlos anstarren konnte. Jetzt aber kam Leben in Jim.

»Du tickst wohl nicht mehr richtig?« Er trat einen Schritt auf Jess zu. »Was auch immer Jamie angestellt hat, diese Schallplatte ist sicherlich nicht schuld daran.«

Bevor Jess sich buchstäblich auf ihn stürzen konnte, klingelte es an der Haustür. Alle hielten inne. Susan war froh, sich von der Szene entfernen zu können. Sie hatte nicht damit gerechnet, dass ihre Schwester so die Beherrschung verlieren würde.

Vor der Tür stand ein Mädchen mit kupferfarbener Haut, schwarzen, welligen Haaren und prominenten Augenbrauen. »Hallo«, sagte es. »Ich bin Haley. Kann ich Roseanne sprechen?«

Susan erinnerte sich, wie Roseanne von einer Haley gesprochen hatte, als sie von dem Date mit diesem Rugbyspieler zurückgekommen war. Dann lief ihr ein kalter Schauer über den Rücken. Roseanne! Über die Aufregung, die sie losgetreten hatte, war ihre kleine Schwester ganz in Vergessenheit geraten. Sie schlug sich die Hände vors Gesicht.

Haley sah sie besorgt an. »Alles okay?«

»Nein!«, flüsterte Susan und schüttelte den Kopf. »Nichts ist okay. Aber komm erst mal rein.« Sie führte sie ins Wohnzimmer, in der Hoffnung, dass Jess James inzwischen nicht schon gemeuchelt hatte. Aber anscheinend waren alle eher in einen Schweigewettbewerb verfallen, sie starrten einander nur böse an. Um ihre Aufmerksamkeit zu erregen, schlug Susan die Tür mit einem lauten Knall hinter sich zu. Jetzt drehten sie sich alle zu ihr um, aber die Gesichter waren nicht weniger feindselig.

»Wir haben ein Problem«, sagte sie und versuchte, ihre Stimme nicht so zittern zu lassen.

Mary deutete auf sie. »Lass mich präzisieren: du hast ein Problem.«

Susan schluckte, ließ sich aber nicht aus der Fassung bringen. »Nein, wir alle haben ein Problem. Wisst ihr noch, warum wir eigentlich hier sind?«

Jetzt stand Verwirrung auf den Gesichtern. »Naja, Rosy wollte uns sprechen«, sagte Jess.

»Richtig. Und wo ist sie? Wir warten jetzt schon fast eine Stunde, aber so sehr würde sie sich nie verspäten, nicht, wenn sie uns sprechen will. Außerdem hat niemand von ihr seit dem Mittag etwas gehört oder gesehen.« Susan versuchte, die Panik und Hysterie aus ihrer Stimme zu verbannen. Trotzdem machte sie am Ende einen Sprung in eine höhere Oktave.

»Scheiße«, sagte irgendjemand leise, aber als sich

Susan umsah, konnte sie nicht sagen, wer es gewesen war.

»Heißt das«, schaltete sich Haley jetzt ein, »dass wir sie vermissen?«

Susan atmete tief aus, dann nickte sie langsam. »Ja. Aber - keine Panik!«, rief sie, vor allem, um sich selbst zu beruhigen. »Wir suchen sie. Und wir fragen Ben, ob er helfen kann.« Sie klatschte in die Hände. Es gab etwas zu organisieren, darauf konnte sie sich jetzt konzentrieren. »Ich werde ihn suchen! Und nachschauen, ob Rosy nicht doch bloß drüben im Haupthaus ist!« Damit rauschte sie aus der Tür, ehe irgendjemand protestieren konnte.

Keine fünf Minuten später kam sie mit Ben zurück, sie zog ihn am Arm hinter sich her. Die anderen schienen sich gar nicht vom Fleck gerührt zu haben.

»Schlechte und gute Neuigkeiten!«, rief sie, als sie alle zusammen im Kreis standen. »Rosy ist anscheinend nicht mehr auf Wordwell Rose. Aber Miss Milton und Daisy helfen uns auch. Sie wollen in Miss Miltons Auto die Gegend absuchen.«

»Genau«, bestätigte Ben. »Und wir suchen in Gruppen. Susan geht mit James und Jess und Jim und Mary kommen mit mir.«

Sämtliche Farbe und Zuversicht, die Susan durch ihren Eifer wiedererlangt hatte, wichen aus ihrem Gesicht. »Was? Oh, ich glaube, das ist keine so gute Idee.«

James hatte inzwischen verstanden, wer Jess informiert hatte. Dementsprechend feindselig war sein Blick, als Susan ihn aus Versehen anschaute. Aber Jess sah bei Bens Vorschlag ebenfalls nicht begeistert aus. »Ich würde auch lieber tauschen wollen.«

Ben sah die drei der Reihe nach mit erhobenen Augenbrauen an. »Okay, was auch immer hier los ist, ändert nichts an meiner Einteilung. Im Gegenteil, es sieht so aus, als müsstet ihr euch alle mal dringend unterhalten.«

»Ja, aber das muss ja nicht jetzt sein, oder?« Susan kratzte sich nervös am Kopf, ihre Stimme klang seltsam hoch, wie bei einer Cartoonfigur.

Ben bedachte sie mit einem strengen Blick. »Doch, das muss es. Sonst vertragt ihr euch womöglich gar nicht mehr vor dem Ende eurer Ferien.« Damit war das Thema für ihn erledigt. Er zog eine Karte aus der Brusttasche seiner Latzhose und faltete sie auf. »Okay, wo könnte sie hingelaufen sein und, vor allem, warum?«

Jetzt, da es wieder vorrangig um Roseanne ging, ließen alle ihre Konflikte ruhen. Sie beugten sich über die Karte und betrachteten eingehend die Umgebung.

»Es gibt zwei Möglichkeiten: sie ist entweder aufgebrochen, um die Gegend allein zu erkunden, also zu Orten zu gehen, an denen wir noch nicht waren. Das wäre natürlich blöd. Oder sie ist, aus welchen Gründen auch immer, noch mal zu den uns bekannten zurückgegangen, womit sie sich leichter finden ließe«, erklärte Mary nach einem Moment der Überlegung. Dann deutete sie mit dem Finger auf die Karte. »Wir waren am Stein, am Garten, auf dem Friedhof von St. Marys, an den Lackford Lakes und natürlich in Bury und Thetford.« Plötzlich hatte sie eine Idee. »Kann mal jemand gucken, ob ihr Fahrrad noch da ist?«

Noch ehe sich jemand melden konnte, war Jim schon zur Tür hinaus.

Haley hatte bisher geschwiegen, schließlich kannte sie Roseanne nicht so gut wie die anderen. Sie hatte auch nicht das Gefühl, dass Roseanne sich mit jemandem gestritten hatte und davongelaufen war. Alle machten sich große Sorgen. Sie fühlte sich etwas hilflos, dass sie nicht zur Spurensuche beitragen konnte.

Als hätte Susan ihre Gedanken gelesen, drehte sie sich zu ihr um und machte im Kreis um die Karte Platz. »Hat Rosy dir gegenüber irgendwas erwähnt, hat sie mal von ihrem Lieblingsplatz hier gesprochen?«, fragte sie.

Haley sah sie zögerlich an. »Nein, leider nicht.« Sie fühlte sich schuldig, dass sie nicht mehr sagen konnte, und begann zu zittern. »Oh mein Gott, es tut mir so leid, ich hätte besser auf das aufpassen müssen, was sie mir erzählt hat.« Tränen sammelten sich in ihren Augenwinkeln.

Alle bis auf Susan starrten sie verwirrt an. »Hey, kein Problem. Wenn überhaupt, sind wir es, die besser auf sie hätten aufpassen müssen«, flüsterte sie beruhigend und nahm das fremde Mädchen in den

Arm. Sie hatte die Worte nur so dahingesagt, aber jetzt waren sie wieder einmal wahrer denn je. Sie war die älteste Schwester, die Vernünftige, und sie hatte wieder versagt. Sie hatte es geschafft, dass ihre kleine Schwester ihr abhandenkam.

»So ist das auch wieder nicht, Susy. Nimm doch nicht noch mehr Schuld auf dich. Rosy ist ja nun alt genug, um auf sich selber aufzupassen. Und sie hätte dir ja einfach nur sagen müssen, wohin sie geht. Daran hast du uns alle oft genug erinnert.« Mary streckte über die Karte hinweg die Hand aus, um Susans Schulter zu streicheln. Die sah sie einen Moment verblüfft an, dann atmete sie tief aus und nickte.

In dem Moment kam Jim wieder herein, er suchte Marys Blick und proklamierte: »Das Fahrrad ist noch da.«

»Gut, dann können wir die zwei Städte ausschließen, genauso wie die Seen und vermutlich auch die Kirche. Bleiben der Stein und der Garten.« Sie tippte auf die verbliebenen Orte.

»Das macht die Sache natürlich einfacher. Also übernehmen wir den Weg zum Stein und die übrigen gehen zum Garten. Ich sage Miss Milton, dass sie trotzdem mal bei der Kirche vorbeischauen sollen«, entschied Ben.

»Und was mache ich?«, fragte Haley, um deren Schultern immer noch Susans Arm lag.

»Du bleibst hier und hältst die Stellung. Falls Rosy überraschend doch wiederauftauchen sollte, während wir weg sind«, antwortete diese und löste jetzt ihren Arm. »Falls du was brauchst, guckst du einfach mal in die Küche, gleich gegenüber.«

Darüber, dass alles so reibungslos funktionierte, hatte sie glatt das Unheil vergessen, das sie angerichtet hatte. Sie wurde allerdings mehr als deutlich daran erinnert, als Jess und James nacheinander an ihr vorbeigingen und nichts weiter als einen tödlichen Blick für sie übrig hatten. Sie schluckte schwer, dann schloss sie sich ihnen notgedrungen an.

Als auch der andere Suchtrupp verschwunden war, sah sich Haley einen Moment unschlüssig um, dann holte sie sich ein Glas Wasser aus der Küche und machte sich auf die Suche nach einem Buch aus dem Regal neben dem Sofa, um die Zeit totzuschlagen.

***

Es gab keinen Moment der Gnade mehr für Susan; sobald sie die Mauer erreicht hatten, teilten sie sich auf und Ben brach mit Jim und Mary gen Norden auf. Sie sah die anderen beiden an, doch die hatten sich - und ihr - konsequent den Rücken zugedreht. Sie seufzte und setzte sich in Bewegung, um die Führung zu übernehmen. Hoffentlich fanden sie Roseanne bald.

Nach zehn Minuten hielt sie es nicht mehr aus. Sie wollte sich entschuldigen, aber sie wusste nicht wofür. Schließlich hatte sie ihre Schwester vor einem Heiratsschwindler bewahrt. Aber diese Rechtfertigung fühlte sich umso brüchiger an, je länger sie darüber nachdachte. Schließlich drehte sie sich doch zu den beiden um, die so weit entfernt voneinander gingen wie möglich. »Okay. Es tut mir leid«, sagte sie und blieb stehen.

Diese Offenbarung verblüffte beide so sehr, wenn auch aus unterschiedlichen Gründen, dass sie ebenfalls stehen blieben.

»Na Gott sei Dank hast du's jetzt endlich geschnallt«, sagte James genervt, just als Jess rief: »Aber wofür denn? Du hast mich doch vor einer großen Dummheit bewahrt.« Dann sahen sich die zwei mit zusammengekniffenen Augen an, ehe sie sich wieder mit verschränkten Armen voneinander abwandten.

Susan begriff, dass sie die Situation nicht ohne die Mithilfe der beiden lösen konnte. Als älteste Schwester, die sich ja gern als die Vernünftige sah, musste sie diplomatisches Fingerspitzengefühl walten und am besten beide Seiten zu Wort kommen lassen. Das hätte sie eigentlich schon viel früher tun sollen.

»Okay, ähm, James, könntest du mir sagen, wer das Mädchen war, mit dem du gestern Nachmittag in Bury unterwegs warst?«, fragte sie zögerlich.

James schaute sie verwirrt an, dann dämmerte es ihm. »Du spionierst mir nach?« Er trat einen Schritt auf sie zu.

Susan hielt abwehrend die Hände hoch. »Nein, um Gottes willen! Aber ich hab dich zufällig gesehen. Mit dieser anderen.«

Er zog eine Augenbraue hoch. »Hatte sie Cornrows und trug ein grünes Kleid?«

Susan nickte.

James rollte mit den Augen. »Das war Bella, meine beste Freundin.«

Susan krauste die Stirn und kniff die Lippen zusammen. »Aber ihr habt euch, für meine Begriffe zumindest, nicht wie beste Freunde verhalten. Sondern eher wie ein Paar.«

Von Jess kam zu diesem Gespräch bisher keine Reaktion.

James schüttelte den Kopf, er ahnte langsam, wie das alles zustande gekommen war. »Stimmt-«

Jetzt schnaubte Jess verächtlich.

Er entschied, sie vorerst zu ignorieren. »Aber nur weil ihr Ex mal wieder aufgetaucht war. Der kann sich mit diesem Beziehungsstatus nicht abfinden und kommt ihr immer noch zu nahe. Also hatte ich die Idee, dass ich mich als ihr Freund ausgebe, damit er sie in Ruhe lässt. Anfangs wollte sie das nicht, weil sie dachte, sie käme alleine damit klar. Dann hat er ihr aber eines Nachts aufgelauert. Sie konnte sich gerade so nach Hause retten.«

»Pfft«, machte Jess. »Das kannst du vielleicht deiner Großmutter erzählen. Ich glaube dir kein Wort.«

James rollte mit den Augen. »Dann kann ich dir auch nicht mehr helfen.«

Susan sah zwischen den beiden hin und her. Das lief überhaupt nicht wie geplant.

Kapitel 17

Während Susan an der Dickköpfigkeit ihrer beiden Begleiter fast verzweifelte, amüsierten sich Ben, Jim und Mary prächtig. Sie liefen durch den Wald, unterhielten sich über alles Mögliche und waren dabei auf das Thema Sport gekommen. So erzählte Jim Ben von dem desaströsen Rugbyspiel. Er hatte ein gutes Auge für Details und konnte die Stimmung so lebendig beschreiben, dass das Spiel vor Marys innerem Auge noch einmal ablief. Das hatte sie schon an ihm beobachtet, als sie bei diesem schmierigen Olaf im Hinterzimmer gesessen hatten. Sie war bei dem Konzert, von dem Jim erzählt hatte, nicht dabei gewesen, aber nach seinem Bericht hatte es sich für sie ein bisschen so angefühlt. Was auch immer Jim einmal werden wollte - ihr fiel auf, dass sie darüber noch gar nicht gesprochen hatten - er würde keine Probleme haben, Menschen zu überzeugen. Vielleicht sollte er zum Radio gehen, da brauchte es doch immer gute Geschichten und Menschen, die sie erzählen konnten.

Versunken in ihre Überlegungen hatte sie glatt die Frage von Ben überhört. »Mary? Bist du noch bei uns?«

Sie reagierte erst, als sie einen Stups in die Seite erhielt. »Was? Ja, hier!«, sagte sie erschrocken und schaute sich kurz etwas orientierungslos um.

Die andern beiden lachten, dann wiederholte Ben seine Frage: »Ich wollte wissen, was du für Sport machst. So genau konnte Jim mir das nämlich nicht sagen.«

Sie wurde rot, weniger wegen der Frage als der Tatsache, dass sie nicht wusste, wie lange sie schon durch andere Sphären geschwebt war. »Ich, äh, turne. Sowohl auf der Matte als auch an Geräten.«

»Und bist du erfolgreich? Kannst du Jims zehnten Platz in der Kreisliga toppen?«, fragte Ben schelmisch grinsend.

»Hey! Die Kreisliga ist eine harte Schule, nur wer da durchgegangen ist, ist ein echter Fußballer.«

Ben winkte ab. »Schon gut, so hab ich's ja nicht gemeint.« Dann drehte er sich wieder zu Mary.

»Naja, ich bin drei Jahre in Folge Vizemeisterin meiner Altersklasse in East Anglia geworden, falls das zählt?«, fragte sie scheu. Obwohl sie hart dafür kämpfte, und der Sport auch mitverantwortlich war für ihr Selbstvertrauen, gab sie ungern mit ihren Erfolgen an.

Ihren Begleitern blieb der Mund offen stehen. »Vizemeisterin?«, wiederholte Jim. »Dann musst du ja hier eine echte Berühmtheit sein!«

Mary schob nervös die Hände in die Hosentaschen. »Nein, nicht sonderlich. Vor allem, weil unser Sport ja nicht außerordentlich bekannt ist und nur zu Olympia so richtig in den Vordergrund rückt.«

»Aber das ist ja bald wieder! Sogar in London! Gehst du hin?«, fragte Jim.

Sie zuckte die Schultern. »Ich möchte auf jeden Fall gerne und ich hoffe, dass unser Verein Tickets gesponsert bekommt.«

»Also wenn du welche hast, sagst du mir dann Bescheid? Ich würde gerne mitgehen. Und dich möchte ich auch mal in Aktion erleben.« Jim griff nach ihrer Hand.

Über sein aufrichtiges Interesse musste sie dann doch lächeln. »Klar, gerne. Die Saison geht nach den Ferien wieder so richtig los. Ich schreib dir dann einfach, wann wir unseren nächsten Wettkampf haben.«

»Super!«

»Und damit wir dich alle vollzählig unterstützen können, sollten wir am besten bald deine Schwester finden«, erinnerte Ben sie an den Grund, warum sie eigentlich gerade durch den Wald stapften.

»Ach herrje, stimmt! Aber wir sollten ja gleich am Stein sein. Hoffentlich ist sie auch wirklich hier.« Damit beschleunigte Mary ihren Schritt, bis sie schließlich auf der Lichtung standen. »Roseanne!«, rief sie. Dann, noch einmal lauter, bis es von den Bäumen widerhallte: »ROSEANNE!«

Jim und Ben fielen in ihre Rufe ein. Einen Moment lang hielten sie alle drei den Atem an, um auf eine mögliche Antwort zu lauschen, doch bis auf das Zwitschern von Vögeln hörten sie nichts.

»So wird das nichts«, entschied Mary schließlich. »Am besten teilen wir uns auf, gehen einmal um die Lichtung herum und treffen uns dann am Stein. Ben, würdest du da lang gehen?«, bat sie ihn und zeigte nach links. Er nickte und verschwand zwischen den Bäumen. »Und du da lang?«, fragte sie Jim und deutete in die andere Richtung. Dann setzte sie sich in Bewegung, um die Lichtung in der Mitte zu durchqueren.

Sie war schon ein paar Meter gelaufen, als ihr das flachgedrückte Gras einige Schritte weiter auffiel. Es sah aus, als wäre jemand vor nicht allzu langer Zeit hier lang gekommen. Sie atmete hoffnungsvoll durch und folgte den Spuren, die zum Stein führten. Verblüfft blieb sie davor stehen. Statt an seinem ursprünglichen Platz lag er etwa einen Meter weiter vorn, und als sie um ihn herumging, sah sie ein Loch, dass im Boden gähnte.

Sie pfiff schneidend durch die Zähne. Zwischen den Bäumen raschelte es, dann hasteten Ben und Jim auf sie zu. »Ich glaub, ich hab sie gefunden«, flüsterte sie dann außer Atem, obwohl sie gar nicht gerannt war.

»Woah, was ist das denn?«, fragte Jim leise und hockte sich hin, um das Loch näher zu betrachten. Dann ging er auf alle Viere und streckte den Kopf weit hinein. »Roseanne!«, rief er. Zuerst war alles, was nach oben drang, das Echo seiner Worte. Er rief noch einmal und horchte.

Ben und Mary hatten sich inzwischen zu ihm gekniet und hielten die Köpfe in das Loch. Plötzlich begann Mary aufgeregt zu nicken. »Ich glaube, ich höre sie!« Mit voller Kraft rief sie noch einmal den Namen ihrer Schwester, sodass es ihnen allen in den Ohren dröhnte. Aber dann konnten es Jim und Ben auch hören: ein leises Wimmern.

»Sie ist da unten«, stellte Ben erleichtert fest und setzte sich auf. Er überlegte einen Moment, dann sagte er: »Ich klettere runter und hole sie.« Er sah die andern an, die zustimmend nickten.

»Aber sei vorsichtig, ich will Susy nicht erklären müssen, warum wir euch beide nicht wieder mitbringen können.«

Mit den Worten »Keine Sorge« und seinem entwaffnenden Lächeln schwang er sich in das Loch und rutschte hinunter. Nach ein paar Metern bereits hatte ihn die Dunkelheit verschluckt.

Roseanne hing wie ein Schluck Wasser an der Leiter. Es waren nur noch zwei Sprossen, das rettende Ufer war im Grunde in Griffweite, aber sie schaffte es nicht. Schaffte es nicht, sich die letzten Zentimeter hochzuziehen. Ihr gesunder Fuß tat inzwischen genauso wie ihr verletzter, die Sprossen waren einfach nicht dafür gemacht, dass man lange auf ihnen stand. Ihre Arme waren schwer und die Erdanziehungskraft tat ihr Übriges, um jede Kraft in ihr schwinden zu lassen.

Sie wusste nicht, wie lange sie jetzt schon da unten so hing. Ihr Geist befand sich inzwischen in einer Art Meditationszustand, sie war dehydriert und konnte sich maximal darauf konzentrieren, ein und aus zu atmen und ihre Augen offen zu halten. Darum dauerte es einen Moment, bis sie den Schrei wahrnahm, der im Raum über ihr tönte. Sie blinzelte, um ihr Gehirn wieder auf Touren zu bringen. Da hörte sie ihn wieder und sie meinte, ihren Namen darin zu erkennen. Also löste sie schnell eine Hand von der Leiter, um sich die Taschenlampe aus dem Mund zu nehmen, dann raffte sie alle übrige Kraft zusammen, hob den Kopf und rief zurück: »Ich bin hier!«

Es kam allerdings eher als ein Krächzen heraus. Sie räusperte sich und versuchte es noch einmal. Das klang doch schon vernünftiger. Um sicher zu gehen, dass sie auch wirklich gehört worden war, setzte sie zu einem dritten Schrei an, aber in dem Moment verlor sie mit dem gesunden Fuß den Halt, weil er eingeschlafen war. Sie konnte sich gerade noch festhalten, auch wenn dafür die Taschenlampe zu Boden segelte. Doch obwohl sie leicht war, riss ihr Gewicht trotzdem an ihren Armen. Jetzt taten ihre Oberarme noch mehr weh als vorher. »Au!«, wimmerte sie und presste ihre Fingernägel in ihre Handballen, um die Tränen zu unterdrücken.

Plötzlich raschelte es über ihr. Sie schaute auf und meinte, zu halluzinieren. Ein Kopf schälte sich aus der Dunkelheit, im Licht der immer schwächer werdenden Taschenlampe konnte sie aber nicht genau erkennen, wer es war.

»Rosy? Hast du dir wehgetan?«, fragte das Gesicht über ihr und eine Welle der Erleichterung spülte durch sie hindurch.

»Ben! Gott sei Dank!«, rief sie. Vor Erleichterung hätte sie fast schon wieder das Gleichgewicht verloren, aber sie schaffte es gerade noch so, sich festzuhalten. Dann erinnerte sie sich an seine Frage. »Äh, ja, ich bin die Leiter heruntergefallen und hab mir den Knöchel verstaucht. Ein Stück konnte ich noch hochklettern, aber dann ging's nicht mehr.«

»Ach Rosy. Okay, ich versuche, dich hier rauszuziehen. Gib mir deine Hände, erst die eine, dann die andere.«

Roseanne fragte sich, ob das wirklich gut gehen würde, aber sie vertraute Ben. Und außerdem war das so ziemlich die einzige Möglichkeit, die ihr blieb. Sie griff erst nach seinem ausgestreckten linken Arm, holte tief Luft, und angelte dann nach der anderen

Hand. Ben packte sie fest an den Oberarmen und zog. Sie unterstützte ihn, indem sie sich mit dem gesunden Fuß auf dem Weg nach oben von der Leiter abstieß.

Endlich konnte sie den Kopf wieder aus der Luke stecken. Sie bedeutete Ben loszulassen und stützte sich stattdessen am Rand es Lochs ab. Er umschlang ihre Hüfte und half ihr ganz heraus. Einen Moment saßen sie schwer atmend nebeneinander, dann fingen beide an zu lachen.

»Mann, Rosy, was machst du nur für Sachen? Und wir haben ja grade mal die Hälfte geschafft. Wir müssen ja auch noch diesen Erdtunnel hoch«, sagte Ben schließlich.

Damit war ihre anfängliche Hochstimmung sofort wieder verflogen. »Ach Mist!« Sie drehte sich zum Eingang, durch den ein winziger Hauch Sonnenlicht fiel. Dann schaute sie mit zusammen gekniffenen Augen auf ihren verräterischen Fuß.

»Ich glaub, das Beste ist, wenn ich dich huckepack nehme und auf allen Vieren hochkrieche. Oben warten Jim und Mary, die dich dann rausziehen können.« Ben berührte sie an der Schulter, um sich zu vergewissern, dass sie noch da war in der Dunkelheit.

»Okay«, stimmte Rosy zu und griff nach seiner Hand. Er half ihr auf und stützte sie auf dem Weg durch den Tunnel bis zum Anstieg. Dann ging er vor ihr auf die Knie. Sie hielt sich an der Wand fest, legte ihm zuerst die eine, dann die andere Hand um den Hals. Aber sie hatte Hemmungen, sich fallen zu lassen, sie wollte ihn schließlich nicht zu sehr belasten.

»Keine Angst, Rosy, ich bin nicht aus Glas. Und du bist so leicht, dass ich dich definitiv tragen kann.«

Sie zögerte noch einen Moment, dann legte sie sich vorsichtig auf seinen Rücken.

»Also, auf drei geht's los!« Er zählte herunter und setzte sich in Bewegung. Es war ein mühsames Unterfangen. Der Tunnel ging ziemlich steil nach oben, und selbst wenn Ben durch die jahrelange Arbeit im Garten trainiert war, ein verletztes Mädchen einen Tunnel hinauf zu schleppen, war noch mal eine andere Hausnummer. Selbst wenn das Mädchen nur ungefähr halb so viel wog wie er.

Als immer mehr Sonnenlicht zu ihnen nach unten drang, rief Ben nach den anderen beiden. Sofort erschienen ihre Köpfe in seinem Blickfeld und ihre Erleichterung war selbst von hier unten zu erkennen.

»Gott sei Dank, Rosy, du lebst!«, rief Mary ihnen zu.

Roseanne prustete. »Was sollte ich denn auch sonst tun?«

Mary und Jim streckten ihnen die Hände entgegen, bis sie Roseanne unter den Armen zu fassen bekamen und sie heraufheben konnten. Obwohl Roseanne nicht viel hatte tun müssen, ließ sie sich rücklings ins Gras fallen und atmete schwer. Einen Moment später gesellte sich Ben zu ihr, der noch heftiger keuchte.

»Das mache ich nicht noch einmal. Außer natürlich, es kommt wirklich hart auf hart«, brachte er heraus, nachdem er eine Weile nur geschnauft hatte.

»Aber mich wirst du nicht retten müssen. Ich werde ab sofort darauf achten, nicht mehr in so vertrackte Situationen zu geraten«, versprach ihm Roseanne, nachdem sie sich aufgesetzt hatte.

»Das will ich auch meinen!«, rief Mary, während sie ihr eine Wasserflasche reichte. »Susy stirbt sonst wieder tausend Tode vor Sorge. Was wolltest du überhaupt da unten?«

Roseanne zuckte die Schultern. »Ich war einfach neugierig. Und von euch hat sich ja keiner mehr für den Stein interessiert, obwohl ausgerechnet du doch vorgeschlagen hattest, sein Geheimnis zu erforschen!« Sie deutete anklagend mit dem Zeigefinger auf ihre Schwester.

Die neigte den Kopf und kniff nachdenklich die Augen zusammen. »Hatte ich…? Oh, stimmt, das hatte ich.« Schuldbewusst sah sie zu Roseanne. »Tut mir leid. Aber du hast uns ja auch nicht noch mal dran erinnert.«

»Das erschien mir ziemlich nutzlos, ihr wart doch alle mit euren Lieb-« Beinahe hätte sie »Liebhabern« gesagt, aber das war ungerecht sowohl ihren Schwestern als auch den Jungs gegenüber. »Mit euren Liebeleien beschäftigt«, sagte sie schließlich.

Mary sah sie mit einem unlesbaren Blick an, bis Jim in die Hände klatschte. »Falls sich Ben genug erholt, schlage ich vor, dass wir uns auf den Weg zurückmachen. Je eher das alles hier vorbei, desto besser.

Dann können wir es die letzten zwei Tage noch einmal ordentlich krachen lassen.«

Ben lachte über seine Wortwahl, aber Mary und Roseanne schauten sich entsetzt an. Nur noch zwei Tage! Das hatten sie völlig verdrängt. Die beiden machten immer noch keine Anstalten, sich aufzuraffen, als Ben und Jim sich vor sie stellten und ihnen jeder eine Hand hinhielt.

»Na los«, sagte Ben. »Das Stück bis zum Anwesen schaffe ich auch noch, dich huckepack zu tragen.« Roseanne wollte protestieren, aber Ben schüttelte energisch den Kopf. »Alles andere würde viel zu lange dauern.«

Resigniert atmete Roseanne aus und nickte. Ben ging vor ihr in die Hocke, Roseanne kletterte auf seinen Rücken, und Mary und Jim stützten ihn, als er sich wieder aufrichtete.

»Ich hoffe nur, dass die anderen bald ihre Suche einstellen«, sagte Mary noch, bevor sie zurück zum Anwesen gingen.

***

Susan hatte die Suche inzwischen alleine übernommen. Statt sich aggressiv anzuschweigen, waren James und Jess dazu übergegangen, sich üble Beschimpfungen an den Kopf zu werfen. Als sie sich schlichtend hatte einmischen wollen, war sie von den beiden nur angefahren worden, dass das doch alles ihre Schuld wäre. Da hatte sie selbst der Trotz gepackt und sie hatte die beiden einfach stehen gelassen und sich allein zum geheimnisvollen Garten aufgemacht.

Jetzt stand sie vor dem Tor, das sie vor gar nicht allzu langer Zeit selber freigerupft hatte. Mit Roseannes Hilfe. Bei dem Gedanken an ihre kleine Schwester, die womöglich verletzt irgendwo lag und panisch um Hilfe schrie, musste sie schwer schlucken. Sie war eine schlechte große Schwester und zweifelte wieder einmal daran, ob sie wirklich schon bereit fürs College oder gar fürs Erwachsenenleben war. Aber es brachte Roseanne nichts, wenn sie jetzt hier in Selbstmitleid zerfloss. Also räusperte sie sich entschlossen und trat energisch einen Schritt vor. Sobald sie auf der kleinen Brücke stand, schrie sie mit aller Kraft Roseannes Namen, aber es kam keine Antwort. Sie ließ ihren Blick über den Garten schweifen, aber die Pflanzen standen zu niedrig, als dass sich dort jemand hätte verstecken können. Also schritt sie hinüber zu der fensterlosen Hütte. Sie zog die Tür auf, aber wie sie es fast erwartet hatte: Roseanne war nicht hier. Auch nicht in der Küche oder dem winzigen Bad.

Noch einen Moment stand sie unschlüssig herum, bis sie hinaus ging und die Tür hinter sich zuzog. Sie hoffte, dass die anderen Suchtrupps mehr Glück hatten.

***

James und Jess waren an einem Punkt in ihrer Diskussion angekommen, an dem es nicht mehr weiter ging. Weder waren ihre Beleidigungen sonderlich originell noch kamen sie räumlich besonders weit. Sie standen sich einfach nur im Wald gegenüber und funkelten sich an. Das letzte bisschen Bereitschaft, den Streit möglichst rasch zu beenden, war bei James schon längst verflogen. Jess hatte ihn in seinem Stolz verletzt, indem sie ihm kein einziges Wort glaubte, ja, nicht einmal den Ansatz von Willen zum Verstehen gezeigt hatte. Wie ein Nilpferd hatte ihr blinder Zorn einfach alles über den Haufen galoppiert, was er zu seiner Verteidigung hervorgebracht hatte. Da war er es am Ende auch leid gewesen, sie zu überzeugen.

Jetzt warf er verzweifelt die Arme in die Luft. »Vergiss es, ich geb auf! Ich kann einfach nicht glauben, dass man so stur sein kann.« Er achtete gar nicht mehr auf Jess, sondern drehte sich um und machte sich auf den Weg zurück zum Anwesen.

Jess blieb mitten in ihrer Tirade der Mund offen stehen. Dann rief sie ihm triumphierend nach: »Du bekennst dich also schuldig?«

James schüttelte den Kopf und antwortete, ohne sich umzusehen: »In deinen Träumen vielleicht.« Er stützte sich auf einen umgestürzten Baum, der seinen Weg kreuzte, sprang hinüber und war verschwunden.

Jess stand auf dem Waldweg und atmete tief ein und aus. Dabei entwich auch diese rasende Wut, die sie während ihres Streits gespürt hatte. Jetzt kam sie sich nur noch ziemlich lächerlich vor, doch so ganz konnte sie sich ihre Schuld nicht eingestehen. Aber vielleicht, nur vielleicht und mit viel gutem Willen, hätte sie James ein bisschen mehr vertrauen sollen. Und ihrer Schwester ein bisschen weniger. Sie schaute sich um.

Nanu, Susan war ja verschwunden! Sie rief nach ihr, bekam aber keine Antwort.

Erstaunlich unbeeindruckt von der Tatsache, dass sie ganz allein im Wald stand, zuckte sie die Schultern und überlegte einen Moment, wohin sie jetzt gehen sollte. Zum Garten, zu dem sie ja eigentlich unterwegs gewesen waren, oder zurück nach Wordwell Rose?

Am Ende entschied sie sich für das Anwesen, selbst wenn sie da garantiert wieder James in die Arme laufen würde. So richtig wütend war sie ja auf ihn gar nicht mehr. Und Susan würde sicherlich auch alleine zurechtkommen.

Sie war gar nicht weit gegangen, war gerade einmal selbst bei dem umgestürzten Baum angekommen, als sie hinter sich Schritte hörte. Vor ihr steckte ein Ast in einem Loch, den zog sie heraus, dann drehte sie sich blitzschnell um und richtete ihn auf ihren Verfolger. Aber es war nur Susan, die müde, keuchend und traurig vor ihr stand.

»Oh, du bist schon zurück?«

Trotz ihres abgekämpften Zustands warf ihr Susan einen sarkastischen Blick zu. »Schon? Wir suchen seit über zwei Stunden. Also, *ich* suche seit über zwei

Stunden. Ich glaube kaum, dass ihr mehr gemacht habt, als euch anzuschnauzen.«

Das war eigentlich die perfekte Steilvorlage für Jess, um erneut zu explodieren. Aber sie hatte keine Lust mehr, sich aufzuregen. Stattdessen ließ sie einfach nur den Stock sinken. »Nein, wir haben uns nur getrennt.«

Sofort wurde Susans Blick weich. »Oh, das tut mir leid, dass wollte-«

Doch Jess unterbrach sie mit einer Handbewegung. »Räumlich getrennt meine ich. Wir können uns nicht trennen, wenn wir noch nie zusammen waren.«

Susan runzelte die Stirn. »Wart ihr nicht? Dann hab ich mich wohl getäuscht.« Sie zuckte die Schultern. »Wie auch immer, im Garten war Rosy nicht. Hoffentlich haben die anderen sie gefunden, sonst...« Sie sprach nicht weiter, aber ihr Blick verriet Jess schon alles.

»Du machst dir schon wieder Vorwürfe? Mensch, hör auf damit! Ja, bei der Sache mit James hast du ganz schön ins Klo gegriffen, aber dass Rosy verschwunden ist, dafür kannst du nun wirklich nichts. Dafür ist sie ganz allein verantwortlich.«

»Als ob es so einfach wäre«, nuschelte Susan aber sie griff trotzdem nach Jess' ausgestreckter Hand. »Verzeihst du mir wegen James?«

»Naja, so ganz genau weiß ich ja noch nicht, was passiert ist. Ob er die Wahrheit sagt oder du. Aber wie gesagt, wir waren ja gar nicht zusammen.«

Susan sah sie skeptisch von der Seite an. »Also wenn du dir da mal nicht was vormachst.« Bevor Jess protestieren konnte, schüttelte sie den Kopf. »Egal, ich werd mich erst mal nicht mehr in das Leben anderer einmischen. Ich hab mit meinem eigenen schon genug zu tun.«

»Eine Spitzenidee! Aber was meinst du, genug zu tun? Läuft es zwischen dir und Ben nicht mehr?«

Susan seufzte tief. »Schon, aber - es gibt da noch ein paar Sachen, die ich klären muss. Und dann ist da ja auch noch die Uni.«

Als sie wieder auf Wordwell Rose ankamen, hörten sie schon von weitem aufgeregtes Geschnatter. Viele Leute redeten erregt durcheinander, bis jemand in die Hände klatschte und das Geplapper augenblicklich verstummte. Susan und Jess sahen sich an, unsicher darüber, was das bedeuten sollte. Dann begannen sie zu laufen, bis sie so schnell rannten, dass sie auf dem Vorplatz Halt an einer der Rankhilfen suchen mussten, um zu bremsen.

»Rosy!«, rief Susan erleichtert, als sie ihre kleine Schwester auf der Bank vor dem Eingang sitzen sah, mütterlich umsorgt von Daisy. Susan war so glücklich, sie wiederzusehen, dass sie in Tränen ausbrach, als sie ihr um den Hals fiel.

»Gott, Susy, du erwürgst mich fast«, japste Roseanne, aber sie freute sich genauso sehr über die Wiedervereinigung.

Als sie sich schließlich voneinander lösten, fiel Susans Blick auf Roseannes Fuß, der auf einem kleinen Hocker ruhte und verbunden war. »Hast du dir etwa wehgetan?« Sie beugte sich vor und betrachtete ihn genauer. Als sie ihm einen kleinen Stups verpasste, sog Roseanne scharf die Luft ein, aber winkte schnell ab, als Susan besorgt zu ihr aufsah.

»Es ist nichts weiter, ich hab mir nur den Fuß verstaucht. Bis wir abreisen, sollte er wieder in Ordnung sein, sagt zumindest Miss Milton.«

Susan schaute zu ihrer Gastgeberin hinüber, die milde lächelnd nickte. »Sie braucht aber Ruhe. Darum wird das wahrscheinlich euer letzter Ausflug gewesen sein, leider.« Sie spitzte mitfühlend die Lippen.

»Das macht nichts, glaube ich«, sagte Mary, die neben der Bank an der Hauswand lehnte. »Wir hatten in den letzten Wochen mehr Abenteuer, als wir uns hatten träumen lassen können. Deswegen würde ich vorschlagen, dass wir heute Abend nichts mehr miteinander machen.« Sie sah hinüber zu Jim, der sich anscheinend noch auf etwas Hoffnungen gemacht hatte. »Tut mir leid. Aber morgen ist auch noch ein Tag.« Sie lächelte ihn entschuldigend an.

»Ihr müsst jetzt meinetwegen nicht eure Pläne über den Haufen werden! Ich leg mich einfach auf mein

Bett und rühre mich nicht mehr«, protestierte Roseanne.

Doch Mary winkte ab. »Schon okay. Deine Rettungsaktion hat mich hundemüde gemacht. Ich will nur noch was essen und dann ins Bett.«

»Sie hat Recht. Nach all der Aufregung müssen wir mal runterkommen«, sagte Susan und damit war die Versammlung mehr oder weniger offiziell beendet.

Ben schulterte Roseanne erneut und trug sie ins Ferienhaus, während sich Mary von Jim verabschiedete. Jess war bereits vorausgestiefelt, sie hatte James nicht eines Blickes gewürdigt. Aber für ihn war sie genauso Luft gewesen.

Die ganze Zeit über hatte Haley stumm daneben gestanden, sie war sich nicht einmal sicher gewesen, ob Roseanne sie tatsächlich bemerkt hatte.

Erst als die Schwestern allein im Haus waren, traute sie sich, Susan anzusprechen. »Ehm, könnte ich vielleicht heute hier übernachten? Ich weiß, Rosy hat sich nur den Fuß verstaucht, aber ich würde trotzdem gerne bei ihr bleiben.« Sie sah Susan dabei nicht an, aber die wusste auch so, dass Haley knallrot war. So schnell entging einer großen Schwester nichts.

»Wenn deine Familie Bescheid weiß, dann ist das kein Problem.«

»Naja, sie wissen, dass ich hier bin, aber…«

»Aber nicht, dass du hier übernachten willst. Du solltest sie besser anrufen. Drüben im Haupthaus gibt es ein Telefon. Hier haben wir leider keins. Komm mit, dann zeig ich es dir und dann lege ich dir eine Decke und ein extra Kissen aufs Sofa.« Susan lächelte und bedeutete ihr mit einer Geste, vorauszugehen.

Jetzt strahlte Haley. »Au ja, vielen Dank!«

Kapitel 18

Der vorletzte Tag auf Wordwell Rose brach an und Susan wurde schon vor ihrem Wecker wach. Sie wusste nur nicht genau, warum. Als sie sich in ihrem Zimmer umschaute, war auf den ersten Blick alles wie immer. Aber dann entdeckte sie die ersten säuberlich gefalteten Klamottenstapel und das Herz wurde ihr schwer. Sie hatte noch nicht mit Ben darüber gesprochen, aber sie wünschte sich wirklich, dass das zwischen ihnen über eine Sommerromanze hinausging.

Seufzend schwang sie die Beine aus dem Bett und ging ans Fenster. Die Sonne war bereits aufgegangen, aber so spät war es noch nicht. Sie öffnete das Fenster und sog die frische Morgenluft ein. Sie würde den Ausblick über den dichten Wald und die saftig grünen Wiesen furchtbar vermissen.

Plötzlich klopfte es an der Tür. Jess steckte den Kopf ins Zimmer. »Kommst du runter? Das Frühstück ist schon fertig.« Sie ging zu ihrer Schwester hinüber und nahm sie in den Arm. Anscheinend musste Susan genauso melancholisch ausgesehen haben wie sie sich innerlich fühlte. »Ich weiß ja nicht, wie es dir geht, aber ich würde gerne irgendwann wiederkommen«, sagte sie grinsend.

Susan schüttelte den Kopf. »Was für eine Frage! Selbst wenn es schwierig werden wird, uns in Zukunft wieder zusammen zu finden.«

»Ach, das wird alles halb so wild. Wirst schon sehen!« Dann wurde Jess' Gesicht ernst. »Aber vorher muss ich nochmal mit James sprechen.«

»Hast du das noch nicht gemacht?«

»Wann denn? Gestern hatte ich keine Lust mehr darauf«, erwiderte sie lakonisch.

Susan zog die Augenbrauen zusammen und knuffte Jess in die Seite. »Keine Lust? Du bist einfach nur jemand, der schrecklich nachtragend ist. Und es tut mir echt leid, dass ich euch in eine so verzwickte Situation gebracht hab.«

»Naja, das war wirklich keine Glanzstunde von dir. Aber jeder macht mal Fehler. Und selbst wenn du jetzt aufs College gehst, bist du noch längst nicht erwachsen.«

»Was gut ist! Das hab ich schon mit Rosy zusammen festgestellt.«

»Aber jetzt lass uns runtergehen, kalter Speck schmeckt dir doch nicht.« Jess verpasste ihr einen leichten Schubs gegen den Oberarm, als einzige in der Familie war sie Vegetarierin. Anfangs hatte sie noch versucht, die andern zu bekehren, das aber schnell aufgegeben. Militante Vegetarier verstand sie genauso wenig wie Fleischesser.

Im Wohnzimmer saßen ihre Schwestern bereits um den Tisch versammelt und auch Haley kam gerade herein, sie trug Klamotten, die sie sich von Susan geborgt hatte. Roseannes Sachen waren ihr zwei Nummern zu klein.

Mary reichte ihr lächelnd den Brotkorb und stellte sich vor. »Wir haben uns gestern in der Aufregung gar nicht richtig kennengelernt.«

Haley, die sich an die neue Umgebung gewöhnt und ihr Selbstvertrauen wiedergefunden hatte, lächelte strahlend zurück. »Stimmt. Freut mich, euch richtig kennen zu lernen. Rosy hat mir schon viel von euch erzählt. Von dir zum Beispiel sagt sie, dass du dich super mit Mode auskennst!«

Mary neigte verlegen den Kopf. »Wenn sie das sagt…«

»Ach, nur keine falsche Bescheidenheit! Sie näht sogar die meisten ihrer Sachen selber«, warf Jess ein und deutete auf das violette Oberteil mit Carmenausschnitt, das Mary gerade trug. »Das zum Beispiel auch.«

Haleys Augen wurden groß wie Untertassen. »Wirklich? Das sieht fantastisch aus. Ich hab schon zu

Rosy gemeint, dass ich mich mal von dir beraten lassen müsste.«

Mary krauste die Stirn. »Wieso, ich finde, die Sachen stehen dir sehr gut.«

Roseanne prustete. »Das sind ja auch Susans.«

»Deswegen kommen sie mir auch so bekannt vor… Egal, jedenfalls sahst du gestern genauso gut aus, wenn ich mich recht erinnere.«

Jetzt wurde Haley doch etwas rot. »Öhm, danke. Ich würd mich trotzdem gern später einmal mit dir zusammensetzen. Aber jetzt genug von mir! Ihr müsst doch schon so viel erlebt haben, seit Roseanne und ich uns getroffen haben. Das müsst ihr mir alles erzählen!«

Susan und Jess sahen sich belustigt an, aber gleichzeitig wurden sie von Haleys Enthusiasmus und guter Laune angesteckt und es fiel ihnen leicht, ihr in epischer Breite von ihren Abenteuern rund um Wordwell zu erzählen.

Nach dem Frühstück zerstreuten sich die Schwestern wieder. Unausgesprochen hing zwischen ihnen der bevorstehende Abschied von Wordwell Rose und davor hatte jede für sich noch etwas zu klären.

Roseanne saß auf dem Sofa, ihr kranker Fuß mit einer Packung Tiefkühlerbsen hochgelegt. Neben ihr hatte es sich Haley bequem gemacht und grinste sie an.

»Was ist?«, fragte Roseanne, die sich unter Haleys

prüfendem Blick doch etwas nervös fühlte. Aber eigentlich freute sie sich unheimlich darüber, dass sie hier war, sogar die Nacht hier verbracht hatte. Fast unwillkürlich stellte sie sich vor, wie es wohl gewesen wäre, wenn sie neben ihr gelegen hätte. Bei dem Gedanken daran verwandelte sich ihr Magen in einen aufgeregten Knoten und sie hatte auf einmal Probleme zu atmen.

Haley schüttelte nur den Kopf, dann sah sie sie besorgt an. »Alles okay bei dir? Du bist so blass. Geht's deinem Fuß gut?«

Roseanne nickte. »Jaja, alles bestens. Es ist nur…« Sie holte tief Luft und entschied sich noch einmal dafür, mutig zu sein. Das hatte ihr bisher immer Glück gebracht. Sie lächelte zögerlich und griff nach Haleys Hand. »Ich würde dich nach den Ferien gerne wiedersehen«, sagte sie schließlich.

Sofort begann Haleys Gesicht zu leuchten. »Ich auch! Oh Mann, ich hab zwar keine Ahnung, wie wir das anstellen sollen, aber irgendwie muss es ja gehen. Irgendjemand muss dir ja dabei helfen, deinen Traumberuf zu finden.« Sie rutschte näher an Roseanne heran.

Die zog scherzhaft eine Schnute. »Du willst mich nur deswegen besuchen?«

»Ach Quatsch!« Haley beugte sich noch näher zu ihr, sodass ihre Gesichter nur noch eine Handbreit voneinander entfernt waren. »Ich würde dich auch gerne deswegen wiedersehen.« Ihr Gesicht wurde ernst, genauso wie Roseannes.

»Du meinst ›deswegen‹?«, flüsterte sie und schloss die Lücke zwischen ihren Lippen. Der Knoten in ihrem Bauch löste sich auf in eine Armada von Schmetterlingen, die sie so sehr kitzelten, dass sie beinahe laut gelacht hätte. Sie konnte sich aber beherrschen und lächelte stattdessen in den Kuss hinein. Wo Haleys Hand sie auf der Suche nach Halt berührte, entluden sich kleine elektrische Blitze auf ihrer Haut.

Schon bald tauchten sie luftschnappend aus dem Kuss auf.

»Wow!« Roseanne wagte kaum zu atmen, als sie Haley ansah. Die nahm ihre Hände und streichelte mit den Daumen ihre Handrücken.

»Das kann man wohl so sagen.« Sie grinste. »Es gibt bestimmt eine Direktverbindung zwischen Norwich und Peterborough, aber für dich würde ich eh zig Umstiege in Kauf nehmen.«

Darüber musste Roseanne lachen. »Das ist das Romantischste, was je jemand zu mir gesagt hat.«

Haley rutschte noch näher, um ihr den Arm um die Schultern zu legen. Sie vergrub ihr Gesicht in Roseannes blonden Haaren.

Während sich Roseanne an sie schmiegte, murmelte sie noch: »Du hast ja noch deinen persönlichen Chauffeur. Der würde sich bestimmt auch darüber freuen, mich bei Gelegenheit mal wieder zu sehen.«

»Stimmt«, nuschelte Haley noch, dann konzentrierte sie sich ganz auf Roseannes ruhigen Atem.

***

Hinter den Rhododendronbüschen widmete sich Ben gerade mit einem Rasenmäher dem wucherndem Gras, als Susan bei ihm auftauchte.

»Hallo Susy!«, sagte er fröhlich, schaltete das röhrende Ungetüm aus und nahm sie in den Arm, um sie sanft zu küssen.

»Hallo Ben«, erwiderte sie in ernstem Tonfall. »Hast du einen Moment? Ich würde gerne mit dir über etwas reden.«

Sofort war er aufmerksam. »Natürlich! Ist alles in Ordnung?«

Sie nickte. Dann deutete sie auf die zwei verwitterten Metallstühle, die in der hintersten Ecke des Gartens standen. Sie setzten sich darauf, Ben beobachtete sie immer noch achtsam. Er ließ sie keine Sekunde aus den Augen.

Sie räusperte sich. »Du hast mir ja erzählt, dass du transgender bist. Das war sehr mutig von dir und ich danke dir, dass du mir so sehr vertraust. Ich habe dir auch etwas zu sagen, was so ähnlich ist.« Sie holte noch einmal tief Luft und vermied es, ihn anzusehen. »Ich bin asexuell«, sagte sie schließlich nach einer kleinen Pause, in der sie innerlich noch einmal mit sich gerungen hatte.

Als er ihre Hand nahm, sah sie kurz auf und bemerkte sein aufmunterndes Lächeln, dann schaute sie wieder auf den Boden.

»Kannst du mir das bitte erklären? Ich hab schon mal davon gehört, aber ich weiß nicht genau, was es bedeutet«, bat er sie sanft.

Sie wollte gerne erleichtert seufzen angesichts seines verständnisvollen Verhaltens. Aber der kritische Teil kam ja erst noch.

»Das heißt, dass ich keine sexuelle Anziehung verspüre und mir generell nichts aus Sex mache. Als ich dich zum ersten Mal gesehen hab, fand ich dich wahnsinnig attraktiv, also, das ist natürlich immer noch so«, fügte sie hastig hinzu für den Fall, dass er es falsch verstehen könnte.

Dann fuhr sie fort. »Aber ich wollte nicht mit dir ins Bett, weil mir das bei allen so geht. Deswegen verstehe ich zum Beispiel Seitensprünge oder One-Night-Stands nicht. Der Hauptgrund dafür, also sexuelles Begehren, fehlt mir halt. Wobei ich mich nicht kaputt fühle oder krank, wie mir manche Leute weißmachen wollen.«

Sie holte tief Luft. Er hielt immer noch ihre Hand, aber sie entzog sie ihm und faltete sie stattdessen in ihrem Schoß. »Ich hoffe, ich hab das irgendwie verständlich erklärt.«

»Hey«, sagte er leise und hob ihr Kinn mit dem Zeigefinger an. »Ich versteh's, ich kann's nur nicht ganz nachvollziehen.« Ihre Schultern sackten nach unten, aber er fuhr fort: »Das heißt aber nicht, dass ich es nicht versuchen will. Im Moment ist Sex eh kein richtiges Thema für mich, weil ich noch keine geschlechtsangleichende OP hatte und das, wenn überhaupt, erst danach machen will. Im Moment fühle ich mich noch nicht ganz ich selbst. Aber selbst danach bin ich mir ziemlich sicher, dass wir eine Lösung finden.«

Jetzt schaute sie ihn ungläubig an, aber ihre Hände begannen vor Freude zu zittern. »Ich meine, ich brauche Sex nicht, aber naja«, sie räusperte sich, »ich glaube, ich würde es durchaus mal ausprobieren. So schlimm kann das ja nicht sein.« Dann schien ihr etwas klarzuwerden. »Warte, heißt das also, dass du auch nach dem Ende unserer Ferien mit mir zusammen sein willst?«

Er zuckte die Schultern, so als ob die Antwort doch offensichtlich wäre. »Na klar.«

»Oh Ben!« rief sie, sprang freudig auf und fiel ihm mit so viel Schwung um den Hals, dass er samt Stuhl hintenüber kippte und sie ausgelassen lachend im weichen Gras landeten.

***

Mary und Jess waren zusammen auf der Landstraße unterwegs. Sie gingen schweigend nebeneinander her, jede war in ihre eigenen Gedanken versunken, aber sie waren froh, trotzdem die Gesellschaft der anderen zu haben.

Plötzlich blieb Mary stehen, schirmte die Augen ab, obwohl der Himmel heute bewölkt war, und deutete auf den Punkt, an dem die Straße zwischen den Bäumen auftauchte. »Sind sie das nicht dahinten?« Sie meinte die Elliot-Zwillinge, zu denen sie sich eigentlich auf dem Weg befanden.

Jess folgte dem ausgestreckten Zeigefinger und nickte. »Jup, das sind sie.«

»Aber wer ist denn das Mädchen, das da neben James läuft?« Mary krauste die Stirn.

»Keine Ahnung«, erwiderte Jess, aber sie hatte so eine Ahnung, als sie die Cornrows erkannte, zu denen das schwarze Haar des Mädchens geflochten war.

Auf Höhe der verlassenen Kirche von Wordwell trafen sie sich. Jim schloss Mary in die Arme, aber als James auf Jess zu ging, machte die einen Schritt zurück und winkte nur. James runzelte die Stirn und schob enttäuscht die Hände in die Taschen seiner Jeans. »Ähm, okay. Wie auch immer«, murmelte er, dann drehte er sich zu seiner Begleitung um. »Das ist übrigens Bella, meine beste Freundin.«

Die ging wie selbstverständlich auf Jess zu und gab ihr die Hand. Die zwei lächelten sich an. Jetzt verstand James gar nichts mehr. Er hatte erst gedacht, dass Jess wegen Bella so abweisend gewesen war. Aber das schien nicht der Fall zu sein.

»Wie ich sehe, habt ihr einiges zu besprechen. Wir

würden euch dann einfach mal in Ruhe lassen und eine Runde spazieren gehen«, rief Jim ihm zu, lauter als eigentlich nötig gewesen. Er hatte es schon einmal versucht, doch James hatte beim ersten Mal nicht reagiert.

»Was? Jaja, geht ruhig«, erwiderte James etwas grantig. Er war von Jess' abweisender Haltung immer noch verwirrt. Zwischen ihnen herrschte eine peinliche Spannung, so als würden sie sich nur durch einen gemeinsamen Freund kennen, der aber gerade den Raum verlassen hatte.

Jess deutete auf die einsame Kirche. »Wollen wir uns lieber dort unterhalten?«, fragte sie. Die anderen beiden nickten.

Sie kletterten über das weiße Gatter in der niedrigen Bruchsteinmauer und fanden im Kirchhof zwei Parkbänke zwischen dem hüfthoch wachsenden Gras, für das sich schon seit Jahren niemand mehr zu interessieren schien. Dafür war die Kirche in einem guten Zustand und auch ganz hübsch anzusehen mit ihren drei Kruzifixen auf dem rostroten Dach, die alle in verschiedenen Stilen gearbeitet waren. Trotzdem war klar, dass die Kirche nicht mehr von den Einwohnern genutzt wurde. Es standen auch nur noch eine Handvoll Grabsteine herum, manche von ihnen neigten sich schon gefährlich nach vorn.

Bella schaute neugierig zwischen James und Jess hin und her, die sich nicht ganz sicher waren, ob sie sich ansehen sollten oder nicht. Schließlich räusperte sich James und sagte: »Also, ähm, ich hab Bella mitgebracht, damit sie dir sagt, dass deine Schwester Unrecht hat. Da ist nichts. Wirklich nicht.«

»Stimmt«, pflichtete sie ihm bei. »Mein Ex ist ein besitzergreifender Macho, der alles und jeden als sein Eigentum betrachtet. Das hab ich aber anfangs nicht geschnallt. Fast hätte ich es auch nicht fertiggebracht, mich von ihm zu trennen. Aber mit der Hilfe von James und ein paar anderen Freunden konnte ich ihn dann doch absägen. Er hat mich halt nur nicht in Ruhe gelassen. Also hat James mir angeboten, meinen Freund zu spielen. Aber zwischen uns läuft eigentlich nichts. Wirklich nicht. Wir sind eher wie Geschwister, wir kennen uns auch schon seit der Grundschule.« Bella lächelte. »Im Gegenteil, ich würd mich freuen, wenn es mit euch beiden klappt. Ihr würdet gut zusammenpassen, zumindest klang das in James' Erzählungen so.«

Jess lächelte zurück, aber sie wirkte ein wenig gequält. »Danke für die Klarstellung, Bella. Würdest du James und mich bitte für einen Moment allein lassen? Ich würde gerne unter vier Augen mit ihm sprechen.«

»Klar!« Bella stand gutgelaunt auf, sie schien die nach wie vor angespannte Atmosphäre gar nicht zu bemerken.

Nachdem sie in der Kirche verschwunden war, um sich dort einmal umzusehen, blickte James Jess unverwandt an. »Hast du gehört? Selbst Bella sagt, wir würden gut zusammenpassen. Also sollten wir den Streit von gestern einfach vergessen.«

Jess seufzte, wechselte in den Schneidersitz und verschränkte die Hände in ihrem Schoß. Dabei sah sie James nicht an. »Ja, vielleicht-« Ihre Stimme klang heiser, deswegen räusperte sie sich noch einmal und fing von vorne an: »Ja, wir sind uns ziemlich ähnlich. Vielleicht zu ähnlich. Bei vielen Sachen haben wir die gleiche Meinung, aber ist das der Sinn einer Beziehung? Ständig in allem übereinkommen? Und wenn wir mal nicht einer Meinung sind, sind wir beide so stur, dass keiner einlenkt. Das funktioniert auf Dauer nicht, glaube ich. Also, klar, muss man in einer Beziehung an sich arbeiten, aber-«

James hatte ihr mit immer größer werdender Verwunderung und Bestürzung zugehört. Jetzt unterbrach er sie und seine Stimme war durchtränkt mit Bitterkeit: »Aber das willst du nicht.«

Sie schüttelte den Kopf. »Das meine ich nicht. Aber ich habe für mich festgestellt, dass es nicht funktionieren wird. Vielleicht würde es die Distanz leichter machen, aber das will ich nicht ausprobieren. Vielleicht bin ich einfach noch nicht so weit, die anfängliche Aufregung gegen einen Alltag einzutauschen, der uns beide abschleift. Die Zeit mit dir war schön, aber sie ist auch zu kostbar, um sie durch nichtige Streitereien und unsere ›Ganz oder gar nicht‹-Mentalität zu verlieren.«

Sie sprach leise und bestimmt. Sein Einwurf hatte ihr gesagt, wie verletzt er war, aber sie konnte jetzt nichts mehr daran ändern. Sie wusste, wenn jemand ihr das aus scheinbar heiterem Himmel gesagt hätte, hätte sie genauso verständnislos reagiert. Aber so plötzlich war es nicht gekommen. Schon seit ihrem kleinen Disput über Bens Narben nagten Zweifel an ihr. Sie hatte sie erst weggewischt, aber sie waren mit jedem Tag größer geworden, bis sie sich nicht mehr hatten ignorieren lassen. Die ganze letzte Nacht über hatte sie wachgelegen und überlegt, was sie wollte. Am Ende hatte sie für sich begriffen, dass sie immer nur von einem Extrem ins andere pendeln würde, entweder so verliebt, dass ihr das Herz schier über-quoll, oder so wütend, dass sie mit Tellern schmeißen würde. Vielleicht musste sie erst noch älter werden und an diesen Gefühlsschwankungen arbeiten, bis sie mit jemandem langfristig leben konnte. James war einfach zu früh auf der Bildfläche aufgetaucht.

All das hätte sie ihm eigentlich sagen müssen, dann hätte er sie womöglich verstanden, aber sie brachte es nicht über sich. Stattdessen sagte sie nur: »Ich glaube, es ist einfach besser, wenn das zwischen uns nach dem Sommer nicht mehr weitergeht.« Dann biss sie sich auf die Lippen.

James schnaubte verächtlich. »Da geht doch jetzt schon nichts mehr weiter. Mach dir mal keine Sorgen, dass ich dich je wieder belästige. Wer mich mit so fadenscheinigen Gründen abserviert, verdient meine Aufmerksamkeit nicht weiter.« Er stemmte sich hoch und würdigte sie keines weiteren Blickes. Dann rief er nach Bella und stapfte zum Tor hinüber, ohne sich noch einmal umzudrehen.

Bella kam aus der Kirche, wollte fröhlich zu den beiden laufen, aber stutzte, als sie Jess allein und betrübt zu Boden starrend auf der Bank fand. »Ähm, tschüss! Man sieht sich bestimmt noch mal«, sagte sie schließlich.

Jess sah auf und lächelte müde. »Sicher. Mach's gut.« Sie winkte halbherzig und starrte dann wieder zu Boden.

Bella wusste nicht, was das Verhalten zu bedeuten hatte, schließlich hatte sie den beiden quasi ihren Segen gegeben. Eigentlich kein Grund, um so geknickt dazusitzen. Als sie bei einem vor Wut schäumenden James ankam, war sie nur noch verwirrter.

»Alles okay?«

Statt einer Antwort kickte er einen Stein über die Straße.

Kapitel 19

Am frühen Abend läutete die Glocke an der Haustür. Susan, die gerade in der Küche stand und Zwiebeln schnitt, rief ins Wohnzimmer, dass doch bitte jemand öffnen sollte. Ihr liefen nämlich die Tränen in Strömen übers Gesicht. Einerseits natürlich wegen der Zwiebeln, aber vor allem war das ihre Tarnung für ihren Kummer darüber, dass ihr Urlaub morgen zu Ende ging.

»Susy! Ben ist hier. Er sagt, er will uns abholen«, rief Roseanne aus dem Flur.

Susan hielt darin inne, das Gemüse zu traktieren. Sie ging zur Spüle, um sich die Hände zu waschen und sich dann die Tränen abzuwischen.

Die Küchentür ging auf und Roseanne steckte den Kopf herein. »Hast du mich - oh, ist alles okay?«

Susan nickte und bemühte sich um ein Lächeln. »Jaja, alles gut. Warum will er uns denn abholen?«

»Keine Ahnung, hat er nicht gesagt. Kommst du? Ich trommel die andern zusammen.«

Susan schüttete die Zwiebelwürfel in eine Dose und stellte sie in den Kühlschrank, dann ging sie zur Haustür. »Hey« sagte sie zu Ben und hoffte, dass sie nicht allzu verheult aussah.

»Hey«, sagte er sanft. Dann fügte er grinsend hinzu: »Wir haben eine kleine Überraschung für euch. Das wird bestimmt schön. Also kein Grund zu weinen.« Er streichelte ihr über die Wange.

»Ach du!« Sie verpasste ihm einen spielerischen Schubs. Ihre Schwestern kamen hinter ihr aus dem Haus. Sie drehte sich zu ihnen um und sagte: »Es gibt eine Überraschung für uns!«

Mary stemmte die Hände in die Hüften. »Da bin ich aber mal gespannt.«

Gemeinsam folgten sie Ben um das Haupthaus herum zu einem Teil, den bis auf Roseanne noch keine von ihnen kannte. Es war Miss Miltons Lieblingsplatz, doch statt zwei Liegesesseln und einem Sonnenschirm standen hier jetzt ein großer Tisch und ausreichend Stühle für alle. Drumherum waren zahllose Kerzenhalter drapiert, in denen flackernde Teelichte die Dämmerung erhellten. An der hohen Hecke hingen bunte Lampions, Wimpel und Lichterketten.

Ben breitete die Arme aus und rief: »Tada! Euer ganz persönliches Sommerfest! Wir wollen feiern, dass ihr hier wart und darauf hoffen, dass ihr so bald wie möglich wiederkommt!«

Die Schwestern sahen sich einen Moment blinzelnd an, dann plapperten sie alle gleichzeitig durcheinander.

»Das ist ja toll!«

»Sieht ja super aus!«

»Guckt mal, was für leckere Sachen hier stehen!«

»Meine Güte, damit hatte ich echt nicht gerechnet!«

Miss Milton trat an sie heran und hob beschwichtigend die Arme. »Immer mit der Ruhe, jetzt setzt euch doch erst einmal hin.«

Als die Mädchen Platz nahmen, kamen auch die Elliots um die Ecke, und zwar die gesamte Familie. »Hallo!«, sagte Mrs Elliot, »ich weiß, heute ist euer letzter Abend, aber mein Mann und ich wollten unbedingt einmal die Mädchen kennen lernen, mit denen unsere Söhne so viel Zeit verbracht haben.« Sie und Mr Elliot, ein dunkelhäutiger, vollbärtiger Mann in Hawaiihemd und kurzen Hosen, gingen um den Tisch herum, um den Schwestern die Hände zu schütteln.

In weiser Voraussicht hatte Susan den Stuhl neben Mary freigelassen, sodass sich Jim darauf fallen lassen konnte. Er gab ihr einen schnellen Kuss auf die Wange, dann lehnte er sich zurück und grinste sie an.

Sein Bruder hingegen setzte sich neben Roseanne, so weit weg wie möglich von Jess, und sah sie auch kein einziges Mal an. Als Roseanne wissen wollte, was da los war, winkte er nur ab und sagte kurz angebunden: »Sie hat mit mir Schluss gemacht.« Bevor sie ihm dafür ihr Mitleid aussprechen konnte, hatte er aber schon das Thema gewechselt und fragte sie über die geheime Höhle unter dem Stein aus.

Jess war traurig darüber, dass James nicht mehr mit ihr sprach, aber sie nahm es ihm auch nicht übel. Besonders elegant hatte sie das mit der Trennung ja nicht gelöst. Natürlich hatte sie nur geblufft, als sie Susan erzählt hätte, sie wären nie zusammen gewesen. Nur weil sie nie offiziell darüber gesprochen hatten, bedeutete das ja nicht, dass es auch so war. Aber jetzt allen die Stimmung mit ihrer Trübsal zu vermiesen, wollte sie auch nicht. Also wandte sie sich an Haley, die verblüfft festgestellt hatte, dass der Platz neben Roseanne schon belegt war.

»Weißt du, was mich noch interessiert? Wie habt ihr euch eigentlich kennen gelernt?«

Während sich Jess mit Haley unterhielt und dabei schnell ihre anfängliche schlechte Laune vergaß, saß Susan zwischen Daisy und Ben und fand dabei Erstaunliches über die Haushälterin heraus. Daisy war Witwe, schon seit über zwanzig Jahren, und war früher mit ihrem Mann in den Urlaub zum Bergsteigen gefahren. Aber nicht, wie Susan anfangs vermutet hatte, zum Ben Nevis oder dem Snowdon, also Berge in Großbritannien, die sich relativ leicht erklimmen ließen. Sondern zum höchsten Berg der Alpen, dem Mont Blanc, oder auf den Kibo in Tansania und selbst an den K2 im Himalaya, den zweithöchsten Berg der Erde, hatten sie sich herangetraut. Zum

Gipfel hatten sie es noch geschafft, aber auf dem Abstieg war ihr Mann in eine Felsspalte gestürzt und ums Leben gekommen. Zu der Zeit arbeitete Daisy bereits bei Miss Milton. Nach dem Tod ihres Mannes hatte sie dann ihre Schwester, die wegen ihres Down-Syndroms in einem Heim lebte, zu sich geholt und wohnte mit ihr zusammen.

»Aber wie schaffen Sie das denn alles? Hier und zu Hause den Haushalt zu schmeißen?«

Daisy sah sie mit einer erhobenen Augenbraue an. »Das ist ganz einfach. Meine Schwester und ich teilen uns die Aufgaben. Sie weiß zum Beispiel, wie man eine Waschmaschine bedient, und ist ganz penibel, wenn es um die Sortierung der Farben geht.«

Beschämt darüber, Daisys Schwester so wenig Selbstständigkeit zugetraut zu haben, spielte Susan mit dem Bündchen ihrer Bluse. »Entschuldigung. Da war ich wohl zu voreilig.«

Doch Daisy lächelte schon wieder. »Wenn man selber niemanden mit Trisomie 21 kennt, ist es schwer, sich das vorzustellen. Aber eigentlich läuft es für uns zwei ganz gut. Wenn ich arbeiten muss, dann bringe ich sie in eine Tagespflege, wo sie mit ihren Freunden zusammen sein kann. Sie spielt sehr gern Tennis. Und abends sitzen wir dann zusammen auf dem Sofa und gucken einen Film. Sie mag besonders die Disney-Filme gerne.«

»Oh, die mag ich auch! Mein Lieblingsfilm ist Schneewittchen. Ich werde von meiner Mom immer aufgezogen, ob ich denn nicht ein bisschen zu alt dafür bin. Aber man ist nie zu alt für einen schönen Märchenfilm, finde ich.«

»Das stimmt. Ich kann zwar inzwischen alle Filme beinahe mitsprechen, aber meine Schwester freut sich jedes Mal, wenn wir uns einen angucken, da kann ich einfach nicht nein sagen. Und wenn's mal kein Film ist, spielen wir Karten. Ich bin ein Ass in Rommé, wenn ich das so unbescheiden sagen darf«, sagte Daisy lächelnd.

Bevor Susan oder Ben darauf etwas erwidern konnten, klatschte Miss Milton wieder in die Hände und unterbrach die Gespräche rund um den Tisch. Alle blickten zu ihr.

»Wo hat sie denn auf einmal die Gitarre her?«, fragte Susan verwundert.

»Keine Ahnung, ich wusste auch nicht, dass sie eine hat«, flüsterte Ben zurück.

Miss Milton sah sich wohlwollend in der Runde um, bis ihr Blick an James hängenblieb. Sie lächelte ihn auffordernd an.

Als er begriff, worauf sie hinauswollte, schüttelte er entschieden den Kopf. »Oh nein, Miss Milton. Tut mir leid, Sie enttäuschen zu müssen, aber heute spiele ich nicht.«

»Aber James, wir wissen alle, wie ausgezeichnet du bist. Und die Musik hat dir doch immer als kleiner Junge geholfen, wenn du einmal traurig warst. Die Mädchen würden sich sicherlich freuen, wenn du ihnen ein kleines Abschiedsständchen singst.« Miss Milton ging langsam auf James zu.

Der wollte schon von seinem Stuhl aufspringen, um zu flüchten, aber Roseanne hielt ihm am Arm fest und schenkte ihm ihren besten Hundeblick. »Bitte, James, tu es für uns!«

Von allen Seiten starrten ihn erwartungsvolle Gesichter an. Selbst Jess schaute auf und nickte ihm zu.

Schließlich seufzte er lang und tief, dann stand er auf und rückte seinen Stuhl auf die freie Fläche neben dem Tisch. Er ließ sich die Gitarre geben und zupfte zunächst ein paar Töne, um die Gitarre zu stimmen. Leise summend begann er ein Lied zu spielen.

»Das kenn ich!«, flüsterte Haley. »Aber ich komm grad nicht drauf.«

»Ich auch nicht«, sagte Jess leise, die fast so etwas wie Reue spürte, aber dennoch an ihrer Entscheidung, sich von ihm getrennt zu haben, festhielt.

Erst als James zu singen begann, ging allen am Tisch ein Licht auf. Seine weiche, tiefe Stimme trug die ersten Zeilen des Don-Henley-Klassikers über den Garten und löste in allen eine unbeschreibliche Sehnsucht aus.

Seine Eltern waren die ersten, die den Weg auf die Tanzfläche fanden; das Lied hatte sie in ihrer Jugend bei jedem Ausflug aufs Land begleitet. Jim rollte noch peinlich berührt mit den Augen - Eltern tanzten doch schließlich nicht mehr, dafür waren sie zu alt! - da hatte ihn Mary schon selbst hochgezogen und sich seine Arme um die Hüften gelegt. »Glaub ja nicht, dass du mir mir diesen Tanz verweigern könntest, Jim Elliot«, drohte sie spielerisch.

»Nicht in meinen kühnsten Träumen!«, erwiderte er lachend und sie begannen, sich im Takt, den sein Bruder vorgab, zu wiegen.

Und so hielt es am Ende keinen mehr am Tisch, selbst Jess hatte in Daisy eine Tanzpartnerin gefunden. Nur Miss Milton saß noch auf ihrem Stuhl und betrachtete die anderen lächelnd wie das stolze Oberhaupt einer Großfamilie, das sie sich insgeheim immer gewünscht hatte zu sein.

Das nächste Lied, das James anstimmte, war etwas schwungvoller und sie erkannten es beim ersten Takt. James brauchte eigentlich gar nicht den Mund aufzumachen, die anderen sangen jedes Wort mit. Besonders Roseanne war mit Leib und Seele dabei, schließlich stammte das Lied von ihrem Lieblingssänger Bruce Springsteen. Die Sonne war inzwischen untergegangen, also passte es umso besser, während sie ausgelassen durch die Dunkelheit tanzten.

Kapitel 20

Als Jess am nächsten Morgen die Treppe herunterkam, sah sie schon die erste Reisetasche im Flur stehen. Anstatt aber die Schultern hängen zu lassen, seufzte sie fast vor Freude. Noch ein paar Stunden, und sie musste James endlich nicht mehr in die Augen sehen. In jeder Minute, die sie gestern in seiner Gegenwart verbracht hatte, hatte er sie an seinen Schmerz erinnert. Bei dem Lied *The Show Must Go On* hatte sie seine Verbitterung besonders gespürt, obwohl er sie nicht ein einziges Mal angesehen hatte.

Aber Wordwell Rose würde sie schon vermissen. Ihr kleines, süßes Cottage. Die liebenswerte Miss Milton, die sich überhaupt nicht als die Schreckschraube herausgestellt, als die Roseanne sie noch auf der Fahrt hierher portraitiert hatte. Daisy und Ben, die ihnen auch noch aus der heikelsten Situation geholfen hatte. Und auch die Zwillinge - James vermutlich für einige

Zeit noch mehr als Jim - ohne die sie hier wahrscheinlich nur halb so viel Spaß gehabt hätten.

Wehmütig lächelnd ging sie in die Küche, in der Susan sich wieder einmal selbst übertroffen hatte. Es roch verführerisch süß aus dem Ofen. Als Susan sie anschaute, sah Jess, dass sie schon wieder geweint hatte

»Ach Susy«, sagte sie mitfühlend und nahm ihre große Schwester in den Arm. Die schniefte und biss sich auf die Lippe, um nicht schon wieder loszuheulen.

»Du weißt doch, dass ich nah am Wasser gebaut hab.«

»Stimmt, und deswegen solltest du vielleicht am besten ins Wohnzimmer gehen und dich ausruhen. Du hast schon so viel gemacht.«

»Nein, lass mal. So hab ich wenigstens etwas, das mich auf andere Gedanken bringt. Stattdessen könntest *du* ins Wohnzimmer gehen und Rosy beim Tischdecken helfen.«

Jess sah sie noch einen Moment lang an, dann zuckte sie die Schultern und verschwand mit einem lakonischen »Wenn du meinst« aus der Küche.

Im Wohnzimmer war Roseanne tatsächlich schon eifrig zu Gange und auch sie sah ziemlich verweint aus.

»Sag nichts!«, drohte sie und funkelte Jess böse an.

Die hob abwehrend die Arme. »Wollt ich doch auch gar nicht.« Jess wusste wie alle anderen, dass

Haley sich schon gestern Abend hatte verabschieden müssen, weil sie mit ihrer Familie heute nach Neuseeland flog, um Verwandte zu besuchen. Die Barretts waren vor zwanzig Jahren nach Großbritannien ausgewandert und sahen ihre Familie nur alle paar Jahre.

»Aber sie hat dir doch versprochen, dich zu besuchen, sobald sie wieder da ist«, sagte Jess schließlich trotzdem, während sie Teller auf den Tisch stellte.

Zum ersten Mal wurde ihre Schwester so richtig laut: »Was hatte ich dir gesagt? Ich will nicht darüber reden!«

»Schon gut, schon gut«, murmelte Jess eingeschnappt.

»Was ist denn hier los?«, fragte Mary, als sie dazustieß.

»Rosy hat Liebeskummer«, sagte Jess trocken.

Das Besteck klirrte, als Roseanne es wütend zu Boden warf. »Es kann ja nicht jede so ein gefühlloser Klotz sein wie du!«, schrie sie, dann stürzte sie hinaus.

Als Jess Marys tadelnden Blick bemerkte, hob sie wieder abwehrend die Hände. »Was denn? Ich hab doch gar nichts gemacht.«

Doch Mary hatte sie längst durchschaut. »Mag ja sein, dass es dir hilft, so mit deinem eigenen Kummer fertigzuwerden. Aber deine kleine Schwester sollte unter deinen merkwürdigen Bewältigungsmethoden nicht zu leiden haben.«

Jess stellte sich dumm, sie war nicht bereit, vor Mary kleinbeizugeben. »Was denn für Kummer?«

»Ach komm schon, auch wenn du es warst, die mit James Schluss gemacht hat, tut's dir trotzdem weh. Aber du willst ja sicherlich nicht darüber reden.«

»Brillant erfasst, Sherlock! Ich will nicht darüber reden. Außerdem hab ich Hunger.«

Wie aufs Stichwort kam Susan mit einem Blech voll duftendem Erdbeerkuchen ins Zimmer. »Nanu, wo ist denn Rosy?«

»Keine Ahnung«, sagte Mary. »Aber Jess geht sie bestimmt gern für uns suchen.« Sie warf ihr einen vielsagenden Blick zu.

»Jaja, ich geh schon«, brummte Jess. Sie hatte den Wink verstanden: Sie sollte sie nicht nur suchen, sondern auch um Entschuldigung bitten.

Sie fand Roseanne versteckt unter den Rhododendronbüschen, wo sie sich zu einer Kugel zusammengerollt hatte. Als sie Jess' Schritte hörte, drehte sie ihr den Rücken zu und knurrte: »Hau ab!«

Doch davon ließ sich Jess nicht so einfach vertreiben. Sie setzte sich neben sie und zögerte einen Moment, dann nahm sie sie in den Arm. Sie spürte, wie sich ihre kleine Schwester unter ihr versteifte.

»Es tut mir leid«, sagte sie. »Vielleicht bin ich einfach nur eifersüchtig, dass es für dich geklappt hat und für mich nicht.«

Roseanne schnaubte. »Da kann ich aber nichts dafür.«

»Stimmt. Kannst du mir trotzdem verzeihen? Ich bin vielleicht ein bisschen älter als du, aber besonders viel Ahnung von der Liebe hab ich trotzdem nicht.« Jess vergrub ihr Gesicht in Roseannes Haaren, dann schmuggelte sie ihre Hände unter Roseannes T-Shirt und begann, sie zu kitzeln.

Unwillkürlich schnappte Roseanne nach Luft. »Oh, das ist so unfair. Wie kann ich mich denn jetzt noch darauf konzentrieren, auf dich böse zu sein.«

»Am besten gar nicht mehr!« Jess grinste, als Roseanne sich endlich zu ihr umdrehte.

Die schüttelte nur den Kopf. »Na gut, ich verzeihe dir. Aber wenn du noch so an James hängst, wieso hast du dann mit ihm Schluss gemacht?«

»Ich habe meine Gründe«, murmelte Jess, als sie sich aufrappelte.

Roseanne bedachte sie nur mit einer hochgezogenen Augenbraue, dann gingen beide zurück zum Cottage.

Beim Frühstück sagte keine ein Wort, Susan und Roseanne waren zu sehr damit beschäftigt, ihre Tränen im Zaum zu halten. Jess war nach wie vor hin- und hergerissen zwischen all den schönen Momenten, die sie immer an James erinnern würden, und ihrem Bauchgefühl, dass ihr sagte, sie hätte das Richtige getan. Auch Mary war traurig, Jim jetzt schon zurückzulassen. Aber die Aussicht, bald ihren Führerschein zu haben und ihn, und natürlich Miss Milton, besuchen zu können, wann immer sie wollte, milderte ihren Kummer spürbar.

Da Roseanne ihre Tasche schon gepackt hatte - sie hatte in der Nacht kaum ein Auge zugemacht und war mit dem Sonnenaufgang aufgestanden - kümmerte sie sich um den Abwasch. Ihre Schwestern standen in ihren Zimmern, die in den letzten drei Wochen fast so etwas wie ein zweites Zuhause geworden waren. In Hotels hatten sie sich nie so richtig wohlgefühlt, da war immer diese unpersönliche Note dabei gewesen. Deswegen waren sie ja eigentlich immer mit dem Wohnmobil verreist, ihrem Heim auf Rädern.

Aber das Cottage war vom ersten Moment an urgemütlich gewesen, jedes Zimmer hatte einen eigenen Charakter gehabt, der haargenau zu jeder einzelnen der Schwestern gepasst hatte. Es jetzt auszuräumen und daran zu denken, dass vielleicht schon nächste Woche jemand Fremdes hier einzog und sich womöglich genauso fühlte, verpasste ihnen einen Stich ins Herz. Vielleicht war es doch besser, so schnell wie möglich wieder aufzubrechen.

Aber dass sie sich nicht einfach so davonschleichen konnten, war allen klar. Das stellte sich eh als unmöglich heraus, als sie ihre Räder durch das Tor in der Hecke vor dem Cottage schoben und alle Menschen entdeckten, die diesen Urlaub für sie so besonders hatten werden lassen. Als Susan Ben, Miss Milton, Daisy und selbst die Zwillinge aufgereiht vor sich stehen sah, brach sie schon wieder in Tränen aus. Sie schämte sich dafür, als Älteste müsste sie doch eigentlich auch die Gefassteste sein, aber sie konnte nichts dagegen machen.

Sofort war Ben bei ihr und nahm sie in den Arm. »Ach Susy, deine Eltern freuen sich doch bestimmt, euch wieder zu sehen. Und du dich auch auf sie, oder?« Sie nickte an seine Brust gelehnt. »Na siehst du. Ich werd dich schrecklich vermissen, das darfst du mir glauben, und ich freu mich jetzt schon darauf, dich wiederzusehen. Ein Vögelchen hat mir gezwitschert, dass Mary mit ihrem bald erworbenen Führerschein vorbeikommen will. Da ist doch sicher auch Platz für dich?«

Susan protestierte leise: »Als ob ich nicht selbst schon einen hätte.« Dann holte sie hicksend Luft. »Aber ich bin doch ab Herbst in Edinburgh!« Bei der Vorstellung, nicht nur Ben, sondern auch ihre Schwestern bald verlassen zu müssen, rollten ihr schon wieder Tränen die Wangen herab.

Aber Ben war da, um sie sanft wegzuwischen. »Ich war noch nie in Edinburgh und welchen besseren Grund gibt es, als seine Freundin dort zu besuchen? Und weil es so weit weg ist, werd ich bestimmt auch jedes Mal länger als nur ein paar Nächte bleiben.«

Sie sah ihn an, ihr Gesicht noch feucht, aber jetzt konnte sie schon wieder lächeln. »Gut, doch du musst es mir versprechen!«

Ben lachte. Er legte eine Hand auf sein Herz und sagte: »Ich schwöre bei allem, was mir wichtig ist!«

»Wunderbar!« Dann stellte sich Susan auf die Zehenspitzen, um ihn zu küssen.

Mary und Jim standen sich gegenüber und es war nicht ganz klar, wer mehr strahlte. Als sich Mary vorbeugte, um ihn zu umarmen, entdeckte sie ein verräterisches Glitzern in seinen Augen. »Weinst du etwa?«, fragte sie etwas verwundert.

Er schniefte lächelnd. »Ein bisschen. Weil ich dich so vermissen werde.«

Sie legte ihm die Arme um den Hals und sagte: »Aber ich komm doch wieder! Und du bist auch jederzeit willkommen. Das erwarte ich sogar von dir.« Sie gab ihm einen langen Kuss. »Auch wenn ich nicht erwarte, dass du mit dem Fahrrad kommst.« Sie zwinkerte.

»Aber wenn du dir das wünschst, würde ich auch das machen.« Er küsste sie zurück.

Roseanne hatte sich von Haley schon verabschieden müssen, was immer noch an ihrem Herzen nagte. Doch die beiden Frauen vor ihr, die ihnen bei sämtlichen Problemen geholfen hatten und die sie wegen ihrer Art und ihrer Lebensgeschichte bewunderte, zauberten ihr ein Lächeln aufs Gesicht.

»Ich fand es großartig hier, wirklich! Und ich würd mich schon mal anmelden fürs nächste Jahr. Aber ich weiß noch nicht, ob ich dann wieder mit meinen Schwestern komme«, erklärte sie ausgelassen, als sie Daisy in den Arm nahm.

»Du willst alleine kommen?« Daisy sah sie zweifelnd an.

Roseanne schüttelte den Kopf. »Nein, aber vielleicht mit Haley. Oder ich komme mal mit Freunden vorbei. Die würden sie ganz sicher auch lieben.«

Miss Milton lachte. »Wenn sie so sind wie du, sind sie herzlich willkommen. Ich freue mich auch schon darauf, euch alle irgendwann mal wiederzusehen. Ihr könnt auch gerne in den Herbstferien kommen, dann muss ich nicht bis zum nächsten Sommer warten.«

Roseanne umarmte auch sie, dann sagte sie: »Eine Spitzenidee! Miss Milton, Sie sind klasse.«

Über dieses Kompliment errötete die sonst so gefasste Miss Milton doch etwas.

Jess und James, die sich unweigerlich gegenüberstanden, hatten sich zunächst nichts zu sagen. James sah demonstrativ zu Boden, die Hände in den Taschen vergraben. Jess hatte die Arme verschränkt und starrte über seine Schulter hinweg in die Ferne. Aber irgendwann war sie es leid. Sie seufzte und sah ihn an.

»James.«

Er reagierte nicht, aber seine Ohren zuckten, das Zeichen dafür, dass er ihr zuhörte. Das hatte sie die letzten drei Wochen immer wieder beobachtet.

»Es tut mir leid.«

Jetzt schaute er doch auf, etwas überrascht, und ein kleiner Funken Hoffnung stahl sich in seine Augen. Vielleicht hatte sie es sich doch anders überlegt.

Doch als sie diesen Funken bemerkte, schüttelte sie zu seiner Enttäuschung den Kopf. »Ich meine, wie ich es dir gesagt habe. Meine Entscheidung ist weiterhin dieselbe. Und deswegen verstehe ich auch absolut, dass du nichts mehr mit mir zu tun haben willst. Aber schade finde ich es trotzdem. Wenn du also irgendwann doch wieder mit mir reden möchtest, würde mich das sehr freuen. Besonders, wenn du dann jemanden gefunden hast, der dich besser zu schätzen weiß als ich.« Sie machte eine kleine Pause, dann sagte sie: »Und das haben dir bestimmt schon Dutzende Leute gesagt, aber du bist ein wahnsinnig talentierter Musiker. Wenn es also mit dem Restaurant nicht klappen sollte, kannst du ja immer noch darauf umsatteln.« Ihre Stimme war sanft und sie lächelte vorsichtig.

Er konnte noch nicht lächeln, aber die Feindseligkeit ihr gegenüber war verschwunden. »Danke«, sagte er leise. »Ich hoffe aber, dass ich irgendwann mein eigenes Restaurant habe. Und wenn es so weit ist, würde ich dir vielleicht auch eine Einladung zur Eröffnung schicken. Das wird ja sicherlich noch eine Weile dauern.«

Die Aussicht auf eine mögliche Versöhnung, wenn auch vielleicht nicht auf die ewigwährende Freundschaft, ließ Jess erleichtert seufzen. Dann ließ sie womöglich doch nicht so viel verbrannte Erde zurück, wie sie befürchtet hatte. »Das wäre schön. Ich drück dir auf jeden Fall die Daumen.« Sie hätte ihn gern umarmt, aber seine Haltung war nach wie vor verschlossen. Also berührte sie ihn nur kurz am Arm, dann wandte sie sich an die anderen, um sich von ihnen zu verabschieden.

Schließlich hatten sich alle umarmt, geherzt und die noch verbliebenen Pärchen mehrmals geküsst. Dann mahnte Susan endlich zum Aufbruch: »Auch wenn der Wetterbericht vielversprechend ist, wollen wir nicht schon wieder in ein Gewitter geraten. Und Mum und Dad fragen sich sicherlich auch schon, wo wir bleiben.«

Die anderen nickten, aber zögerten noch, bis Jess sich auf ihr Fahrrad schwang und die anderen erwartungsvoll ansah. »Auf geht's!«, rief sie und trat in die Pedale. Schweren Herzens folgten ihr ihre Schwestern, sahen sich aber immer wieder nach den Bewohnern von Wordwell Rose um, bis sie auf die Hauptstraße bogen und das große Tor zum Anwesen aus ihrem Blick verschwand.

Musik in Wordwell Rose

Aus dem Buch

- Jimi Hendrix
- Queen
- Billy Idol
- Led Zeppelin
- Aretha Franklin
- Nina Simone
- Genesis
- The Clash
- Sex Pistols
- The Ronettes
- Hildegard Knef
- Guns N' Roses
- Janis Joplin
- AC/DC
- Meat Loaf
- Stevie Wonder
- Lzzy Hale/Halestorm
- The Rolling Stones
- Europe
- Madonna
- Rose Laurens - Africa
- Bruce Springsteen - Born To Run
- Don Henley - The Boys Of Summer
- Bruce Springsteen - Dancing In The Dark
- Queen - The Show Must Go On

Susan
- Arcade Fire - We Exist
- Kelly Clarkson - Catch My Breath

Mary
- Lea Michele, Naya Rivera - So Emotional
- Christina Perri - Arms

Jess
- Noah Guthrie - Learn From The Fall
- ABBA - Knowing Me Knowing You

Roseanne
- Lady Gaga, Florence Welsh - Hey Girl
- Jen Foster - She

Haley
- Ani DiFranco - If It Isn't Her
- Chong-Nee, Delani, Monsta Ganjah - Butterflies

Ben
- Mumford & Sons - Lover Of The Light
- Jake Edwards - You Can't Tell Me (I'm Not A Man)

James
- Hey Violet - Sparks Fly
- Keywest - This Is Heartbreak

Jim
- George Ezra - Hold My Girl
- The Reklaws - Long Live The Night

Mein Dank geht an:

- ❧ Meine Korrekturleserinnen Stefanie Wettmann und Heidrun Jost.
- ❧ Jeanne Birdsall und ihre wunderbare Serie über die Penderwicks.
- ❧ Die Universitätsbibliothek Weimar für die produktive Arbeitsatmosphäre und viele nützliche Bücher.
- ❧ Die großen und kleinen Communities, die für mehr Diversität kämpfen.
- ❧ Die genannten Musiker für ihre inspirierenden Lieder.